TIDETOD

Gerd Kramer wurde 1950 in der Theodor-Storm-Stadt Husum geboren und ist dort aufgewachsen. Nach seinem Physikstudium in Kiel arbeitete er als Akustiker und Software-Entwickler im Rheinland. 1987 gründete er eine eigene Firma, in der er noch heute tätig ist. Einen Teil des Jahres verbringt er in seiner Heimatstadt, die ihm den Stoff für seine Romane liefert.

Dieses Buch ist ein Roman. Handlungen und Personen sind frei erfunden. Ähnlichkeiten mit lebenden oder toten Personen sind nicht gewollt und rein zufällig.

GERD KRAMER

TIDETOD

Küsten Krimi

emons:

Bibliografische Information der Deutschen Nationalbibliothek
Die Deutsche Nationalbibliothek verzeichnet diese Publikation in der Deutschen Nationalbibliografie; detaillierte bibliografische Daten sind im Internet über http://dnb.d-nb.de abrufbar.

FSC
www.fsc.org
MIX
Papier aus verantwortungsvollen Quellen
FSC® C083411

Umschlagmotiv: kallejipp/photocase.de
Umschlaggestaltung: Nina Schäfer, nach einem Konzept von Leonardo Magrelli und Nina Schäfer
Umsetzung: Tobias Doetsch
Gestaltung Innenteil: César Satz & Grafik GmbH, Köln
Lektorat: Dr. Marion Heister
Druck und Bindung: CPI – Clausen & Bosse, Leck
Printed in Germany 2018
ISBN 978-3-7408-0406-0
Küsten Krimi
Originalausgabe

Heut bin ich über Rungholt gefahren,
Die Stadt ging unter vor sechshundert Jahren.
Noch schlagen die Wellen da wild und empört,
Wie damals, als sie die Marschen zerstört.
Die Maschine des Dampfers schütterte, stöhnte,
Aus den Wassern rief es unheimlich und höhnte:
Trutz, Blanke Hans.

Von der Nordsee, der Mordsee, vom Festland geschieden,
Liegen die friesischen Inseln im Frieden.
Und Zeugen weltenvernichtender Wut,
Taucht Hallig auf Hallig aus fliehender Flut.
Die Möwe zankt schon auf wachsenden Watten,
Der Seehund sonnt sich auf sandigen Platten.
Trutz, Blanke Hans.

Aus »Trutz, Blanke Hans« von Detlev von Liliencron

1

»Charly! Aufstehen!«, rief die Mutter und pochte an die Zimmertür. Wieso nannte sie ihn Charly? Das taten nur seine Freunde und Klassenkameraden. Manchmal auch seine ältere Schwester. Er mochte den Spitznamen, der sich amerikanisch und irgendwie verwegen anhörte. Aber er wollte nicht in die Schule. Heute nicht. Er war so unendlich müde. »Charly!«

Ein Ruck ging durch seinen Körper, als er aufwachte. Ein Traum aus der Kindheit, nichts weiter. Er öffnete die Augen. Wieso war es so dunkel? Stockdunkel. Mouches volantes, fliegende Mücken, huschten im Takt der Augenbewegung durch sein Blickfeld. Aber kein Lichtstrahl erreichte die Netzhaut. Und wieso hörte das Klopfen nicht auf, obwohl er wach war? Dazu dieses permanente Plätschern.

Sein Rücken schmerzte. Es war bitterkalt. Die Luft schmeckte salzig und roch nach Meer. Der harte Untergrund, auf dem er lag, schwankte. Keine Frage, seine Sinne spielten verrückt. Nichts passte zusammen. War er immer noch in einem absurden Traum gefangen?

Er führte die Hand zu den Augen. Etwas Glattes hatte sich fest über seine Lider gelegt. Es gelang ihm, ein Stück abzulösen. Endlich wurde es ein wenig hell. Erste Konturen waren zu erkennen: dunkle Regenwolken, die über den Himmel jagten, bedrohlich, als würden sie ein Unheil ankündigen. Hektisch zog er am Klebeband. Mit dem Daumennagel durchtrennte er es und riss es sich vom Kopf. Ein kurzer Schmerz signalisierte, dass er ein Büschel Haare mit erfasst hatte. Er stützte sich mit den Ellbogen ab und richtete seinen Oberkörper auf. Sein Atem stockte. Das Herz schlug ihm bis zum Hals, und der Verstand weigerte sich, zur Kenntnis zu nehmen, was die Augen mitteilten.

Was er sah, konnte nicht sein. Es ergab einfach keinen Sinn. Er lag in einem Boot, auf dem offenen Meer. Das war unlogisch. Ein verdammter Irrtum! Er schloss für einen Moment die Augen und hoffte, dass die Halluzination verschwunden wäre, sobald er die Lider wieder öffnete. Aber die Realität ließ sich nicht auf diese Weise überlisten.

Er rappelte sich auf und lehnte sich mit dem Rücken gegen die Wandung. Was war passiert? Was hatte ihn in diese Lage gebracht? Nein. Die Frage war falsch gestellt. *Wer* hatte ihn betäubt, entführt, ihm die Augen verbunden und ihn mitten auf dem Meer ausgesetzt? Und warum? Das musste ein übler Scherz sein, ein ganz mieser Streich, den sich jemand für ihn ausgedacht hatte. Das war die einzige Erklärung. Oder trachtete ihm jemand nach dem Leben? Hatte ihn jemand auf dem Meer ausgesetzt, damit er hier elendig verrecken sollte?

Er kramte seine letzten Erinnerungsfetzen zusammen: Auf dem Parkplatz hatte ein Auto direkt neben seinem gehalten. Der Fahrer war ausgestiegen, hatte an die Scheibe geklopft und ihn irgendetwas gefragt. Das Gesicht hatte er nicht sehen können, nur eine bedrohliche Bewegung, eine Hand, die durch das offene Fenster griff. An dieser Stelle riss der Film.

Was auch immer geschehen war, es galt jetzt, einen klaren Kopf zu bewahren, die Lage zu analysieren und überlegt zu handeln. Er war vollständig auf sich allein gestellt. Die eisige Kälte machte ihm zu schaffen und behinderte ihn beim Nachdenken. Wo befand er sich? Rechter Hand konnte er ein Ufer im Nebeldunst erkennen. Auch auf der linken Seite glaubte er, Festland zu sehen. Das war beruhigend. Sein Blick wanderte in alle Richtungen über die Wasseroberfläche. Nirgendwo ein Schiff. Aber jemand musste das Boot hierhergeschleppt haben.

Es war zwar alt und marode, würde jedoch den Wellen standhalten. Die See war bewegt, aber wenn kein Sturm aufkam, hatte er nicht zu befürchten, dass der Kahn sank. Die Sitzbank war ausgebaut worden, und die Ruder fehlten. Mit bloßen Händen würde er kaum gegen die Strömung ankämpfen können.

Sein Blick fiel auf einen Rettungsring. Spontan ordnete er

den Gegenstand als nützlich und beruhigend ein. Doch sofort machte sich ein ungutes Gefühl breit. Es wurde noch verstärkt durch eine leere Blechdose, die den Verdacht nährte, dass alles für einen bestimmten Zweck arrangiert worden war. Eine Kette hing über der Bordkante. Vermutlich befand sich an deren Ende ein Anker, denn entgegen seinem ersten Eindruck bewegte sich das Boot nicht vom Fleck. Wenn er den Anker liftete und sich treiben ließ, bestand vielleicht eine Chance, an Land zu gelangen – falls Wind und Strömung passten. Letzteres ließ sich bis zu einem gewissen Grad abschätzen. Auf keinen Fall durfte er überstürzt handeln.

Der Nebel hatte sich ein wenig verzogen. Er versuchte sich erneut zu orientieren. Seine Augen fixierten einen bestimmten Punkt in der Ferne. Ein Silo war zu erkennen und eine Mühle. Das war die Skyline der Halbinsel Nordstrand! Er war sich ganz sicher. Sein Herz machte einen Freudensprung. Er war nur etwa einen Kilometer vom rettenden Ufer entfernt. Konnte er so weit schwimmen? Vielleicht. Mit dem Schwimmring müsste er es schaffen. Nein. Seine Zuversicht schwand. Das Wasser war zu kalt. So unterkühlt, wie er bereits jetzt war, würde er keine zehn Minuten überleben.

Es bestand eine, wenn auch geringe, Chance, dass ihn jemand vom Ufer aus bemerkte. Vielleicht ein Tourist, der das Meer mit einem Fernglas beobachtete. Aber um diese Jahreszeit und bei der schlechten Sicht war das eher unwahrscheinlich. Außerdem würde derjenige vermutlich nicht erkennen, dass er in Gefahr schwebte.

Es gab eine weitere einfache Möglichkeit, sich aus der misslichen Lage zu befreien. In einigen Stunden musste Niedrigwasser sein. Das Watt zwischen Nordstrand und dem Festland fiel weitgehend trocken, und er würde ganz bequem durch den Schlick zum rettenden Ufer laufen können. Aber der Heverstrom! Der war mindestens fünfhundert Meter breit, an vielen Stellen sogar mehr als einen Kilometer. Und der führte stets Wasser. Wenn er sich mitten auf dem Wattenstrom befand, hatte er verloren. Allein wegen der Strömung hätte er kaum eine Chance, ihn zu durchschwimmen. Richtung und Stärke waren allerdings tideabhängig.

Ihm kam der Verdacht, dass ihm jemand eine Denkaufgabe gestellt hatte. Ein boshafter Scherzbold, der ihn beobachtete und sich amüsierte. Vielleicht war im Boot eine Kamera versteckt. Er verwarf den abwegigen Gedanken.

Etwa sechseinhalb Stunden lagen zwischen Hoch- und Niedrigwasser. Das wusste er. Aber wann war Hochwasser? Wenn das Wasser noch auflief, könnte es unter Umständen erst in acht Stunden oder noch später wieder flach genug sein. Er trug nur einen dünnen Pullover über dem Oberhemd und eine Jeans. Konnte er so lange bei der Kälte durchhalten? Ja, konnte er. Kein Problem. Aber angenehm würde es nicht werden.

Die Szene war so unwirklich, dass seine Planung ständig von der Frage nach dem Warum unterbrochen wurde. Was, verdammt noch mal, hatte das Ganze zu bedeuten, und wer steckte hinter diesem makabren Anschlag auf sein Leben? Der Rettungsring war eine plumpe Falle. Der sollte ihn verleiten, sich ins kalte Wasser zu stürzen, was den sicheren Tod bedeutete. Und die Blechdose? Ganz sicher lag sie nicht zufällig dort, sondern gehörte zum Arrangement und hatte irgendeine Bedeutung.

Sein Blick fiel erneut auf die Ankerkette. Erst jetzt bemerkte er, dass sie in einem blauen Kasten endete. Dort musste sie befestigt sein. Wenn die Strömung günstig war, wollte er versuchen, den Anker zu lichten und sich treiben zu lassen. Ein wenig würde er das Boot mit den Händen oder besser mit dem Rettungsring steuern können. Er brauchte etwas Schwimmfähiges, um die Strömungsrichtung feststellen zu können. Ein Geldschein würde es tun. Ein Griff zur Gesäßtasche. Das Portemonnaie mit Ausweis, Führerschein und Kreditkarten fehlte. Das Schwein hatte ihn beklaut. Welch ein Hohn!

Er fand ein Papiertaschentuch, eine Tankquittung und eine Rechnung des Restaurants, in dem er vor ein paar Tagen gespeist hatte. Die Schnipsel, die er ins Wasser warf, drifteten eindeutig in Richtung Festland. Es schien so, als wenn das Wasser noch stiege. Sobald der Höchststand erreicht war, würde sich die Strömungsrichtung umkehren. Wenn seine Überlegungen richtig waren, musste er jetzt handeln – oder auf Ebbe warten. Welche Entscheidung war richtig?

Er stand auf. Es war schwierig, auf dem schwankenden Untergrund das Gleichgewicht zu wahren. In gebückter Haltung tastete er sich an der Bordkante entlang. Dann kniete er nieder und zog an der Kette, bis er auf einen Widerstand stieß. Mit aller Kraft versuchte er, den Anker anzuheben. Doch das Gewicht zerrte umso mehr an seinen Armen, je weiter er vorankam. Ihm erschien es, als würde sich der Zug stufenweise vergrößern. Es war aussichtslos. Fast hätte er das Boot zum Kentern gebracht. Er ließ die Glieder durch seine Hände zurück ins Meer gleiten.

Dann umfasste er die Kette in der Nähe des Kastens, der aus dickem Stahl bestand. Vielleicht ließ sie sich aus der Verankerung reißen. Ein kräftiger Ruck, und das laute Geräusch aufeinanderschlagender Metalle erklang. Aber da war noch ein Geräusch. Es ließ das Blut in seinen Adern gefrieren. Er starrte auf den blauen Behälter. Was er sah, durfte einfach nicht wahr sein. Aus der Öffnung, durch die die Ankerkette führte, sprudelte Wasser. Auch aus den Seiten des Metallkastens quoll es hervor.

Abdichten!, schoss es ihm durch den Kopf. Aber womit? Mit Kleidungsstücken! Er riss Stücke aus seinem Oberhemd, ohne den Pullover auszuziehen. Damit versuchte er, die Löcher zu stopfen. Das gelang nur unvollständig. Innerhalb kürzester Zeit hatte sich der Stoff vollgesogen. Insbesondere dort, wo die Kette austrat, floss das todbringende Nass fast ungehindert heraus.

Die Blechdose! Damit musste er das Wasser abschöpfen. Er rutschte auf den Knien über den Boden und griff nach der Dose. Die scharfe Kante schnitt ihm ins Fleisch. Blut tropfte aus der Wunde in das Gefäß. Er stieß einen Schrei aus. Was für ein mieses Spiel trieb man mit ihm? Während er schöpfte und das Wasser wütend über die Bordkante schleuderte, hielt er Ausschau nach seinem Gegner. Doch weit und breit nur Wasserwüste.

Er stülpte sich den Rettungsring über. Aber nach einiger Zeit störte dieser beim Wasserschöpfen, und er legte ihn wieder ab. Etwa alle zwei Sekunden musste er eine Dose ins Meer kippen. Wenn er das Gefäß verlor, war es vorbei. Mit bloßen Händen schaffte er den Durchsatz nicht. Aber wie lange würde er das Pensum durchhalten? Bereits jetzt schmerzten die Muskeln, und er musste die Hand alle paar Minuten wechseln. Wenn es ihm gelänge, den blauen Kasten zu öffnen, könnte er vielleicht das Loch darunter abdichten. Hätte er doch nur nicht an der Kette gezogen. Damit hatte er die Katastrophe ausgelöst, sozusagen den Stöpsel aus der Wanne gezogen. Genau das hatte sein Widersacher vorausgesehen. Es war eine eingeplante Falle, genauso wie der Rettungsring. Ein Teufel konnte nicht hinterlistiger sein.

Alles Schreien und Fluchen half nicht. Für einen Moment legte er die Blechdose aus der Hand und untersuchte den Kasten. Der war mit stabilen Schrauben am Boden befestigt. Ohne Werkzeug waren sie nicht zu lösen.

Er war überzeugt, dass der Entführer alles akribisch geplant hatte, und er war sich inzwischen sicher, dass er beobachtet wurde. Wenn auf dem Boot eine Kamera versteckt war, musste er sie finden. Das Schwein sollte sich nicht auch noch an seiner Verzweiflung aufgeilen. Solche Minispione konnten extrem klein sein, vielleicht nicht größer als ein Knopf. Er überlegte, wo die Linse den besten Überblick liefern würde. Am Bug, vielleicht auch am Heck. Er musste nicht lange suchen, um das runde, zentimetergroße Loch im Vorderteil des Bootes zu finden. Ein Sekunden anhaltendes Triumphgefühl durchfuhr ihn, als er es entdeckte. Obwohl sich seine Lage dadurch nicht verbesserte, motivierte ihn das Erfolgserlebnis. Er war seinem Schicksal nicht hilflos ausgeliefert. Es gab die Möglichkeit, sich zu wehren. Mit einem Fetzen des Papiertaschentuchs verstopfte er die Öffnung. Wenn er schon sterben musste, sollte sich sein Mörder nicht an seinem Todeskampf ergötzen.

Das Wasser war inzwischen knöcheltief angestiegen, und er musste die Schöpfgeschwindigkeit erhöhen. Trotzdem ermüdete es ihn vielleicht weniger, wenn er nach jeder Minute eine kurze Pause einlegte. Zwar musste er anschließend das Arbeitstempo erhöhen, aber das Gefäß würde sich schneller füllen lassen, und seine Arme könnte er für kurze Zeit entlasten. Er probierte verschiedene Varianten aus und entschied sich für zwei Minuten Schöpfen und fünfzehn Sekunden Ausruhen.

Mit der Anstrengung wuchs seine Wut auf den, der ihm das antat. War er ein Zufallsopfer, oder hatte es jemand auf ihn abgesehen? Derjenige musste ihn abgrundtief hassen. Sosehr er auch nachdachte, ihm fiel niemand ein, der dafür in Frage kam.

Er zog den Ärmel des Pullovers über die Hand. So spürte er die scharfe Kante der Dose kaum noch. Die Armbanduhr zeigte, dass drei Stunden vergangen waren, seit das Wasser begonnen hatte, unaufhörlich ins Boot zu sickern. Hätte er nicht die Rettung vor Augen, hätte er vermutlich bereits aufgegeben. Aber er war sich sicher, dass der Wasserspiegel bereits wieder sank. Er musste also noch maximal sechs Stunden durchhalten, nur doppelt so lange, wie er bereits geschafft hatte. Wäre er in der Lage, sich ein Lot zu bauen, so hätte er die Wassertiefe messen können. Aber er hatte nicht einmal einen verdammten Bindfaden dabei. Vielleicht ließe sich aus dem Pullover so etwas basteln, indem er die Wolle aufriffelte und eine Münze an den Faden band. Sobald er im Wasser stehen konnte und es ihm nicht weiter als bis zu den Oberschenkeln ging, würde er die Kälte aushalten. Dann konnte er sich ausruhen und warten, bis das Watt freilag, oder langsam Richtung Ufer aufbrechen. Aber er hatte keine Zeit, um das Lot anzufertigen. Er musste schöpfen, immer weiter schöpfen.

Er zählte jeden Vorgang. Das half. Sechshundert war sein nächstes Ziel – siebenhundert – achthundert – neunhundert –

tausend. Die Tausend war etwas Besonderes. Sie musste belohnt werden. Er gönnte sich eine ganze Minute Ruhepause. Und wieder musste er an den denken, der ihn in diese todbringende Lage gebracht hatte.

»Du verdammtes Schwein!«, schrie er. Dann griff er wieder zur Blechdose.

Aus den Augenwinkeln hatte er etwas gesehen, das sich bewegte. Abrupt schnellte er empor. Fast hätte er das Gleichgewicht verloren. Nicht weit von ihm entfernt war ein Modellflugzeug vom Wasser aufgestiegen, eines dieser Fluggeräte mit mehreren Propellern. Eine Drohne. Das Ding war die ganze Zeit über da gewesen. Jetzt flog es etwa zehn Meter in die Höhe, blieb dort eine Minute stehen, um anschließend wieder auf den Schwimmkufen zu landen. Ohne Frage war es mit einer Kamera bestückt. Am liebsten hätte er mit dem nutzlosen Rettungsring nach der Drohne geworfen. Aber sie war zu weit weg, und er durfte seine Energie nicht vergeuden.

Nun stand er bis zu den Knöcheln im Wasser. Wie besessen tauchte er die Dose ein, um aus der Bewegung heraus den Inhalt weit vom Boot fortzuschleudern. Das kostete Kraft, aber es half gegen die Wut, die er nicht mehr bändigen konnte.

2

Der Mann am Monitor lehnte sich zurück. Beide Kameras lieferten zufriedenstellende Bilder. Bis hierhin funktionierte sein Plan perfekt. Er hatte wochenlang daran gefeilt, genau ausgerechnet, mit welcher Geschwindigkeit das Wasser eindringen würde, wie viel man mit einer Dose schöpfen konnte und wie lange ein sportlicher und gesunder Mensch durchhalten würde. Das hatte er in einem praktischen Versuch überprüft, indem er mit der gleichen Methode den Inhalt einer Badewanne in Eimer umfüllte.

Die Geschwindigkeit, mit der das Wasser anstieg, in den Griff zu bekommen, war schwieriger gewesen. Sie hing nicht nur vom Querschnitt der Öffnung, sondern auch vom Gewicht des Probanden ab. Eine genaue Berechnung war nicht möglich. Wenn er sich zuungunsten des Delinquenten verschätzt hatte, musste der sich eben etwas mehr anstrengen.

Eine weitere Unsicherheit stellte das Betäubungsmittel dar. Um die richtige Dosierung herauszufinden, hatte er zahlreiche Selbstversuche durchgeführt. Zwar schwankten die Ergebnisse, aber letztendlich kam es auf eine halbe Stunde mehr oder weniger nicht an. Hauptsache, das Mittel wirkte lange genug, um das Boot zu positionieren, die Verankerung mit den schweren Stahlplatten anzubringen und mit dem Schlauchboot zurück ans Ufer zu rudern.

Die technischen Dinge zu realisieren, den Mechanismus für den Wassereinbruch und die Kameraübertragung, hatte ihm Spaß bereitet. Während der Arbeiten hatte er das Szenario immer wieder in Gedanken durchgespielt. Das hatte ihn angespornt und seine Erregung bis an die Schmerzgrenze gesteigert.

Aber jetzt würde er das Ganze in der Realität erleben. Das Bild auf dem Monitor zeigte den gesamten Bootsraum. Der Proband lag noch immer am Boden, aber er bewegte sich bereits. Endlich richtete er sich auf.

Die Kamera zoomte auf das Gesicht. Kein Schauspieler hätte die Mimik simulieren können. Die Verwirrung, gefolgt von Angst und Panik, und schließlich die Ratlosigkeit ließen sich nicht authentisch nachspielen. Er glaubte, jeden Gedanken des Probanden lesen und dessen nächste Handlung voraussagen zu können. Nein, nicht alles war kalkulierbar. An bestimmten Punkten musste der Delinquent Entscheidungen treffen. Wählte er die falsche Alternative, hatte das unweigerlich seinen Tod zur Folge. Er musste nachdenken und klug handeln.

Machte es einen Unterschied, ob ein fremdes oder das eigene Leben bedroht war? Strengte man sich mehr an, wenn man selbst betroffen war? War das eigene Leben wertvoller als das eines Fremden, als das eines unschuldigen Kindes? Quälende Fragen, auf die es eine Antwort geben musste.

Der Monitor wurde dunkel. Der Delinquent hatte die Kameralinse entdeckt. Auch dieser Fall war eingeplant. Der Gegenspieler war nicht dumm und konnte offenbar auch in Extremsituationen überlegt handeln, jetzt, da er selbst in Gefahr schwebte.

Mit einem Tastendruck schaltete er auf die Drohnenkamera um. Das Bild wackelte trotz der Stabilisatoren. Auch Ausschnitt und Vergrößerung waren nicht optimal. Aber er konnte den schwimmenden Quadrocopter jederzeit starten und über Funk die gewünschte Position und Perspektive realisieren. Sogar eine Reihe von vordefinierten Koordinaten stand zur Verfügung, die per Funktionstaste abgerufen werden konnten. Es hatte viel Zeit gekostet, sich in die komplexe Thematik der Technik und Steuerung einzuarbeiten. Was er brauchte, gab es nicht von der Stange. Auch die Reichweite der Funkübertragung war zu gering gewesen. Das Problem hatte er mit einer Zwischenstation und einem Verstärker gelöst, die in einem gut getarnten Versteck auf dem Festland untergebracht waren. Nach Beendigung des Projekts wollte er sie abbauen. Die Ausrüstungsgegenstände, die sich auf dem Boot befanden, konnten dort verbleiben. Er hatte streng darauf geachtet, nur übliche Handelsware zu verwenden, damit keine Rückschlüsse auf ihn möglich waren. Etwaige Fingerabdrücke oder DNA-Spuren, die nicht vollständig zu vermeiden waren, würde das Salzwasser vernichten.

Das Styropor an den Standfüßen, das die Landung des Copters auf dem Wasser ermöglichte, veränderte dessen Flugeigenschaften. Dazu kam das Abdriften mit dem auf- und ablaufenden Wasser. Fast wäre er an den vielfältigen Problemen gescheitert. Aber das Projekt war jede Mühe wert. Es gab ihm den Sinn des Lebens zurück, der ihm vor einiger Zeit vollständig verloren gegangen war.

Den Anker konnte selbst der stärkste Mensch nicht lichten. Das Gesamtgewicht der Stahlplatten war zu hoch. Vom Bootsboden aus hatten sich die Platten einzeln über Bord werfen lassen. Auch der Transport vom Auto bis zum Liegeplatz war mit einer Sackkarre kein Problem gewesen. Aber jetzt lagen sie so tief im Wasser und waren so eng miteinander verbunden, dass sie sich nicht stückweise herausziehen ließen. Das hatten die Berechnungen und Tests ergeben. Außerdem waren sie vermutlich tief in den Schlick eingesunken.

Der Delinquent zog, wie erwartet, am anderen Ende der Kette. Eine unüberlegte und falsche Entscheidung! Jetzt würde er sich anstrengen müssen, um das Wasser in Schach zu halten. Vielleicht bis zur völligen Erschöpfung. Aber ihm blieb immer noch eine faire Chance zu überleben.

3

Bettina Grünenbach sah auf die Uhr. Der Termin bei der Bank hatte länger gedauert, als sie einkalkuliert hatte. Spätestens in einer halben Stunde musste sie Denise ablösen, die auf ihre Tochter aufpasste. Immerhin war das Beratungsgespräch erfolgreich verlaufen. Die Konditionen für das neue Hypothekendarlehen waren gut, und sie musste nur eine geringfügige Vorfälligkeitsentschädigung für die Ablösung ihres alten Kredits zahlen.

Sie eilte die Asmussenstraße entlang, in der sie ihr Fahrzeug abgestellt hatte. Tauwetter hatte eingesetzt, und ein kräftiger Wind trieb den Nieselregen vor sich her. Den Enten im Schlossgraben schien das Wetter nichts auszumachen. Auch die Französische Bulldogge, die einen alten Mann hinter sich herzog, hatte offenbar kein Problem damit.

Bettina musste nur noch die Straße überqueren. Dort stand ihr Auto in einer Parkbucht. Sie blieb auf dem Bürgersteig stehen und suchte in ihrer Handtasche nach dem Schlüssel, als sie einen Motor aufheulen hörte. In etwa fünfzig Metern Entfernung sah sie einen Geländewagen, dessen Scheinwerfer mehrmals aufblendeten. Der Fahrer war hinter den getönten Scheiben nicht zu erkennen.

Ein ungutes Gefühl breitete sich in ihrer Magengegend aus. Sie musste an verschiedene Ereignisse der letzten Wochen denken. Zwar war jedes einzelne für sich nicht besonders beunruhigend gewesen, aber die Summe aller merkwürdigen Vorfälle bereitete ihr Unbehagen. Mit dem Schlüssel in der Hand machte sie einen Schritt auf die Fahrbahn, schreckte jedoch sofort zurück, als der fremde Wagen mit durchdrehenden Reifen anfuhr. Mit hoher Geschwindigkeit raste er auf sie zu. Starr vor Schreck war sie unfähig zu reagieren. Sie spürte den Luftzug und den Schwall aus Wasser und Schneematsch, der gegen ihren Körper und ihr Gesicht prallte. Reflexartig schloss sie die Lider. Als sie die Augen wieder öffnete, sah sie den Geländewagen davonfahren. Für einen Moment war sie erleichtert. Dann schaute sie an sich herab. Ihre Angst verwandelte sich blitzschnell in Wut und verleitete sie zu einem lauten Fluch.

»Ich hab alles beobachtet.« Der Mann mit der Bulldogge kam auf Bettina zu. Er gab dem Hund ein paar Meter Leine, damit der am Verkehrsschild schnüffeln konnte. »Das war Absicht, sage ich Ihnen. Um ein Haar hätte er Sie erwischt. Sie sollten ihn anzeigen.«

»Haben Sie das Kennzeichen gesehen?«

»Äh. Nein. Der war so schnell wieder weg. Trotzdem sollten Sie zur Polizei gehen.«

»Danke. Vielleicht mach ich das.«

Bettina nickte ihm freundlich zu und ging zu ihrem Auto.

Kaum hatte sie die Haustür geöffnet, stürmte Nathalie ihr entgegen. »Mama, ich hab beim Memory gewonnen. Dreimal, und Denise hat nur einmal ganz knapp gewonnen.«

»Wow. Großartig.« Bettina nutzte den Schwung ihrer Tochter, hob sie hoch und vollführte mit ihr eine vollständige Drehung.

»Du bist ja ganz nass«, sagte Nathalie, als sie wieder festen Boden unter den Füßen hatte. »Und schmutzig.«

»Was ist passiert?«, fragte Denise, nachdem Nathalie in ihr Zimmer gelaufen war, wo es offenbar etwas Wichtiges zu tun gab.

»Ein Auto hat mir Dreck entgegengeschleudert. Es kam mir so vor, als hätte der Fahrer das mit Absicht gemacht.«

»Hast du erkannt, wer es war?«

»Nein, irgendjemand mit einem schwarzen Geländewagen. Ich werde mich gleich erst einmal umziehen. Gab es bei euch etwas Besonderes?«

»Außer, dass Nathalie mich ständig beim Memory besiegt, gibt es nichts zu berichten.« Denise Schuster lachte. »Allerdings hat das Telefon wieder ein paarmal geklingelt, und niemand war dran. Ich finde das unheimlich.«

Bettina nickte. »Das geht schon seit einigen Wochen so. Ich überlege, ob ich den Festnetzanschluss für einige Zeit stilllege. Mein Handy hab ich immer dabei, und bisher hat der ominöse Anrufer noch nicht unter der Mobilfunknummer angerufen. Also, falls du mich nicht erreichst, weißt du Bescheid.«

»Okay. Nathalie ist wirklich ein Engel. Es macht Spaß zu sehen, wie sie sich entwickelt. Bis Montag dann. Die Post hab ich auf den Esszimmertisch gelegt.«

»Danke.«

Nathalie hatte Denise bereits am ersten Tag ins Herz geschlossen. Manchmal erwischte sich Bettina Grünenbach dabei, dass sie eifersüchtig auf die Kinderfrau war, die mit ihren einundzwanzig Jahren einen unbefangenen Zugang zu dem Kind hatte. Die beiden lachten und spielten zusammen, fast wie es Gleichaltrige taten. In einigen Monaten würde sie sich für den Vormittag eine neue Betreuung suchen müssen. Denise hatte ihre Ausbildung als Bankkauffrau abgeschlossen und plante, Betriebswirtschaft zu studieren. Bettina hoffte, rechtzeitig eine neue, ähnlich zuverlässige Betreuung für Nathalie zu finden.

Bettina warf einen Blick ins Zimmer ihrer Tochter. Nathalie saß auf dem Boden und versuchte, einen Ponyhof aus hundert Puzzleteilen zusammenzusetzen. Vermutlich würde das Projekt noch geraume Zeit in Anspruch nehmen.

Bettina ging ins Esszimmer und blätterte die Post durch: ein Schreiben von der Stadtverwaltung über die zu entrichtende Grundsteuer, Prospekte mit Sonderangeboten, die Fernsehzeitschrift und ein Umschlag ohne Absender. Da die Anschrift von Hand geschrieben war, weckte der Brief sofort ihr Interesse. Sie riss den Umschlag auf und entnahm ein Blatt, auf dem in großen, gedruckten Buchstaben stand: »13 Tage«. Sie schüttelte ungläubig den Kopf. Sollte das ein Scherz sein? Nein, das war kein Scherz. Obwohl sie keine Ahnung hatte, was die Nachricht zu bedeuten hatte, stellte sich sofort ein beklemmendes Gefühl ein. Dreizehn Tage. Absolut nichts verband sie mit der Zeile. Aber irgendwie wirkte der Text bedrohlich. Sie zerriss das Papier und entsorgte es, aber die Schriftzeichen brannten sich in ihr Gedächtnis ein und verfolgten sie den ganzen Tag. Anstatt dass sie verblassten, gewannen sie an Gewicht, verbanden sich unwillkürlich mit Ereignissen der letzten Tage und Wochen, mit den Anrufen des Unbekannten, dem Fahrer des schwarzen Autos, der das Haus zu beobachten schien, dem Fremden, der sich in der Klinik nach ihr erkundigt hatte, und der heutigen Attacke des Geländewagens.

Einen Augenblick überlegte sie, ob sie die Polizei rufen sollte. Aber was hätte sie der erzählen sollen? Und was konnten die Beamten schon unternehmen? Vielleicht war ja auch alles ganz harmlos, und sie hatte es mit einem Spinner zu tun, der Spaß daran fand, Menschen in Angst und Schrecken zu versetzen. Dreizehn Tage. Irgendeine Bedeutung musste das haben.

Bettina liebte ihre Arbeit in der Klinik. Mit den Kollegen verstand sie sich gut, von wenigen Ausnahmen abgesehen. Auch der Tagesablauf funktionierte dank Denise einigermaßen. Natürlich war es in der Zeit, als Maik sich um Nathalie gekümmert hatte, einfacher gewesen. Damals schien das Familienglück in greifbarer Nähe zu sein. Heute wusste sie, dass sie die Probleme nicht gesehen hatte, vielleicht auch nicht hatte sehen wollen. Jetzt hatte er eine Neue. Sie nahm sich sicher mehr Zeit für ihn und umsorgte ihn.

Vielleicht wäre alles anders gelaufen, wenn Nathalie sein eigenes Kind gewesen wäre. Dabei hatten die beiden sich gut verstanden. Aber die Vaterrolle mit den zugehörigen Pflichten hatte er letztendlich nicht annehmen wollen. Das wäre in Ordnung gewesen, wenn er doch nur darüber geredet hätte.

Dann war ihm diese Veronika über den Weg gelaufen, attraktiv, unternehmungslustig – und leider dazu noch sexy. Eigenschaften, die Bettina auch sich zuschrieb, die zumindest noch im Verborgenen schlummerten. Stress und Alltag hatten sie verdrängt. Aber irgendwann würden sie wieder hervorkommen. Und vielleicht würde sie dann auch einen neuen Partner finden.

Dreizehn Tage. Bettina holte die Papierfetzen aus dem Abfalleimer und legte sie in die Küchenschublade zu den Rezepten, für den Fall, dass der Zettel noch Bedeutung erlangen sollte.

Sie hörte ihre Tochter rufen. Nathalie brauchte Hilfe bei ihrem Puzzle.

Als am Abend das Telefon klingelte, erschrak Bettina. Die anonymen Anrufe hatten Spuren hinterlassen. Einen Moment überlegte sie, ob sie das Klingeln ignorieren sollte, nahm aber das Gespräch dann doch an. Sie war froh, dass es Laura Sonntag war.

»Hier ist Laura. Störe ich?«

»Nein, ganz und gar nicht. Nathalie schläft bereits.«

»Sag mal, könnte Sophia am Samstag bei euch übernachten? Das wäre prima.«

»Kommenden Samstag? Ja, kein Problem. Da hab ich keinen Dienst in der Klinik. Nathalie wird sich freuen. Bring Sophia vorbei, wann du willst.«

»So gegen sechzehn Uhr?«

»Klar. Während die beiden miteinander spielen, schaffe ich es vielleicht, endlich mal ein Buch zu Ende zu lesen.« Bettina lachte.

»Toll. Ich möchte nämlich mit meinem Nachbarn ein Konzert besuchen. Es ist wichtig für mich.«

»Der Musiker?«

»Ja. Er wird dort zusammen mit einer Band auftreten.«

»Sophia ist immer willkommen.«

»Danke, Bettina. Bis Samstag.«

»Bis dann, Laura.«

Bettina Grünenbach war beim Fernsehen im Sessel eingeschlafen. Das passierte ihr nicht oft. Manchmal, wenn sie einen anstrengenden Tag gehabt hatte, geriet sie in einen kurzen Dämmerzustand. Aber an diesem Abend verpasste sie das Ende eines gar nicht einmal so schlechten Kriminalfilms. Nun wusste sie nicht, wer der Mörder war. Aber irgendwann gab es eine Wiederholung. Das war so sicher wie das Amen in der Kirche.

Sie schaltete den Fernseher mit der Fernbedienung aus und löschte die fast vollständig heruntergebrannte Kerze auf dem Couchtisch. Trotzdem blieb es erstaunlich hell im Wohnzimmer. Das Licht schien von draußen herein. Der Vollmond erleuchtete die Terrasse und den schneebedeckten Rasen. Der Ahornbaum am Ende des Gartens warf gespenstische Schatten, die sich im Wind bewegten. Doch da war noch etwas. Für den Bruchteil einer Sekunde huschte etwas am Fenster vorbei. Vielleicht ebenfalls nur der Schattenwurf eines Strauchs. Doch sie hatte die Konturen eines Menschen wahrgenommen. Sicher war sie sich nicht. Auch hörte sie keine verdächtigen Geräusche. Ein Schauder lief ihr über den Rücken, und Gänsehaut breitete sich über ihre Arme aus.

Sie ging zum Fenster. Von dort konnte sie das gesamte Grundstück des Reihenhauses überblicken. Sie musste sich geirrt haben. Draußen war nichts. Vielleicht hatten sie die Anrufe und der Brief mehr verunsichert, als sie sich eingestehen wollte.

Sie prüfte, ob alle Außentüren und Fenster verschlossen waren, und drehte den Schlüssel der Eingangstür zweimal herum. Dann sah sie noch einmal nach Nathalie, die ihren Stoffelefanten Benji fest im Arm hielt und vermutlich von den Ereignissen des Tages träumte.

Bettina ließ die Tür einen Spalt offen und ging in ihr Zimmer, das sich direkt neben dem ihrer Tochter befand. Ein mulmiges Gefühl blieb, bis sie einschlief.

4

Sie sollte leiden, so wie er gelitten hatte, fühlen, was er hatte aushalten müssen. Aber auch ihr wollte er eine Chance geben. Würde sie überhaupt kapieren, worum es ging? Wenn sie auch nur das geringste Maß an Verantwortungsbewusstsein besaß, das man von einer Ärztin erwarten konnte, musste sie sich ihr Fehlverhalten eingestehen. Auch nach all den Jahren müsste sie ein schlechtes Gewissen haben.

Er würde sie zum Nachdenken zwingen. Sie einfach zu töten wäre sinnlos. Nach dem Tod war alles vorbei. Man hatte keine Möglichkeit mehr, etwas einzusehen und zu bereuen. Zumindest ein paar Stunden musste er allen Delinquenten gewähren, um über sich nachzudenken. Dr. Bettina Grünenbach wollte er viel Zeit dafür geben.

Bei dem, was er vorhatte, waren besondere Vorsicht und Vorbereitung geboten. Fehler konnte er sich nicht leisten. Irgendwann würde man auf ihn kommen. Damit rechnete er. Aber noch war es zu früh. Vielleicht schaffte er es, das gesamte Vorhaben zu realisieren. Dann konnte er beruhigt abtreten.

Helena stellte ein Problem dar. Sie stand ihm zur Seite, hatte seine Trauer und Verzweiflung ertragen. Als sie sich kennenlernten, dachte er, er hätte den Tiefpunkt überwunden. Aber das war ein Irrtum gewesen. Es schien bergauf zu gehen, bis zum nächsten Absturz, der noch heftiger war als die vorhergehenden. Nur sein Plan konnte ihn wieder aufrichten. Bereits die Vorbereitungen für das nächste Projekt linderten die Schmerzen, und nach gelungener Durchführung würde er sich wieder etwas besser fühlen. Wenn alles überstanden war, würde er vollständige Ruhe finden, so oder so.

Sollte er überleben, vielleicht sogar unentdeckt bleiben, wollte er ein neues Leben beginnen, irgendwo in der Ferne, weit weg von hier. Dort, wo keine Erinnerungen an Orten, Personen und Gegenständen hafteten. Neu und ohne Vorbelastung musste die neue Heimat sein. Wenn alles gut ging, würde er vielleicht sogar Helena mitnehmen.

Sie hielt zu ihm und half ihm. Zu ihrem eigenen Schutz durfte sie nicht alles wissen. Sie war nicht stabil genug. Er schloss nicht einmal aus, dass sie ihn verraten würde, wenn sie alles erfuhr. Das musste er in jedem Fall verhindern.

Er selbst war überzeugt, dass er nach getaner Arbeit mit allem abschließen konnte. Sie würde das nicht schaffen. Aber das neue Leben sollte möglichst frei von düsteren Erinnerungen sein. Nichts sollte zwischen ihnen stehen. Vielleicht würde er es irgendwann sogar schaffen, sie zu lieben. So etwas konnte wachsen. Nicht so, wie er Jennifer geliebt hatte, aber genug, um mit ihr das Leben zu teilen.

Auch das Kind war ein Problem. Er hatte Helena versprechen müssen, dass der Kleinen nichts passierte. Wenn er sich nicht daran halten konnte, würde sie es aus der Presse erfahren. Ein totes Kind rief die gesamte Meute auf den Plan. Doch so weit würde es nicht kommen. Die Ärztin tat, was er verlangte. Da war er sich sicher – fast sicher.

Er musste einen klaren Kopf behalten. Das war nicht einfach. Die Tabletten, die der Quacksalber ihm verschrieben hatte, minderten die Depressionen, aber sie vernebelten sein Gehirn. In der jetzigen Phase seines Vorhabens durfte er sie nicht einnehmen. Alkohol trank er nur noch selten. Ab und zu gönnte er sich ein Glas Wein oder eine Flasche Bier. Erstaunlicherweise fiel es ihm gar nicht schwer maßzuhalten. Der Rausch, den er bei der Planung und Durchführung seiner Projekte empfand, war um ein Vielfaches stärker als der, den eine Flasche Whisky hergab. Außerdem hatte das Trinken keinen Sinn, löste keine Probleme, anders als der Kampf gegen Ungerechtigkeiten und gegen das Vergessen. Er hatte einen langen Weg gehen müssen, bis ihm das klar geworden war.

Ohne Helena hätte er nicht die Kraft gehabt, sich aus dem Sumpf zu ziehen und die Initiative zu ergreifen. Bevor er sie kennenlernte, hatte er in den Tag hineingelebt und sich nur mit sich selbst beschäftigt. Die Trauer hatte sich in seiner Seele festgefressen. Auch der Psychiater hatte nicht erkannt, dass er ein Ventil brauchte, dass er aktiv werden musste, um sich vom Dauerschmerz zu befreien.

Er selbst hätte viel früher auf die Lösung kommen müssen. Als Kind hatte er Strategien entwickelt, um sich gegen Ungerechtigkeiten zu wehren. Nach jeder Gemeinheit von Spiel- oder Klassenkameraden hatte er tagelang über Vergeltung nachgedacht. Aus heutiger Sicht ging es ihm allerdings auch damals weniger um Rache als um die Befriedigung, die eintrat, wenn er sich revanchiert hatte. Dann war die Sache abgeschlossen, ausgeglichen. Der Ärger war verschwunden, als hätten sich zwei gegensätzliche Ladungen kompensiert. Dank guter Vorbereitung war er selten erwischt worden. Aber meist hatten die Betroffenen geahnt, wer hinter dem Gegenangriff steckte, ohne es beweisen zu können. Das war dann sein größter Triumph gewesen. Seine Methode zwang sie, über ihre Taten nachzudenken, sie vielleicht sogar zu bereuen. Mit der Zeit hatte ihm seine Gegenwehr einen gewissen Respekt verschafft. Trotzdem war er ein Außenseiter geblieben.

Damals war es um Kinkerlitzchen gegangen. Jetzt ging es ums Ganze, um Leben oder Tod. Umso wichtiger waren die Vorbereitungen. So weit wie möglich durfte nichts dem Zufall überlassen bleiben. Das war er nicht nur sich, sondern auch den Delinquenten schuldig. Jeder von ihnen sollte seine Chance erhalten und eine Gelegenheit, über sich nachzudenken.

5

Das Wetter spielte in den letzten Tagen verrückt. Schneefall und Regen lösten sich mehrfach ab. Die Temperaturen pendelten ständig um den Nullpunkt herum und sorgten für gefährliches Glatteis. Heute waren frostige Minusgrade mit Neuschnee an der Reihe. Ohne Winterreifen hätte Leon Gerber mit seinem alten Daimler keine Chance, das Ziel zu erreichen. Er war drauf und dran gewesen, seine Teilnahme abzusagen. Aber das konnte er Laura nicht antun. Sie hatte mit dem Bandleader der »Acoustic Food« und dem Veranstalter des Konzerts, Johnny Altmeier, gesprochen und Gerbers Auftritt klargemacht. Für die Band hatte Gerber vor einigen Monaten eine Gitarrenspur für deren CD eingespielt. Die Aufnahme hatte er in seinem eigenen Tonstudio durchgeführt. Persönlich kannte er die vier nicht, aber er mochte ihre Musik, eine Mischung aus Country, Folk und Blues, ausschließlich mit akustischen Instrumenten gespielt. Auch das Konzert war als »unplugged« angekündigt.

Laura hatte ihn lange überreden müssen, an der Veranstaltung teilzunehmen. Sein letzter Auftritt lag über fünf Jahre zurück und war ein ziemlicher Reinfall gewesen. Nach einer halben Stunde war er von der Bühne abgetreten. Nichts hatte gestimmt, mehrmals hatte er sein Spiel unterbrechen müssen, um seine Gitarre nachzustimmen, ein Fingernagel war eingerissen und hatte hässliche Obertöne erzeugt, dazu ein lautes Publikum und eine miserable Raumakustik. Dabei wusste er, dass er selbst das Problem war. Sein verbissener Hang zur Perfektion stand ihm im Wege. Er schaffte es einfach nicht, seinen Anspruch an sich herunterzuschrauben. »Du hast das Tick-Syndrom«, hatte sein verstorbener Freund Michael ihm einmal gesagt. Manchmal half es, wenn Gerber sich an die Worte erinnerte. Ob es heute half, wusste er nicht. Laura hatte ihn überzeugt, einfach ins kalte Wasser zu springen. Sonst würde er den »Tick« niemals loswerden.

Immerhin musste er diesmal nur zehn Minuten durchhalten, für zwei eigene Lieder. Den Rest des Abends würde die Band bestreiten. Trotzdem war er aufgeregt.

Die Veranstaltung fand in einer alten Scheune im kleinen Ort Struckum statt, nicht weit entfernt von der Windmühle Fortuna, in der der bekannte Liedermacher Hannes Wader lange Zeit gelebt hatte.

Gegen achtzehn Uhr klingelte Laura an Gerbers Tür. Eine kurze Umarmung und ein flüchtiger Kuss.

»Bist du startklar?« Sie trat ein, blieb aber im Flur stehen. Ihre Schuhe hinterließen feuchte Abdrücke auf den Fliesen. Mit der Hand rubbelte sie den Schnee aus ihren Haaren.

»Komm rein.«

»Lieber nicht. Ich müsste sonst Mantel und Schuhe ausziehen.«

»Okay. Ich hole nur meine Gitarre.«

Gerber holte das Instrument aus dem Studio und zog seine Jacke über.

»Ich weiß nicht, ob mein Wagen bei dem Wetter anspringt«, sagte er auf dem Weg zur Garage.

»Keine Ausrede! Meiner ist zwar in der Werkstatt, aber es gibt ja auch noch Taxis.«

»Jedenfalls solltest du deinen Mantel anbehalten.«

»Ich weiß. Die Heizung.« Sie lachte. »Vielleicht solltest du dir mal ein neues Auto leisten.«

»Mein guter alter Daimler tut es ja noch. Jedenfalls im Sommer.« Er öffnete die Heckklappe und verstaute den Gitarrenkoffer.

Irgendwann würde er endlich eine Fernbedienung für das Garagentor einbauen. Das hatte er sich bereits vor langer Zeit vorgenommen. So musste er nach dem Herausfahren aussteigen und das Tor von Hand schließen.

»Hast du dich vorbereitet?«, fragte Laura während der Fahrt. »Ich meine mental.«

»Ich hab deinen Vorschlag umgesetzt.«

»Welchen?«

»Ich hab die Gitarre ein wenig verstimmt und fast eine halbe Stunde gespielt.«

»Wow! Das ist ein Fortschritt, Leon.« Ihre Stimme drückte eine Mischung aus Bewunderung und Ironie aus. »Und? Wie war es?«

»Es tat weh. Sehr weh.« Er grinste, obwohl ihn die Therapie tatsächlich große Überwindung gekostet hatte.

»Und du spielst heute Abend einfach weiter. Klar? Egal, was passiert. Sogar, wenn dir eine Saite reißt. Versprochen?«

Er antwortete nicht.

»Versprochen?«

»Ja, ja.« Zu diesem Zeitpunkt ahnte er nicht, dass er sein Versprechen brechen würde.

Mehrmals geriet der Benz ins Schlingern. Erst als sie die freigeräumte Osterhusumer Straße erreichten, konnte Gerber beschleunigen. Es hatte zwar aufgehört zu schneien, aber stellenweise spiegelten sich die Lichter der entgegenkommenden Autos gefährlich auf dem Asphalt. Er konzentrierte sich auf das Fahren und vermied, sich gedanklich mit dem bevorstehenden Auftritt zu beschäftigen.

Struckum war wie ausgestorben. Die Einwohner saßen zu dieser Zeit und bei diesem Wetter vermutlich am Kachelofen und tranken ihren Tee. Fremde und Touristen verirrten sich im Winter selten in die Gegend. Von der B 5 bog er in Richtung Cecilienkoog ab. Nach etwa einem Kilometer hatten sie ihr Ziel erreicht. Die Scheune gehörte zu einem Bauernhof, der nicht mehr bewirtschaftet wurde. Gerber kannte den Veranstaltungsort von Bildern, war jedoch noch nie dort gewesen.

Er parkte den Wagen vor dem Backsteingebäude, das von farbigen Scheinwerfern angestrahlt wurde. Ein Mann in blauem Overall und Pudelmütze versuchte, mit Hilfe einer langen Stange Eiszapfen vom Dachüberstand abzuschlagen. Nur wenige Autos befanden sich auf dem Innenhof, der mit Kopfsteinpflaster ausgelegt war. Laura und Gerber stiegen aus. Der Schnee knirschte unter ihren Schuhen. Gerber hatte das Geräusch ganz sicher in seiner Geräuschedatenbank. Er konnte sich noch an die Aufnahme erinnern, die er vor drei Jahren gemacht hatte. Es hatte ähnlich hoher Schnee gelegen wie an diesem Abend. Aber die Schritte klangen damals anders als heute. Sicher hingen die Geräusche von der Konsistenz des Schnees ab, vom Schuhwerk, dem Untergrund und natürlich von der Umgebung. Warum musste er jetzt darüber nachdenken? Als ob es nichts Wichtigeres gäbe. Vielleicht hatte er wirklich einen Tick, wie Michael behauptet hatte. Töne jeglicher Art zogen ihn in den Bann. Er konnte sich nicht dagegen wehren. Dazu kam, dass er während des Hörens Bilder wahrnahm, geometrische Figuren und Farben. Sie unterschieden sich je nach Art und Lautstärke der Geräusche. Synästhesie nannte man das Phänomen, das je nach seiner psychischen Verfassung bei ihm mal schwächer, mal stärker auftrat. Als Kind hatte er es für normal gehalten, hatte gedacht, dass alle so empfanden. Erst später war ihm klar geworden, dass er auch in der Hinsicht anders war als die meisten Menschen. Die Tritte im Schnee waren von weißen und grauen Dreiecken begleitet, die sich durchdrangen.

»Mir wird kalt«, sagte Laura und weckte ihn aus seinen Gedanken.

Gerber öffnete die Heckklappe und nahm den Gitarrenkoffer heraus.

Vor dem Hallentor stand ein weißer Transporter mit der Aufschrift »Acoustic Food«. Ein etwas übergewichtiger Typ mit langen Haaren und Vollbart sah Gerber mit der Gitarre in der Hand und kam auf ihn zu.

»Leon, nehme ich an. Ich bin Erich.« Er klopfte Gerber auf den Rücken, als begrüßte er einen alten Freund.

»Ich bin Laura. Wir haben miteinander telefoniert.«

»Hi, Laura.«

Sie nickte.

»Kommt rein in die gute Stube. Der Laden wird einigermaßen voll werden heute Abend. Jedenfalls hat Johnny das versprochen. Ich hoffe nicht, dass unsere Fans im Schnee stecken bleiben. Notfalls spielen wir ohne Publikum.« Er lachte mit tiefer Stimme.

Wäre auch nicht schlimm, dachte Gerber und lächelte.

Laura und er gingen am Tourbus vorbei in die Scheune. Eine angenehme Wärme kam ihnen entgegen, die von Infrarotstrahlern an der Decke herrührte. Die offene Dachbalkenkonstruktion und das Inventar, das vorwiegend aus Holzbänken, Stühlen und Strohballen bestand, wirkten rustikal und verbreiteten eine gemütliche Atmosphäre. Dazu eine Theke und die aus Brettern gezimmerte Bühne. Eine zierliche Frau in kessem Outfit, kurzem Lederrock und weißem Top mit der Aufschrift »Bad Girl« sprang von der Bühne und kam auf sie zu. Der Pferdeschwanz wippte bei jedem Schritt.

»Schön, dass ihr hier seid. Freibier gibt's an der Bar. Ich bin Mirja, Gesang und Mundharmonika. Freddy und George sind die anderen beiden coolen Typen dort.« Sie zeigte mit dem Daumen über die Schulter, ohne sich umzudrehen.

»Leon und Laura«, sagte Laura. »Ich hab eure Musik auf YouTube gehört. Gefällt mir sehr.«

»Danke. Unsere neue CD kommt gut an. Besonders das Stück, bei dem Leon den Gitarrenpart gespielt hat, ›Love Me Crazy‹. Das wird der dritte Titel sein. Spielst du die Akustikgitarre? George hätte sicher nichts dagegen.« Sie sah Gerber an und legte den Kopf ein wenig schief.

»Nein. Lieber nicht.«

»Okay.« Mirja zog das Wort lang und schaute Gerber tief in die Augen. Er setzte den Gitarrenkoffer ab, um ihrem Blick auszuweichen.

»Dann bist du kurz vor der ersten Pause dran. Hier ist die Setlist.« Sie überreichte ihm einen zusammengefalteten Zettel, den sie in der linken Hand gehalten hatte. Dann verschwand sie mit katzenartigen Bewegungen wieder Richtung Bühne.

»Hat sie dich jetzt gerade angebaggert, oder was war das?«

»Unsinn.«

»Gefällt sie dir?«

Auf diese Frage gab es keine richtige Antwort. Das wusste

Gerber. Sagte er Nein, würde sie ihm nicht glauben. Ein Ja wäre auch nicht klug gewesen. Also schwieg er.

Gerbers innere Unruhe stieg mit der Anzahl der Besucher, die nach und nach eintrafen. Sie lachten, unterhielten sich laut und rückten Stühle und Bänke. Er saß mit Laura seitlich der Bühne. Wäre sie nicht dabei gewesen, wäre er vermutlich ausgerissen.

Sie ergriff seine Hand. »Versuch, locker zu bleiben, Leon. Am besten stellst du dir vor, du wärst alleine hier.«

Wenn das so einfach wäre, dachte er. Dazu hätte er Augen und Ohren verschließen müssen. Nicht sein Auftritt war das Problem, sondern die vielen Menschen und der Lärm, den sie verbreiteten. Ihm wurde immer klarer, dass er für solche Liveveranstaltungen nicht geeignet war. Da halfen keine Tricks, keine Abhärtung, keine Konfrontationstherapie. Aber heute musste er durchhalten, und sei es nur Laura zuliebe.

Für einen kurzen Soundcheck betrat er die Bühne und folgte den Anweisungen des Tontechnikers, der auf einem Podest am anderen Ende der Halle thronte. Als dieser zufrieden den Daumen hob, hätte Gerber gern noch eine weitere Optimierung des Sounds versucht, zwang sich aber, darauf zu verzichten. Eigentlich wollte er nur noch, dass alles vorbei war.

Als die Band zu spielen begann, ließ seine Anspannung etwas nach, stieg für einen Moment jedoch wieder unerträglich an, als Mirja ihn mit übertriebenen Worten ankündigte. Doch die Panik verschwand schlagartig mit den ersten Akkorden. Nur ein kurzes Nachstimmen der Gitarre, dann versank er in sein eigenes Spiel. Das Publikum schien plötzlich verschwunden zu sein. Es meldete sich mit Beifall zurück, als der letzte Ton des Instrumentalstücks verklungen war. Die Besucher klatschten laut und anhaltend. Der Lärm machte ihm nichts aus, er konnte sogar die Anerkennung genießen. Vielleicht hatten die Therapieversuche doch etwas bewirkt.

Das nächste Stück war ein Liebeslied. Er hatte es für Laura geschrieben. Aber sie wusste das nicht und kannte es nicht. »Hab an dich gedacht«, kündigte er den Song an. Er musste die Gitarre erneut stimmen. Dann begann er mit einem leisen Intro.

Irgendetwas stimmte nicht. Da war ein Geräusch, das er nicht ausblenden konnte. Ein Knacken, Knirschen, für normale Menschen vermutlich unhörbar. Gerber versuchte es zu ignorieren. Er musste unbedingt weiterspielen. Wenn er seinen Auftritt diesmal vermasselte, würde er nie mehr eine Bühne betreten. War es ihm gerade noch gelungen, alle störenden Geräusche auszublenden, so funktionierte es jetzt nicht mehr. Er unterbrach sein Spiel. Ein Raunen ging durch das Publikum. Laura verbarg das Gesicht in den Händen. Gerber sah nach oben. So mancher folgte seinem Blick, aber niemand schien zu kapieren, was vor sich ging. Er brüllte ins Mikrofon: »Das Dach stürzt ein!«

Er stand auf. Die Leute blieben sitzen. Wieso reagierten sie nicht? Hielten sie es für einen Scherz? Verdammt noch mal, es war tödlicher Ernst!

Aus den hinteren Reihen erhob sich ein Mann. Er war korpulent, bewegte sich aber erstaunlich schnell auf den Ausgang zu. Das Knacken wurde lauter. Gerber schrie erneut in das Mikrofon. Dann lief er mit der Gitarre in der Hand die Stufen hinunter auf Laura zu. Sie war inzwischen aufgesprungen. Endlich kam Bewegung in die Menge. Der dicke Mann hatte mit Hilfe der Ordner das Tor geöffnet. Gerber kannte ihn.

Neben der Bühne gab es eine Tür. Einer aus der Band hatte sie geöffnet und leitete einzelne Besucher auf diesem Weg hinaus. Gerber drückte Laura die Gitarre in die Hand und schob sie zu diesem Ausgang. Er löste sich von ihr und eilte zurück.

»Pass auf meine Martin auf«, rief er und wusste selbst nicht, ob ihm das Instrument dermaßen wichtig war oder ob er Laura lediglich eine Aufgabe geben wollte, damit sie draußen blieb.

Ein tiefes Grummeln erfasste den Raum. Gerber sah zur Decke. Erste Teile lösten sich und krachten auf die Bänke. Rufe, Schreie, Panik. Ein Balken löste sich und zerschmetterte das Mischpult. Gerber drückte seinen Körper an die Wand. Irgendwie fühlte er sich verantwortlich für das Chaos, das er ausgelöst hatte, und verharrte auf seiner Position wie ein Kapitän, der als Letzter das sinkende Schiff zu verlassen hatte.

Endlich hangelte er sich an der Wand entlang zum Ausgang. Draußen stand Laura in ihrem Mantel, mit der Gitarre in der Hand, in sicherem Abstand zur Scheune. Er sah die Tränen in ihren Augen. Alles war gut. Als er auf sie zuging, hörte er einen ohrenbetäubenden Lärm. Das gesamte Dach stürzte unter der Eis- und Schneelast ein. Dann herrschte gespenstische Ruhe. Sie wurde erst unterbrochen, als sich die Sirenen von Feuerwehr, Krankenwagen und Polizei näherten. Der Spuk war vorbei.

Er umarmte Laura.

»Ich hab deine Gitarre gerettet.« Sie schluchzte und lachte gleichzeitig und wollte ihn nicht mehr loslassen.

»Eine grandiose Vorstellung«, hörte Gerber jemanden sagen. Er befreite sich aus der Umklammerung und drehte sich um. Vor ihm stand kein anderer als Hauptkommissar Waldemar Flottmann.

»Und ich meine das in doppeltem Sinne. Ihr Gitarrenspiel: alle Achtung. An Ihrer Kommunikation mit den Zuhörern müssen Sie noch arbeiten. Dafür war die Showeinlage einmalig.« Er lachte und reichte Gerber die Hand.

Laura stellte sich mit ihrem Nachnamen Sonntag vor.

»Sie spielen auch?«, fragte Flottmann und zeigte auf die Gitarre, die sie immer noch in der Hand hielt.

»Oh, nein.« Sie gab das Instrument an Gerber weiter. »Nur Blockflöte. Wissen Sie, ob es Tote oder Verletzte gibt?«

»Zwei leicht verletzte Personen, soweit ich informiert bin. Wenn man den Trümmerhaufen betrachtet, ist das ein kleines Wunder. Aber vor dem großen Knall waren bereits alle draußen. Die Presseleute sind übrigens auch schon zur Stelle. Es ist nur eine Frage der Zeit, bis die Sie belagern, Herr Gerber. Es würde mich nicht überraschen, wenn sie Ihnen einen siebten Sinn andichteten. Sie haben verdächtige Geräusche gehört, nicht wahr?«

Gerber nickte.

Flottmann verabschiedete sich mit einer Geste. »Ich seh mal, ob ich irgendwo gebraucht werde. Informieren Sie mich bitte, wenn Sie das nächste Konzert geben. Vielleicht aber dann doch lieber mit einer herkömmlichen Lightshow.«

Laura und Gerber gingen um das Gebäude herum. Ihm war kalt. Seine Jacke lag unter dem Schutt begraben. Unterwegs trafen sie auf George, den Gitarristen der Band. Er hatte eine Decke um seinen Oberkörper gewickelt.

»Scheißspiel«, sagte er. »Unser ganzes Equipment ist im Arsch. Du hast immerhin dein bestes Stück gerettet.«

»Habt ihr eine Versicherung?«, fragte Gerber.

»Witzbold. Immerhin kommen wir jetzt auch mal in die überregionalen Zeitungen.«

»Ich hab euch wohl kein Glück gebracht.«

»Wie man es nimmt. Ohne dich lägen wir jetzt unter dem Schutt da und die Fans mit uns.« George lachte gequält.

Gerber schlug George freundschaftlich auf die Schulter, und Laura schenkte dem Bandleader ein aufmunterndes Lächeln.

Laura und Gerber gelangten unbehelligt von den Reportern zu ihrem Wagen. Gerber legte die Gitarre ohne den schützenden Koffer auf den Rücksitz. Der Koffer lag, ebenso wie seine Jacke, in der Ruine.

»Du wirst dir eine Erkältung holen«, sagte Laura, als sie losfuhren.

»Von Kälte bekommt man keine Erkältung«, antwortete Leon.

»Wenn du meinst. Dieser Flottmann, das war der Kommissar, mit dem du in den Entführungsfällen zu tun hattest?«

»Ja.«

»Er hat einen merkwürdigen Humor. Aber er gefällt mir.«

»Muss ich jetzt eifersüchtig sein?«

Laura lachte. »Da hätte ich wohl eher einen Grund. Ich glaube, die kesse Mirja könnte dich um den Finger wickeln.«

Gerber ging auch diesmal nicht auf ihre Bemerkung ein. Er musste an Flottmann denken. Der hätte garantiert eine passende Antwort für solche Fälle parat. Insgeheim bewunderte er den Hauptkommissar. Natürlich wusste er nicht, wie es in dessen Innerem aussah. Aber nach außen wirkte er souverän und selbstbewusst. Etwas von dieser Selbstsicherheit hätte Gerber gern gehabt.

»Woran denkst du? An Mirja?«

»An Flottmann.«

Laura grinste und schwieg. Dann sagte sie: »Okay. Wenn du nicht an Mirja denkst, sondern an den dicken Polizisten, komme ich noch mit zu dir. Sophia übernachtet bei ihrer Freundin.«

»Ich werde jetzt die ganze Zeit an Flottmann denken, versprochen. Wer ist die Freundin?«

»Nathalie heißt sie. Die Mutter ist Ärztin in der Husumer Klinik.«

Trotz der Katastrophe, der sie nur knapp entkommen waren, hatte Gerber gute Laune. Wie erwartet, waren die Straßen glatt, und er musste das Tempo drosseln. Ein Verkehrsunfall hätte den Abend endgültig verderben können.

6

Am nächsten Morgen machte sich Laura auf den Weg, um Sophia abzuholen. Als Dankeschön für Sophias Betreuung hatte sie eine Flasche Rotwein, selbst gebackene Kekse und ein paar Süßigkeiten in einen Geschenkkorb gepackt. Es herrschte unangenehmes Schmuddelwetter. Bei etwas über null Grad fiel Nieselregen. Dazu wehte ein frischer Wind mit starken Böen. Sie parkte in der Einfahrt hinter Bettinas silberfarbenem Passat und stieg aus.

Das Haus wirkte bescheiden im Vergleich zur Villa in Schobüll, die die Ärztin mit Maik vor der Trennung bewohnt hatte. Laura war nur ein Mal dort gewesen und hatte auch ihn kennengelernt. Er war Architekt und in ihren Augen ein arroganter Schnösel. Ihm gehörte das Schobüller Domizil, und nachdem die Beziehung in die Brüche gegangen war, hatte Bettina das Reihenhaus gekauft. Laura kannte sie nicht näher, und der Kontakt war nur aufgrund der Freundschaft zwischen Sophia und Nathalie zustande gekommen. Sie wusste nur wenig über die Ärztin, hatte aber erfahren, dass Nathalies Vater starb, als die Tochter gerade einmal ein Jahr alt war.

Laura drückte auf den Klingelknopf. Die ersten Takte der Melodie »Für Elise« ertönten. Niemand öffnete. Sie wollte gerade ein weiteres Mal läuten, als die Tür aufging und Bettina Grünenbach vor ihr stand, mit dem Telefon in der Hand. Bettina blickte sie einen Moment entgeistert an. Sie wirkte, als habe sie soeben eine schlechte Nachricht erhalten.

»Hallo, Laura. Komm rein.«

»Ist alles in Ordnung?« Für einen Moment hatte Laura Angst, es könnte etwas mit Sophia sein.

»Ja, ja. Den beiden geht es gut. Sie sind oben in meinem Arbeitszimmer. Sie haben Gefallen an meinem Keyboard gefunden. Ich glaube, sie komponieren den nächsten Hit.« Sie lachte, aber das Lachen klang gekünstelt.

»Ich hab dir etwas für das Babysitten mitgebracht.« Laura überreichte ihr den Korb.

»Aber das wäre nun wirklich nicht nötig gewesen. Nathalie möchte sicher auch gerne mal bei euch übernachten.«

»Jederzeit. Bei uns in Rosendahl hat Sophia nicht gerade viele Spielkameraden.«

Bettina führte Laura ins Wohn-Ess-Zimmer, stellte den Geschenkkorb auf einem Stuhl ab und legte das Telefon zurück in die Ladestation. Vom Obergeschoss waren mehrstimmige Orgeltöne zu hören, die von einem Schlagzeug untermalt wurden.

»Irgendein Idiot belästigt mich seit einiger Zeit mit Anrufen«, sagte Bettina, nachdem beide in Korbsesseln Platz genommen hatten. »Das nervt, und langsam macht es mir auch Angst.«

»Und du hast keine Ahnung, wer das ist? Ein Stalker?«

»Ich weiß nicht. Der Anrufer sagt kein Wort. Auch sonst tritt er nicht in Erscheinung. Typisch für einen Stalker ist das nicht, denke ich. Allerdings … Ach, was soll's.« Bettina untermalte ihre letzte Bemerkung mit einer wegwerfenden Handbewegung. »Ich glaub, wir müssen den Stecker ziehen, um die beiden von dem Ding loszukriegen. Ich hab früher Klavier gespielt und wollte mit dem Keyboard mein Spiel wieder ein bisschen auffrischen. Aber so wie ich es jetzt sehe, wird daraus nichts werden. Wahrscheinlich ist es besser, wenn ich das Instrument in Nathalies Zimmer stelle. Jedenfalls, bis sie die Lust daran verloren hat.«

Das Telefon klingelte.

Bettina zögerte, stand schließlich aber doch auf und nahm das Gespräch an.

»Mistkerl«, zischte sie in das Mikrofon und drückte die rote Taste. »Das war er wieder. Er oder sie.«

»Du könntest eine Geheimnummer beantragen.«

»Ja. Irgendetwas werde ich unternehmen müssen. Vermutlich ist das ein harmloser Irrer, der einfach Spaß daran hat, andere Leute zu erschrecken. Vor ein paar Tagen kam ein Brief an. Darin stand: dreizehn Tage.«

»Dreizehn Tage? Was bedeutet das?«

»Ich hab nicht die geringste Ahnung.«

»Du solltest die Polizei einschalten. Vielleicht ist das Ganze doch nicht so harmlos, wie du denkst.«

»Ja. Wahrscheinlich hast du recht. Allerdings glaube ich nicht, dass die etwas unternehmen wird.«

»Trotzdem würde ich es tun. Auf jeden Fall: Sei vorsichtig, Bettina.«

Die Ärztin nickte. »Ich hol die beiden Komponisten mal runter.«

7

Hauptkommissar Flottmann schlief schlecht in dieser Nacht. Schuld daran war Bogomil, sein übergewichtiger Kater. Es war etwa drei Uhr, als das Tier zu ihm ins Bett kroch und sich ankuschelte. In gewisser Weise hatte er sich daran gewöhnt, dass Bogomil ihn nachts heimsuchte. Ihn aus dem Schlafzimmer fernzuhalten hatte er schon lange aufgegeben. Der Kater weckte ihn meistens, indem er ihm mit den Pfoten auf die Nase schlug, jedoch ohne die Krallen auszufahren. Dann putzte Bogomil sich eine Weile und schnurrte ihn zurück in den Schlaf. Irgendwann verschwand er wieder und legte sich auf die Couch, ins Bücherbord oder in den Blumentopf der Yuccapalme.

Aber diesmal war es anders. Flottmann hatte gerade einen angenehmen Traum, irgendetwas mit Sonne, Strand und Eiscreme, als er wach wurde. Ein klitschnasses Fell hatte sich auf seine Brust gelegt. Der Kater sprang senkrecht in die Höhe, als Herrchen im Halbschlaf um sich schlug, und verschwand mit einem außerirdischen Laut unter dem Bett.

»Verdammte Sauerei«, fluchte Flottmann und stand auf. Er ging ins Bad, zog seine Pyjamajacke aus und trocknete sich ab. Ein Blick in den Spiegel bestätigte, dass die Attacke nicht folgenlos geblieben war. Mehrere rote Streifen zogen sich fast über den ganzen Hals. Er wiederholte seinen Fluch, der vermutlich in der gesamten Nachbarschaft zu hören war.

Erst jetzt merkte er, dass er mit den Füßen in einer Wasserlache stand. Die Spurenlage war eindeutig. Der Kater war auf die Kloschüssel gesprungen, war abgerutscht und in das Becken gefallen. Vermutlich hatte er wild gestrampelt, um sich aus der misslichen Lage zu befreien.

Dass Flottmann ausgerechnet jetzt an Monika, seine Ex, denken musste, entbehrte nicht einer gewissen Ironie. Ständig hatte sie ihn ermahnt, den Klodeckel zu schließen. Aus anderen

Gründen, aber auf eine Art hatte sie recht behalten. Zukünftig würde er sich daran halten.

Flottmann hätte darauf wetten können, dass Hilgersen eine süffisante Bemerkung parat hatte, als er das Büro betrat. Und er hätte die Wette gewonnen.

»Hast 'ne heiße Nacht gehabt?« Der Kollege hatte ein hässliches Grinsen im Gesicht.

»Was?«

Hilgersen strich sich demonstrativ über den Hals. »Die Spuren sind nicht zu übersehen.«

»Quatsch, Mann. Das war Bogomil. Wir hatten eine kleine Auseinandersetzung.« Flottmann ließ sich auf seinen Schreibtischstuhl fallen.

»Hast du zurückgeschlagen?«

»Ich bin nicht gewalttätig. Hab ihm eine Woche Fernsehverbot erteilt.«

Hilgersen lachte.

Das Telefon klingelte.

»Flottmann. – David Lindbergh? Kenne ich nicht. – Soll hochkommen.« Flottmann legte den Hörer auf. »Besuch. Ein Herr Lindbergh.«

»Was will er?«, fragte Hilgersen.

»Keine Ahnung.«

Eine Minute später klopfte es an der Tür. Ein Mann von Mitte vierzig trat ein. Er war auffällig dick angezogen und trug einen Schal um den Hals. Die dunkelblonden Haare hatte er nach hinten gekämmt. Die roten Augen und das blasse Gesicht verliehen ihm ein kränkliches Aussehen. Seine rechte Hand war mit einem Verband umwickelt.

»Bitte, nehmen Sie Platz.« Flottmann wies auf den Besucherstuhl. »Mein Name ist Flottmann, mein Kollege Hilgersen.«

Hilgersen rollte mit seinem Stuhl ins Blickfeld des Besuchers.

»Was können wir für Sie tun, Herr Lindbergh?«, fragte Flottmann.

Der Mann zog seinen Mantel aus und legte ihn über die Stuhllehne. Den Schal behielt er um.

»Ich bin überfallen und entführt worden«, seufzte er und setzte sich. »Ich kann nur hoffen, dass Sie mir meine Geschichte abnehmen, denn sie klingt unglaublich.«

»Sprechen Sie frei von der Leber. Wir werden Ihnen zuhören.«

Lindbergh erzählte von seiner Entführung, einer perfiden Konstruktion, die ihn um ein Haar umgebracht hätte, von einem Rettungsring, einem Anker, einer Blechdose und einer Drohne. Nur dank seiner guten Kondition habe er überlebt.

»Männer von der DLRG haben mich schließlich aufgegriffen. Ich weiß nicht, ob ich den Weg durch das Watt noch alleine geschafft hätte«, schloss er seine Ausführungen.

»Das ist wirklich eine merkwürdige Geschichte«, sagte Flottmann. »Haben Sie einen Verdacht, wer dahinterstecken könnte?«

»Nein.«

»Haben Sie Feinde?«

»Nein. Ich bin Finanzbeamter. Ich kann mir nicht vorstellen, dass jemand zu solchen Methoden greift, weil er mit dem Steuerbescheid nicht einverstanden ist.«

Hilgersen grinste. »Ansonsten kämen vermutlich viele Täter in Frage.«

»Die Steuerfahnder sind da wohl gefährdeter«, entgegnete Lindbergh. »Ich vermute, dass ich ein Zufallsopfer war und der oder die Täter einfach Spaß daran hatten, jemanden in Todesangst zu versetzen und seinen Überlebenskampf zu filmen. Ich habe viel darüber nachgedacht. Ich bin sogar überzeugt, dass sie das Ganze so konstruiert haben, dass es mir mit etwas Glück und Verstand möglich war davonzukommen. So makaber es klingt: Die Mistkerle haben mit mir gespielt, und wahrscheinlich haben sie sich köstlich amüsiert. Es würde mich nicht wundern, wenn sie das Spiel mit einem anderen Opfer wiederholen würden. Vielleicht verkaufen sie die Videos sogar im Internet. Für so etwas gibt es bestimmt einen perversen Kundenkreis.«

Flottmann beobachtete Lindbergh während des Gesprächs genau. Manchmal kamen Angst und Verzweiflung in den Schilderungen zum Ausdruck. Dann wiederum überraschte ihn die lockere Art, mit der Lindbergh über den Vorfall sprach. Vielleicht war sein Verhalten typisch für jemanden, der ein traumatisches Erlebnis verarbeiten musste.

»Haben Sie einmal daran gedacht, einen Psychologen aufzusuchen? Ich meine, das Ereignis wird Spuren bei Ihnen hinterlassen haben.«

»Ich bilde mir ein, dass ich die Sache abgehakt habe. Da ich überzeugt bin, dass ich ein zufälliges Opfer war, hält sich meine Angst in Grenzen. Es gibt überhaupt keinen Grund, mir nach dem Leben zu trachten. Aber wenn sich der Täter beliebige Opfer aussucht, könnte er erneut zuschlagen. Vielleicht helfen Ihnen meine Aussagen, ihn zu fassen, bevor jemand anderes Schaden nimmt. Deshalb bin ich hier. Ich selbst werde dem offensichtlich Geistesgestörten wohl nicht zum zweiten Mal in die Hände fallen.«

»Nach Ihrer Schilderung haben Sie ein ziemliches Martyrium hinter sich. Manchmal tauchen die psychischen Probleme erst nach längerer Zeit auf.«

»Mag sein. Dann kann ich immer noch einen Seelenklempner aufsuchen. Ich halte nicht besonders viel von der Zunft.«

Flottmann nickte. Spontan musste er an die Psychologin denken, zu der seine Ex-Frau ihn geschleppt hatte, um die Ehe zu kitten. Aus der Eheberatung war mehr eine Trennungsberatung geworden. Nach dem Ende der Sitzungen war er, genau wie Monika, überzeugt gewesen, dass die Schuld am Scheitern der Beziehung allein bei ihm gelegen hatte.

»Wie, wann und wo hat man Sie entführt?«, fragte Flottmann.

»Vor zwei Tagen. Auf dem Aldi-Parkplatz in der Nordhusumer Straße. Ich wollte noch kurz vor Ladenschluss ein paar Lebensmittel besorgen. Jemand hielt neben meinem Wagen und stieg aus. Ich konnte sein Gesicht nicht erkennen. Er klopfte an mein Fenster, woraufhin ich die Scheibe runterkurbelte. Ehe ich mich's versah, langte er durch das offene Fenster und verpasste mir eine Spritze.« Lindbergh fasste mit der rechten Hand an seinen linken Oberarm, um seine Aussage zu unterstreichen. »Ich hab gar nicht so richtig mitbekommen, was passierte. Jedenfalls habe ich wohl ziemlich schnell das Bewusstsein verloren. Später hab ich mehrere Einstiche entdeckt. Vermutlich hat er mir jedes Mal eine Spritze gegeben, wenn ich am Aufwachen war.«

»Haben Sie die Automarke und das Kennzeichen erkannt?«

»Nein. Leider nicht. Ich hab nicht darauf geachtet. Der Wagen war dunkelblau. Mehr kann ich nicht sagen.«

»Und niemand hat etwas mitbekommen?«

»Offensichtlich nicht. Oder es hat sich niemand darum geschert. Die Leute gucken ja heutzutage lieber weg, als sich um Mitmenschen zu sorgen.«

»Haben Sie eine Ahnung, wie man Sie abtransportiert und schließlich in das Boot gebracht hat? Sie sind mit Ihrer Größe nicht gerade ein Leichtgewicht.«

»Darüber hab ich mir auch Gedanken gemacht. Entweder waren es mehrere Entführer, oder der Täter muss sehr kräftig gewesen sein. Mitbekommen hab ich von alledem nichts. Ich denke, der oder die Täter haben mich direkt vom Fahrersitz auf den Beifahrersitz des anderen Autos verfrachtet.«

»Wo steht Ihr Auto jetzt?«

»Es stand noch beim Discounter. Ich hab es abgeholt. Jetzt parke ich vor dem Polizeigebäude.«

»Wir müssen Ihr Fahrzeug hierbehalten, damit es auf Spuren untersucht werden kann.«

Lindbergh nickte. Er griff in die Hosentasche, brachte die Autoschlüssel zum Vorschein und legte sie auf Flottmanns Schreibtisch.

»Kann Sie jemand abholen?«

»Kein Problem, ich komme schon nach Hause. Ich nehme mir ein Taxi oder besorge mir einen Leihwagen. Ich nehme an, dass Ihre Untersuchungen eine Zeit lang in Anspruch nehmen werden.«

»Ja. Wir rufen Sie an, wenn Sie Ihr Fahrzeug abholen können. Sind Sie wirklich wieder völlig in Ordnung?«

»Die Kälte hat mir zu schaffen gemacht. Ich vermute, dass ich eine Grippe bekommen werde. Davon abgesehen geht es mir gut.«

»Ihre Hand?«

»Eine Schnittwunde. Das ist beim Schöpfen passiert. Ist nicht der Rede wert.«

»Warum sind Sie nicht sofort zu uns gekommen, Herr Lindbergh?«

»Wie Sie sich vorstellen können, brauchte ich Zeit, um mich vom Schock und von den Strapazen zu erholen. Gestern wäre ich vermutlich noch nicht in der Lage gewesen, Ihnen alles einigermaßen sachlich zu schildern.«

»Verstehe. Wir werden uns um den Fall kümmern. Und Sie sollten die Sache nicht auf die leichte Schulter nehmen. Es ist nicht auszuschließen, dass man Ihnen weiter nach dem Leben trachtet.«

»Ich werde auf mich aufpassen.«

»Haben Sie Familie?«

Lindbergh zögerte einen Moment. »Alleinstehend.«

»Wir nehmen jetzt ein Protokoll auf, das Sie unterschreiben müssen. Außerdem brauchen wir noch eine DNA-Probe von Ihnen.«

»Weshalb das?« Lindbergh sah Flottmann überrascht an.

»Vielleicht hat der Täter beim Überfall seine DNA im Auto hinterlassen. Um die von Ihrer trennen zu können, müssen wir Ihr Profil kennen.«

Lindbergh nickte. »In Ordnung.«

»Ein Kollege wird das machen. Es dauert nicht lange.«

Flottmann griff zum Telefon und veranlasste das Notwendige.

»Nimmst du ihm die Geschichte ab?«, fragte Hilgersen, nachdem der Besucher gegangen war.

»Warum sollte er so etwas Absurdes erfinden? Um sich

interessant zu machen? Wohl kaum. Falls wir das Boot finden, wissen wir, ob an der Sache etwas dran ist. Die Leute von der DLRG kennen die Stelle, an der es liegt. Einer von uns soll bei Niedrigwasser mit ihnen hinausgehen und alles mit Fotos dokumentieren. Eine Bergung wäre zu aufwendig. Allerdings sollten wir den Mechanismus ausbauen, den Lindbergh beschrieben hat. Vielleicht hilft uns das weiter. Auch den Rettungsring brauchen wir und die Blechdose.«

»Sollten wir nicht die Spurensicherung hinschicken?«

»Nach mehreren Tagen unter Wasser würden die nichts mehr finden.«

»Irgendwie ist der Finanzbeamte ein cooler Typ. Ich glaube, ich hätte an seiner Stelle immer noch das große Flattern«, sagte Hilgersen. »Er hat kaum Regungen gezeigt. Jedenfalls keine Angst oder Wut.«

»Vielleicht hat ihn doch alles mehr mitgenommen, als er glaubt. Die Nachwirkungen können sich auf vielfältige Weise äußern.«

»Mag sein. Aber ich hatte den Eindruck, dass er uns etwas verschweigt. Vielleicht kennt er das Motiv für den Anschlag.«

»Dann wäre es besser für ihn, es uns mitzuteilen«, sagte Flottmann. »Es sei denn, dass es um etwas geht, was man der Polizei nicht unbedingt erzählen möchte. Vielleicht, weil er selbst in eine Straftat verwickelt ist und der Anschlag ein Racheakt war.«

»Hm. Hast du einen konkreten Verdacht?«

»Nein. Auf jeden Fall sollten wir das Boot noch einmal in Augenschein nehmen. Du bist der richtige Mann dafür, Gustl. Schlicklaufen im Winter hat auch seinen Reiz. Aber sieh dir die Tidezeiten an, bevor du losmarschierst.«

»Den Ratschlag muss ich mir ausgerechnet von einem Zugereisten anhören.«

Die Tür ging auf, und Rasmussen von der Streife kam herein.

»Der Einsturz der Scheune wird noch ein Nachspiel haben«, sagte er zu Flottmann. »Du warst an dem Abend vor Ort?«

»Ja. Um ein Haar säße ich jetzt nicht hier.«

»Unkraut vergeht nicht. Jedenfalls hat es wohl im Vorfeld Hinweise auf Baumängel gegeben. Es liegt sogar das Gutachten eines Statikers vor, das die Mängel aufzeigt.«

»Und was haben wir damit zu tun?«

»Nichts. Ich wollte dich nur unterrichten, da du ja gewissermaßen beteiligt warst.«

»Danke.«

»Bitte. Sag mal, was ist mit deinem Hals? Hat Bogomil dich angefallen?«

»Nee. Hab 'ne heiße Liebesnacht hinter mir. Wenn du weißt, was ich meine.«

Rasmussens ungläubiges Grinsen beim Verlassen des Büros ärgerte Flottmann. Allemal war ihm ein ausschweifendes Abenteuer zuzutrauen, fand er. Und eine Gelegenheit dazu würde sich sicher irgendwann ergeben.

8

Die chinesische Ming-Vase zerschellte an der Wohnzimmerwand. Ein Geschenk zur Hochzeit, von wem auch immer. Die Scherben verteilten sich über den Fliesenboden, symbolisch für den Zustand seiner Ehe. Da gab es nichts mehr zu kitten. Selbst der beste Restaurator musste an dieser Aufgabe scheitern.

Der Tritt gegen den Glastisch blieb ohne Folgen. Den Schmerz in seinem Fuß spürte Peter Fischer nicht. Zu mächtig waren die inneren Qualen, Wut, Enttäuschung und Kränkung. Wenn er seinen Zorn schon nicht an Esther auslassen konnte, mussten die ihr lieb gewordenen Gegenstände daran glauben: das Fotoalbum mit den Bildern der Schottlandreise, die kitschige Schneekugel und die Stoffpuppe Tiffy aus ihren Kindertagen, der er mit einem Ruck den Kopf abriss. Könnte er an Voodoozauber glauben, hätte er die Puppe jetzt mit Nadeln durchstochen und eine passende Beschwörung ausgesprochen. Stattdessen hockte er sich auf die Fliesen, mit dem Rücken an der Wand, und nahm einen weiteren Schluck aus der Wodkaflasche, obwohl er das Zeug nicht mochte.

Warum hatte sie ihm das angetan? Wieder so ein akademisches Arschloch, das wahrscheinlich keinen Nagel in die Wand hauen konnte. Ein Physiker, der irgendetwas mit Planeten und Weltraum zu tun hatte. Bestimmt hatte er versprochen, ihr einen Stern vom Himmel zu holen.

Mit eigenen Händen hatte Fischer das heruntergekommene Haus renoviert. Kollegen hatten ihm geholfen, aber meistens hatte er allein geschuftet. Über zwei Jahre lang keinen Feierabend und kein freies Wochenende. Er war auf ihre Wünsche eingegangen, wollte ein Heim schaffen, für sie und die Kinder, die geplant waren. Bereits damals hatte sie ihn betrogen. Aber er war zu beschäftigt gewesen, um es zu bemerken. Vielleicht hatte er ihr auch einfach blind vertraut.

Fischer hielt noch immer die Stoffpuppe in der linken Hand. Er setzte die Flasche auf den Boden und griff nach dem abgetrennten Kopf. Den konnte man sicher wieder annähen, dachte er.

Er sah auf die Küchenuhr. Die Zeiger verschwammen vor seinen Augen. Nur mit Mühe konnte er die Zeit ablesen. Angeblich war sie bei ihren Eltern. Wenn sie ihn nicht erneut angelogen hatte, musste sie bald zurück sein. Übernachten würde sie dort nicht. Das hatte sie jedenfalls bisher nie getan.

Fischer stand auf. Der Boden schwankte unter seinen Füßen. Ihm war übel. Er bückte sich, nahm die Flasche in die Hand und schleppte sich in die Küche. Dann öffnete er den Verschluss und goss den Wodka in die Spüle. Sollte sie ruhig denken, er hätte die ganze Literflasche aus Kummer ausgetrunken. Verdammt noch mal, er liebte sie immer noch.

Er drehte den Wasserhahn auf und schleuderte einen Schwall kaltes Wasser in sein Gesicht. Dann begann er, die Scherben der Vase und die Reste der zerschmetterten Schneekugel aufzusammeln und im Abfalleimer zu entsorgen.

Als die Tür aufging, stand er mit der geköpften Stoffpuppe in der Hand wie ein Häufchen Elend vor ihr. Sie verzog keine Miene. Ihr Blick drückte kein Mitleid, keine Wut, sondern abgrundtiefe Verachtung aus. Ohne ein Wort ging sie ins Schlafzimmer und schloss die Tür ab. Nicht einmal einen Streit war er ihr mehr wert.

Irgendwie musste er seine Wut loswerden. Er ging in den Flur, riss seine Jacke vom Garderobenhaken und verließ die Wohnung. Als er vor der Haustür stand, überlegte er, ob er in sein Auto steigen und umherfahren sollte. Natürlich war er nicht mehr verkehrstüchtig. Aber es war ihm egal, ob er die Karre zu Schrott fuhr. Er fürchtete auch keine Verkehrskontrolle. Schon einmal hatte er seinen Führerschein für drei Monate abgeben müssen. Er war einfach weitergefahren und nicht erwischt worden.

Alles schien im Augenblick belanglos geworden zu sein.

Wenn er diesen Physiker in die Finger bekam, würde er ihm den Hals umdrehen. Bessern würde sich dadurch zwar nichts, aber er stünde nicht mehr als Verlierer da. Und vielleicht würde sie sich wieder auf ihn besinnen, wenn der Kerl verschwunden war. Fischer wusste, dass der Plan nicht aufging, aber der Gedanke daran verbesserte seine Stimmung.

Als er vor seinem Wagen stand, der in einer Seitenstraße parkte, hatte er es sich anders überlegt. Er war eindeutig zu betrunken für eine Spritztour und würde nicht einmal hundert Meter unfallfrei schaffen. Andererseits war der Alkoholpegel nicht hoch genug, um das Grübeln abzuschalten. Vielleicht hätte er den Wodka doch austrinken sollen. Aber seine Stammkneipe lag ganz in der Nähe. Genug Geld hatte er auch dabei. Sicher würde er dort auf Leidensgenossen treffen, denen es nicht besser ging als ihm.

Auf dem Weg dorthin zog er seinen Haustürschlüssel aus der Hosentasche und kratzte beim Vorbeigehen damit über die Fahrertür des protzigen Mercedes, der vor seinem Wagen stand. Dabei kicherte er wie ein Kind, das dem Lehrer einen Streich gespielt hatte.

9

Hilgersen informierte sich telefonisch bei der Deutschen Lebens-Rettungs-Gesellschaft über deren Einsatz im Watt. Die DLRG war um fünfzehn Uhr zwanzig von der Rettungsleitstelle benachrichtigt worden. Ein Streifenwagen war bereits vor Ort gewesen. Ein aufmerksamer Bürger hatte den einsamen Wanderer vom Hockensbüller Deich aus beobachtet und die 112 angerufen. Der Einsatz sei wenig spektakulär gewesen, berichtete Mommsen von der DLRG. Eine unmittelbare Gefahr habe nicht bestanden. Er habe sich mit einem Kollegen zu Fuß auf den Weg gemacht. Lindbergh sei ihnen entgegengekommen. Unterwegs habe er eine wirre Geschichte erzählt, irgendetwas von Entführung und einem Leck im Boot, das in der Nähe im Schlick läge. Genaues wusste Mommsen nicht. Er erklärte sich bereit, Hilgersen die Stelle zu zeigen, an der sie auf Lindbergh getroffen waren. Um das Boot hätten sie sich nicht weiter gekümmert.

Der Ausflug ins Watt bot sich wegen der ungünstigen Niedrigwasserzeiten erst in zwei Tagen an. Hilgersen vereinbarte Ort und Uhrzeit mit Mommsen.

Für einen winterlichen Ausflug passend angezogen, mit hohen Gummistiefeln, Skiunterwäsche, Pullover, Schal und Friesennerz mit Kapuze, fand sich Hilgersen zwei Tage später am Treffpunkt, dem Hockensbüller Parkplatz, direkt hinterm Deich, ein. Schon bei dem Gedanken an die Tour hatte er ein leichtes Kratzen im Hals verspürt, das sich bei passender Gelegenheit zu einer handfesten Erkältung entwickeln konnte. Gegenüber Flottmann stellte er sich gern als robusten Naturburschen dar, aber in Wirklichkeit saß er bei Wind und Wetter lieber hinter dem Ofen oder im Büro und erledigte Schreibtischarbeiten. Zu allem Überfluss setzte ein Graupelschauer ein, der die gefühlte Temperatur weit unter den Nullpunkt senkte. Hilgersen blieb im Dienstpolo sitzen, bis die Männer von der DLRG in einem Ford Ranger heranrauschten. Punkt neun Uhr, wie verabredet. Da gab es nichts zu meckern. Zwei Männer in roter Schutzkleidung stiegen aus. Hilgersen verließ ebenfalls sein Fahrzeug und ging auf die beiden zu.

»Mein Name ist Hilgersen. Herr Mommsen?« Er sprach den älteren an, einen kräftigen Kerl von mindestens einem Meter neunzig.

»Jo. Wir haben miteinander telefoniert. Das ist Jochen Misfeld.« Er klopfte dem schmächtigen Kollegen mit dem Milchbubigesicht auf die Schulter.

Die Männer schüttelten sich die Hände.

»Petrus meint es nicht besonders gut mit uns«, sagte Mommsen.

»Allerdings. Eine neue Folge von ›Baywatch‹ wird das heute wohl nicht werden.« Hilgersen lachte gequält.

Er ging zurück zum Wagen, nahm einen Rucksack aus dem Kofferraum, in den er Fotoapparat und Werkzeug gepackt hatte, und schnallte ihn sich auf den Rücken. Über eine Steintreppe erreichten sie die Deichkrone, wo ihnen ein scharfer Wind entgegenblies. Auf der anderen Seite angekommen, blieben die drei stehen und ließen den Blick über das Watt schweifen. Die Sichtweite betrug keine fünfzig Meter. Unter normalen Umständen hätte sich an solchen Tagen niemand hinausgewagt. Schnell konnte man bei diesen Witterungsverhältnissen die Orientierung verlieren. Nicht nur aus diesem Grunde verspürte Hilgersen den Impuls umzukehren.

»Und ihr findet das Boot trotz der schlechten Sicht wieder?«, fragte er und hoffte insgeheim auf eine negative Antwort.

»Klar. Hab mir die Richtung genau gemerkt. Einen Kompass hab ich zur Sicherheit dabei. Wir werden nicht verloren gehen.« Mommsen grinste. »Also los!«

Bereits beim ersten Schritt im Schlick ahnte Hilgersen, dass die Tour zur Tortur werden würde. Nur nicht stehen bleiben, dachte er. Je tiefer er einsank, desto kraftraubender wurde der nächste Schritt. Unter den Stiefeln knirschten die Schalen der Herz- und Miesmuscheln.

Hoffentlich wusste Flottmann seinen Einsatz zu schätzen. Der Hauptkommissar mit seinen fünfundneunzig Kilo und seiner nicht vorhandenen Fitness hätte maximal den Hinweg geschafft, was sich in Anbetracht des Gezeitenwechsels als ungünstig erwiesen hätte.

Der junge Misfeld sprach kein Wort. Vermutlich wäre er an diesem Samstag lieber bei seiner Freundin im warmen Bett geblieben.

Zu allem Überfluss mussten sie einen Priel durchqueren. Obwohl Mommsen angeblich die flachste Stelle kannte, war sie tief genug, um Wasser in Hilgersens Gummistiefel zu befördern. Kälte kroch an den Beinen hoch, und gleichzeitig verstärkte sich das Kratzen in seinem Hals. Eine Woche dienstfrei könnte der Arzt ihm sicher spendieren, aber es gab niemanden, der Hilgersen verwöhnte und ihm Milch mit Honig ans Bett brachte.

Endlich bekamen sie Sandboden unter die Füße. Trotz der Windböen schaffte es Hilgersen, auf einem Bein stehend, nacheinander beide Stiefel auszuziehen, das Salzwasser auszuschütten und sie wieder anzuziehen. Er war stolz auf seine akrobatische Leistung.

»Keine Ersatzsocken dabei?«, fragte Mommsen, der mit seiner wasserfesten Schutzkleidung solche Probleme nicht kannte.

»Ich besitze nur das eine Paar«, konterte Hilgersen, als er das Grinsen in Mommsens Gesicht bemerkte.

Eine Viertelstunde später trat das Boot aus den Schwaden hervor. Hilgersen hatte keine Ahnung, wie der DLRG-Mann das angestellt hatte. Vielleicht besaß der einen siebten Sinn für solche Angelegenheiten.

Das Boot lag auf der Seite. Mit vereinten Kräften gelang es ihnen, es aufzurichten. Hilgersen schnallte seinen Rucksack ab und machte sich an die Arbeit. Er kam sich wie ein Mitarbeiter der Spurensicherung vor. Zunächst dokumentierte er den aktuellen Zustand mit der Kamera. Den blauen Metallkasten, die Ankerkette, die Blechdose. Alles passte zu Lindberghs Schilderung. Nur der Rettungsring fehlte. Vermutlich war dieser von der Flut fortgespült worden.

Hilgersen packte das Werkzeug aus und stieg ins Boot. Der Kasten war mit Schrauben am Boden befestigt. Sie ließen sich leicht lösen. Akribisch untersuchte er den Mechanismus, der für die Flutung verantwortlich gewesen war. Auch davon schoss er Fotos aus unterschiedlichen Perspektiven. Die Arbeit fing an, ihm Spaß zu bereiten. Das unwirtliche Wetter und die kalten Füße hatte er vollständig ausgeblendet. Vielleicht sollte er sich bei der SpuSi bewerben. Aber schon tauchten Tatortbilder vor seinem inneren Auge auf, die ihn von diesem Plan abrücken ließen. Dabei konnte er die Toten, die er während seiner Laufbahn gesehen hatte, an einer Hand abzählen.

Mommsen und Misfeld beobachteten die Aktivitäten des Kommissars mit Interesse. Auf sie musste Hilgersens Einsatz hochprofessionell wirken. Jedenfalls gab er sich Mühe, diesen Eindruck zu erwecken. Die Blechdose verstaute er in einer Plastiktüte, ebenso die Einzelteile der Flutungsvorrichtung. Dann stieg er aus dem Boot und untersuchte die Ankerkette. An deren Ende befanden sich mehrere schwere Stahlplatten, die von Sand und Schlick bedeckt waren. Kette und Platten waren aneinandergeschweißt. Hilgersen hatte kein passendes Werkzeug, um sie zu trennen, schoss aber eine Reihe weiterer Fotos zur Dokumentation.

»Danke, Kollegen«, sagte Hilgersen, als er mit der Spurensicherung fertig war. »Das war's.«

Die Utensilien verstaute er zum Teil im Rucksack und zum Teil in einer mitgebrachten Tragetasche, die Misfeld ihm abnahm.

Der Rückweg kam Hilgersen angenehmer vor als die Hintour. Mit dem Wind im Rücken und den Beweismitteln im Gepäck legte er ein beträchtliches Tempo vor. Er fand, dass er gute Arbeit geleistet hatte. Nur die kalten Füße machten ihm zu schaffen. Die Graupelschauer hatten aufgehört, und manchmal blinzelte sogar die Sonne aus den Wolken hervor. Hilgersen war gut gelaunt.

»Ohne euch hätte ich das nicht geschafft«, sagte er, »ich hätte mich wahrscheinlich im Watt verirrt.«

Mommsen lachte. »Irgendwann wird jeder wieder an Land gespült. Was war eigentlich der Sinn der Aktion?«

»Wir müssen die Angaben des Mannes überprüfen, den Sie gerettet haben. Reine Routine.«

»Die Sache mit der Entführung und dem Wassereinbruch?«

»Ja. Aber bitte kein Wort zur Presse davon.«

»Die Nachricht von der Rettung ist schon raus. Aber wir haben keine Details bekannt gegeben.«

»Gut.«

Hilgersen blieb stehen. Sein Blick war auf ein graues Kunststoffteil gefallen, das aus dem Schlick ragte. Er bückte sich und zog es heraus. Sofort erkannte er, dass es sich um einen Propellerflügel der von Lindbergh erwähnten Drohne handelte. Wieso lag der hier herum? War der Multicopter abgestürzt? Aber wo war dann der Rest des Fluggeräts? Vom ablaufenden Wasser hinweggespült, nahm Hilgersen an.

»Was ist das?«, fragte Mommsen.

»Der Rotor einer Drohne beziehungsweise ein Teil davon, vermute ich. Vielleicht liegt der Flieger hier noch irgendwo rum.«

Hilgersen reinigte das Fundstück in einer Wasserlache und steckte es in die Jackentasche.

Die Männer suchten die nähere Umgebung nach dem Multicopter ab, wurden aber nicht fündig. Sie setzten den Heimweg fort. Als sie den Priel erreichten, bestimmte Hilgersen selbst einen Weg für die Überquerung. Vielleicht war es Intuition oder einfach nur Glück, dass er eine flache Stelle fand und kein Tropfen in die Stiefel drang.

Eine halbe Stunde später erreichten sie den Parkplatz. Hilgersen verstaute Rucksack und Tragetasche im Kofferraum. Dann wandte er sich den beiden DLRG-Männern zu.

»Nochmals vielen Dank für eure Hilfe.«

»Gern geschehen. So eine Tour hätte zwar im Sommer mehr Spaß gemacht, aber der Ausflug war auch so ganz nett. Nicht wahr, Jochen?«

»Ja.«

Ich war mir fast sicher, dass der Junge sprechen kann, dachte Hilgersen und stieg in den Wagen.

10

»Einen schönen Urlaubstag gehabt?«, fragte Flottmann, als er sich am Montagmorgen an seinen Schreibtisch setzte.

»Was?«

»Deine Wattwanderung vorgestern.«

»Das nächste Mal übernimmst du den Job. Weißt du eigentlich, wie kalt es war? Und geschneit hat es auch.«

»Für einen Naturburschen wie dich doch kein Problem, oder?«

Hilgersen warf einen Radiergummi nach seinem Kollegen. Der duckte sich, und das Geschoss verfehlte seinen Kopf um Haaresbreite.

»Okay. Wenn der Nächste entführt wird und mit einem Boot absäuft, mach ich das.«

Hilgersen antwortete nicht. Er blätterte in einer Akte, klickte durch verschiedene Menüs der Vorgangsbearbeitungssoftware und kritzelte unlesbare Notizen auf ein Blatt Papier. Das Frotzeln mit seinem Kollegen und Vorgesetzten gehörte zum täglichen Ritual. Aber was zu viel war, war zu viel. Hilgersen hatte nicht nur den dienstfreien Samstag geopfert, sondern sich zudem noch den Arsch abgefroren. Und dann musste er sich solche Bemerkungen anhören.

»Also, was gab es?«, fragte Flottmann.

»Was man im Urlaub so erlebt. Sonne, Strand und Meer. Und ein Flirt mit zwei Männern von der DLRG.«

»Hm. Bist du sauer?«

»Nee. Wie kommst du darauf?«

»Hast du Fotos gemacht?«

»Richtig. Hätte ich fast vergessen. Herrliche Urlaubsfotos, damit ich mich an den schönen Ausflug erinnern kann.« Hilgersen musste niesen. Halbkugelförmige Tropfen verteilten sich über den Bildschirm. Mit dem Ärmel wischte er die Spuren ab.

Flottmann räusperte sich. »Ich koche uns einen Kaffee. Dann zeigst du mir die Bilder, okay?«

Hilgersen schwieg.

Nach einer Viertelstunde kam Flottmann mit zwei Tassen zurück und stellte eine auf Hilgersens Schreibtisch. Mit der freien Hand schnappte er sich den Besucherstuhl und setzte sich neben ihn.

Hilgersen nahm einen Schluck, dann noch einen und noch einen. Seine Miene hellte sich auf.

»Hast du den gebraut?«

»Klar. Ist gut, nicht?«

Hilgersen nickte und brachte ein zufriedenes Grinsen zustande.

»Hab einen Schuss Rum reingetan. Silke hat im Spind immer eine Flasche für besondere Anlässe. Sie ist heute nicht da.«

Silke Amsel erledigte so ziemlich alles in der Dienststelle. Nur für das Kaffeekochen fühlte sie sich nicht zuständig. Schließlich sei sie Teetrinkerin und hätte festgestellt, dass Männer unter entsprechender Anleitung durchaus die einfachen Handgriffe erlernen könnten.

Der großzügige Schuss Rum hatte das Eis gebrochen. Hilgersen rief die Fotos einzeln auf und gab seine Erklärungen dazu ab, wenn auch nicht, ohne mehrfach auf die widrigen Umstände der Expedition hinzuweisen.

Flottmann klopfte ihm auf die Schulter. »Gute Arbeit! Der Staat und die Bevölkerung sind dir zu Dank verpflichtet. Und ich natürlich.«

Trotz der Ironie, die in Flottmanns Worten steckte, tat Hilgersen das Lob gut.

»Warum hat Lindbergh nichts vom Drohnenabsturz erzählt?«, fragte er.

»Er wird es gar nicht mitbekommen haben. Schließlich stand er unter Stress. Vermutlich hatte er alles um sich herum vergessen. Das Wasserschöpfen muss überaus anstrengend gewesen sein. Aber vielleicht stammt der Propeller auch von einem anderen Gerät.«

»Ist nicht sehr wahrscheinlich, oder?«

»Nein, ist es nicht. Typ und Hersteller müssten sich herausfinden lassen.« Flottmann ging an seinen Schreibtisch zurück. »Schick die Fotos vom Propeller an die in Frage kommenden Firmen.«

»Ich hab Knoblauch-Malte die Aufgabe übertragen. Er war begeistert. Für solche Sisyphusarbeit ist er einfach der Beste.«

»Du solltest ihn nicht Knoblauch-Malte nennen.«

»Tu ich ja auch nur, wenn er nicht anwesend ist. Er glaubt immer noch, dass er eine dreieinhalb Jahre höhere Lebenserwartung hat, wenn er jeden Tag eine Knolle isst. Das hat er irgendwann einmal in einer Apothekenzeitschrift gelesen. Seitdem ist er auf diesem Trip.«

»Was hat er von einem langen, aber einsamen Leben?«

»Von wegen einsam. Er hat eine äußerst attraktive Lebensgefährtin. Ich hab die beiden vor ein paar Tagen in der Stadt, in der Krämerstraße, getroffen. Ein heißer Feger, sag ich dir.«

»Lass mich raten: Sie will auch dreieinhalb Jahre länger leben.« Flottmann grinste.

»Vermutlich. Sie roch aber nach Parfüm. Sie ist Astrologin, sagt Malte. Wenn du ihr dein Geburtsdatum nennst, prophezeit sie dir die Zukunft.«

»Die will ich gar nicht wissen, und ich glaub auch nicht, dass uns ihre Prognosen bei unseren Ermittlungen nützlich sein können.«

»Jedenfalls hat Malte den Job übernommen. Er muss ja die Hersteller nicht persönlich aufsuchen.«

»Gut. Und das Material, das du während deines Urlaubsausflugs erbeutet hast, soll die KTU untersuchen. Vielleicht finden die Kollegen irgendwelche spezifischen Werkzeugspuren oder Ähnliches.«

Hilgersen öffnete die Schublade und fand einen weiteren Radiergummi. Da Flottmann während der Unterhaltung seine Füße auf den Aktenschrank gelegt hatte, fehlte ihm die notwendige Bewegungsfreiheit, um dem Geschoss auszuweichen.

»Aua! Verdammt, du kannst ja genauso gut werfen wie schießen.«

»Stimmt. Das solltest du dir für die Zukunft merken. Außerdem war das meine letzte weiche Munition. Ich müsste künftig auf härtere Gegenstände zurückgreifen.«

Flottmann nahm die Füße vom Schrank. »Also, was wissen wir vom Täter? Ich versuch mal ein Profil: männlich, sehr kräftig, kennt sich mit den Besonderheiten an der Küste wie Ebbe und Flut aus, intelligent, hat technische Kenntnisse, vielleicht ein Studium, handwerklich begabt, ledig oder geschieden, keine oder erwachsene Kinder, wohnt in einem Haus, in dem er ungestört werken kann.«

»Das Wichtigste hast du vergessen: Er ist ein Psychopath. Kein normaler Mensch würde so etwas tun.«

»Mag sein. Das hilft uns aber nicht weiter, es sei denn, er wäre in der Vergangenheit auffällig geworden. Die wichtigste Frage ist, ob Lindbergh ein Zufallsopfer war. Wenn er es war, spräche das für einen Wahnsinnigen, der Spaß an solchen Spielchen hat, und wir müssten mit weiteren ähnlichen Taten rechnen. Hat er Lindbergh gezielt ausgesucht, so könnte Rache das Motiv sein.«

»Ich war auch schon einmal sauer auf einen Finanzbeamten, als der mein häusliches Arbeitszimmer nicht anerkannte. Hab ihm aber kein Haar gekrümmt.«

Hilgersen musste erneut niesen.

»Steck mich bloß nicht an.« Flottmann wedelte die Luft mit der Hand symbolisch von sich.

»Sobald du das Büro verlässt, werde ich deine Computermaus mit meinen Viren infizieren.«

»Das wäre Körperverletzung. Paragraf 223 Strafgesetzbuch.«

»Ein Nachweis wird dir kaum gelingen.«

»Schon mal was von DNA-Analyse gehört?«

Hilgersen grinste. Sein Grinsen ging nahtlos in einen geräuschvollen Niesanfall über.

»Trink einen Grog, Gustl. Dann bist du morgen wieder fit.

Das macht man hier doch so, oder? Ich werde den Zeugen besuchen, der Lindbergh im Watt gesehen und die Feuerwehr gerufen hat. Patrik Rauschenfeld heißt der, ist Journalist und wohnt in Schobüll. Dorthin finde ich alleine.«

»Wenn du … hatschi! … meinst.«

Flottmann erreichte den Ort ganz ohne Navigationsgerät. Rauschenfeld wohnte schräg gegenüber dem Freibad, in einem mehrgeschossigen Gebäude. Von außen sah es nicht besonders einladend aus. Dafür entschädigte der Blick über das Meer bis zur Halbinsel Nordstrand.

In Schobüll grenzte die Geest direkt ans Meer, und kein Deich versperrte die Sicht.

Der Journalist empfing Flottmann in einem etwa zwanzig Quadratmeter großen kombinierten Schlaf- und Wohnraum und bot ihm Platz auf einem der Ledersessel an.

Rauschenfeld mochte Mitte fünfzig sein. Sein weitgehend ergrautes Haar stand wirr vom Kopf ab, und mit dem Schnurrbart und den tiefen Stirnfalten erinnerte er Flottmann an Albert Einstein.

»Nett haben Sie es hier.«

»Klein, aber mein. Im Winter etwas einsam. Aber sobald es Sommer wird, erwacht der Ort zum Leben. Und Husum ist ja auch nicht weit. Was kann ich für Sie tun?«

»Es geht um den Mann im Watt, um den Notruf, den Sie abgesetzt haben.«

»War ich zu voreilig? Ich konnte nicht abschätzen, ob der Mann in Gefahr war. Er hätte ein Tourist sein können, der sich nicht auskennt. Um diese Jahreszeit sieht man selten Wanderer, die alleine im Watt unterwegs sind. Außerdem war es nicht nur kalt, sondern auch ziemlich neblig. Selbst für jemanden, der sich auskennt, ist so eine Tour riskant.«

»Es war völlig richtig, wie Sie gehandelt haben«, erwiderte Flottmann.

»Er schien mir etwas verwirrt zu sein.«

»Sie haben mit ihm gesprochen?«

»Ich hab zugehört, wie er mit den Leuten von der DLRG und den Polizisten geredet hat. Er hat etwas von einem Boot erzählt, in dem er ausgesetzt worden war. Es habe ein Leck gehabt, und er habe sich nur dadurch retten können, dass er das Wasser mit einer Blechdose schöpfte. Was er erzählte, kam mir recht sonderbar vor. Später hat er mir die ganze Geschichte geschildert.«

»Sie haben ihn noch einmal getroffen?«

»Ich hab ihn angerufen.«

Der Ledersessel knirschte, als sich Flottmann vorbeugte. »Weshalb haben Sie ihn angerufen? Und woher haben Sie seine Telefonnummer? Hat er sie Ihnen gegeben?«

»Ich bin Journalist.« Rauschenfeld lachte. »Das erklärt meine Neugier. Seine Adresse und Rufnummer herauszufinden war nun wirklich kein Problem.«

»Für welche Zeitung arbeiten Sie?«

»Für keine. Jedenfalls jetzt nicht mehr. Ich bin Freiberufler. Wenn ich eine gute Story habe, biete ich sie verschiedenen Zeitschriften und Zeitungen an.«

»Und? Wurde sie bereits gedruckt?«

»Meine Recherchen sind noch nicht abgeschlossen. Aber vielleicht können Sie mir ja weiterhelfen. Wissen Sie inzwischen, wer hinter dem Attentat auf Lindbergh steckt?«

Flottmann lehnte sich wieder zurück und legte die Beine übereinander. »Wenn ich es wüsste, würde ich es Ihnen nicht verraten. Und für den Fall, dass Sie unsere Arbeit mit eigenen Ermittlungen stören oder uns Informationen vorenthalten, könnte das unangenehm für Sie werden.«

Rauschenfeld grinste. »Ich werde brav sein.«

»Dann berichten Sie mir bitte, was Lindbergh Ihnen genau erzählt hat.«

»Viel hab ich nicht aus ihm herausbekommen. Er erwähnte eine Drohne, die auf dem Wasser starten und landen konnte. Er war überzeugt, dass er gefilmt wurde. So richtig begeistert war er nicht von meinem Anruf. Ich musste ihm jedes Wort aus der Nase ziehen. Am liebsten hätte ich mir den Kahn aus der Nähe angesehen, um seine seltsame Geschichte zu prüfen. Aber da offenbar ein Verbrechen vorlag, wollte ich keine Spuren verwischen. Die Polizei hat das Boot sicher untersucht.« Der Journalist sah Flottmann fragend an.

»Was haben Sie in Hockensbüll gemacht?«

»Landschaftsfotos für einen Bildband, den ich veröffentlichen möchte.«

»Bei dem Nebel?«

»Der Nebel verleiht der Landschaft eine geheimnisvolle, mystische Komponente. Die Stimmung einzufangen, darum geht es. Deshalb bin ich oft nach Anbruch der Morgendämmerung unterwegs, wie an jenem Tag. Bei solchem Wetter sind mir die besten Aufnahmen gelungen.«

»Haben Sie Fotos, auf denen Lindbergh zu sehen ist?«

»Ja. Ich hab einige Aufnahmen mit dem Teleobjektiv geschossen. Sehr viel geben die Bilder aber nicht her. Das Boot ist nur mit viel Phantasie zu erkennen. Aber ich werde Ihnen die Fotos gerne zuschicken. An einer Zusammenarbeit mit der Polizei bin ich immer interessiert.«

Flottmann ahnte, was der Journalist mit »Zusammenarbeit« meinte. Er kramte eine Visitenkarte aus seiner Brieftasche und überreichte sie Rauschenfeld. »Das war es fürs Erste. Rufen Sie mich an, falls Ihnen noch etwas einfällt, das uns weiterhelfen könnte.«

Flottmann verabschiedete sich, jedoch nicht, ohne einen Blick auf das Panorama zu werfen. Es war Hochwasser, und es wehte ein kräftiger Wind, sodass die weißen Schaumkronen der Wellen ein gleichmäßiges Muster auf dem Meer zeichneten. Die Skyline von Nordstrand mit der Mühle war deutlich zu erkennen.

11

Hatte sie ein Geräusch gehört, oder hatte sie nur geträumt? Bettina Grünenbach stützte sich mit den Ellbogen ab und brachte ihren Oberkörper in eine aufrechte Position. Sie war plötzlich hellwach und horchte. Sie hörte Schritte. Nathalie? Nein, das war nicht Nathalie. Ihr Herz setzte einige Sekunden aus.

Mit einem Satz sprang sie aus dem Bett, rannte auf die offene Tür zu, hinaus in den Flur. In ihrem Gehirn hatte nur der Gedanke an ihre Tochter Platz. Ein heftiger Schlag ins Gesicht brachte sie zu Fall. Ein kurzer Schmerz, der sofort von entsetzlicher Angst überdeckt wurde. Sie rappelte sich auf. Ein Stiefel traf ihren Kopf.

Es dauerte Sekunden, bis Bettina begriff, was geschehen war. Langsam erhob sie sich. Sie stützte sich an der Wand ab. Ein pulsierender Schmerz hämmerte in ihrem Kopf, die Umgebung verschwamm vor ihren Augen. Wie lange war sie bewusstlos gewesen? Es mussten Stunden gewesen sein. Draußen war es hell geworden. Stück für Stück kam die Angst zurück. Bettina torkelte auf Nathalies Zimmer zu. Die Tür stand weit offen. Sie stieß einen Schrei aus. Das Bett war leer. Sie rannte zurück in den Flur, ins Wohnzimmer, in die Küche, rief nach ihrer Tochter, lief die Treppe hinauf, stolperte, schlug mit dem Kopf gegen das Geländer, hangelte sich bis zum Podest hinauf, erreichte das Arbeitszimmer und blieb in der offenen Tür stehen.

Bettina hielt sich am Rahmen fest. Ihr wurde speiübel. Sie sah alles doppelt, in einen Nebel eingetaucht, unwirklich wie in einem Traum. Auf dem Schreibtisch leuchtete der Bildschirm eines Laptops, der dort nicht hingehörte. Eine Schrift lief wie ein Nachrichtenticker über das Display.

Sie ging ins Zimmer, setzte sich auf den Schreibtischstuhl und schloss für einen Moment die Augen, bevor sie den Text las. »Nach 13 Tagen ist Nathalie wieder bei Ihnen. Ihr wird nichts geschehen, wenn Sie meinen Anweisungen Folge leisten. Schalten Sie keine Polizei ein! Ich habe einen Informanten bei der Polizei und würde es bemerken. Wenn Sie meine Anweisungen nicht befolgen, sehen Sie Ihre Tochter nicht lebend wieder.«

Bettina griff zum Telefon. Als das Laufband auf dem Bildschirm verschwand und ein Video erschien, steckte sie das Gerät zurück in die Ladestation.

»Nathalie«, flüsterte sie. Ihre Tochter saß auf dem Boden inmitten von Spielsachen und beschäftigte sich gerade mit einer Ritterburg. Der Ausschnitt dauerte nur einige Sekunden. Ihr schien es gut zu gehen. Das letzte Bild des Films blieb stehen. Nathalie blickte in die Kamera, und es wirkte, als sähe sie ihrer Mutter direkt in die Augen. Bettina strich mit den Fingern über das Display. Die Tränen flossen in Strömen über ihre Wangen. Nach einiger Zeit erschien erneut die Laufschrift.

Warum hatte sie die Warnsignale nicht ernster genommen? Dreizehn Tage. Das war eine Drohung, die Ankündigung der Entführung, gewesen. Sie hätte ihre Tochter schützen müssen. Es war das Schlimmste, was eine Mutter tun konnte, ihr Kind im Stich zu lassen, wenn es in Gefahr war.

Sie war drauf und dran, den Laptop vor Wut vom Schreibtisch zu fegen, zwang sich jedoch zur Besonnenheit. Der Computer war die einzige Verbindung zu ihrer Tochter. Vielleicht konnte sie mit dem Entführer reden. Das Gerät hatte eine Kamera. Sie war sich fast sicher, dass er sie beobachtete und hörte. Aber sie durfte nicht unüberlegt handeln. Sie stand auf und lief hinunter ins Wohnzimmer. Wie ein Tiger im Käfig ging sie auf und ab. Die Schmerzen im Gesicht und im Kopf spürte sie kaum noch. Was wollte der Entführer? Vermutlich Geld. Er würde bald seine Forderungen stellen. Vielleicht gelänge es der Polizei, den Aufenthaltsort des Täters zu ermitteln, durch Überwachung ihrer Telefonanlage oder über das Video. Die hatten doch solche Möglichkeiten.

Ihr fiel die Drohung des Entführers ein: keine Polizei. Aber sie verstand den Hinweis mit den dreizehn Tagen nicht. Sobald sie bezahlt hatte, konnte der Kidnapper Nathalie doch freilassen, je schneller, desto besser. Auch für ihn. Sie musste sich Worte zurechtlegen und mit dem Erpresser sprechen. Und wenn er in ihren Räumen Wanzen versteckt hatte? Zeit genug hätte er dafür gehabt. Dann bekäme er mit, wenn sie die Polizei einschaltete.

Sie könnte die Wohnung verlassen und mit ihrem Handy anrufen. Aber sobald die Beamten die Ermittlungen aufnahmen, eine Fangschaltung installierten oder Ähnliches, würde der Entführer es bemerken. Was konnte sie tun? Was war das Richtige? Als Ärztin musste sie stets Entscheidungen treffen. Manche erwiesen sich als falsch. Aber nur selten ging es um das Leben eines Patienten, und wenn, konnte sie einen Kollegen, den Chefarzt oder einen Spezialisten hinzuziehen. Aber jetzt war es anders. Es ging um ihre eigene Tochter, und sie konnte niemanden um Hilfe bitten.

Sie suchte das Badezimmer auf und betrachtete sich im Spiegel. Das Hämatom rund um das linke Auge sah schlimmer aus, als es war. Es würde von selbst ausheilen. Vermutlich hatte sie eine Gehirnerschütterung. Auch darauf konnte sie keine Rücksicht nehmen. Sie drehte den Wasserhahn auf und schleuderte sich einen Schwall kaltes Wasser ins Gesicht. Das tat gut und wusch ihre Tränen hinweg. Sie musste unbedingt einen klaren Kopf bewahren.

Nachdem sie sich abgetrocknet hatte, kehrte sie ins Wohnzimmer zurück, nahm Notizblock und Stift vom Sideboard und schrieb einige Stichworte auf. Dann ging sie hinauf in ihr Arbeitszimmer und setzte sich vor die Laptopkamera. Der Bildschirm zeigte wieder das letzte Bild, bei dem Nathalie direkt in die Kamera sah. Es wirkte auf Bettina, als wartete ihre Tochter voller Vertrauen auf die Hilfe ihrer Mutter. Sie stoppte den Videoplayer.

»Wer immer Sie sind und was Sie auch von mir wollen«, begann sie mit fester Stimme, »ich werde all Ihre Anweisungen befolgen. Das Einzige, das ich von Ihnen erwarte, ist, dass Sie meiner Tochter nichts antun und sie freilassen, wenn ich Ihre Bedingungen erfüllt habe. Sagen Sie mir bitte, was Sie von mir erwarten, und bitte lassen Sie mich mit meiner Tochter sprechen.«

Alle Stichworte nützten nichts. Bettina fing an zu schluchzen und merkte, wie Wut und Verzweiflung in ihr aufstiegen. Sie blieb noch lange vor dem Laptop sitzen, wartete auf eine Antwort, auf irgendein Zeichen. Aber das Gerät blieb stumm. Vermutlich hatte der Entführer sich in das WLAN eingewählt und steuerte den Rechner übers Internet. Sie wusste nicht einmal, ob ihr Netzwerk verschlüsselt war. Vielleicht hatte die Polizei die Möglichkeit, über die IP-Adresse an den Täter heranzukommen. Aber Bettina konnte sich immer noch nicht dazu entschließen, die Ermittlungsbehörden einzuschalten. Sie wollte abwarten, wenn es auch schwerfiel. Sobald der oder die Entführer ihre Forderungen stellten, würde sie sich neu entscheiden.

Sie startete das Video ein weiteres Mal. Es kostete sie Überwindung und lief nicht ohne Tränen ab. Aber es nährte auch ihre Hoffnung. Soweit sie aus der Aufnahme sehen konnte, ging es Nathalie gut. An einer Stelle des Films kamen die Schuhe einer Person ins Bild. Sie stoppte den Player. Es handelte sich eindeutig um die zierlichen Füße einer Frau, die in Damenschuhen steckten. Bettina atmete auf. Niemals würde eine Frau ein Kind töten, schoss es ihr durch den Kopf. Als Nächstes erinnerte sie sich jedoch an Pressemeldungen von Kindsmörderinnen und an eigene Erfahrungen als Ärztin mit Misshandlungen durch Mütter und sogar durch Großeltern. So etwas gab es, auch wenn es kaum zu verstehen war. Aber es passierte nicht sehr häufig, und das gab Anlass zur Hoffnung.

War Nathalie von einem Ehepaar entführt worden? Der Angreifer in der Nacht war ein Mann gewesen. Sie hatte ihn zwar nicht gesehen, aber die Schritte, die sie gehört hatte, der kräftige Schlag ins Gesicht und der Tritt konnten nur von einer männlichen Person stammen.

Bettina ging in Nathalies Zimmer. Als könnte sie nicht begreifen, was passiert war, suchte sie im Schrank, in der Kiste mit dem Spielzeug und unter dem Bett nach ihr. Sie schlug die Bettdecke zurück und rief zum wiederholten Male Nathalies Namen. Das war völlig irrational, verschaffte ihr aber für Sekunden das Gefühl, sich nicht tatenlos den Entführern auszuliefern.

Wo war Benji? Der Stoffelefant war verschwunden. Vielleicht hatte der Täter ihn mitgenommen. Auch das wäre ein Zeichen, dass sie es nicht mit skrupellosen Verbrechern zu tun hatte.

Wie lange konnte sie die Entführung geheim halten? Als Erstes wollte sie im Sekretariat der Schule anrufen und Nathalie krankmelden. Dann musste sie unbedingt Denise sagen, dass sie die nächsten Tage nicht zu kommen brauchte. Eine Ausrede würde ihr schon einfallen. Vielleicht sollte sie ihr sagen, dass sie spontan Urlaub genommen hätte und mit Nathalie wegfahren wollte. Und in der Klinik würde sie sich ganz einfach krankmelden.

Bettina fühlte sich einsam in diesem Moment. Erst jetzt wurde ihr bewusst, wie sehr sie einen starken Partner an ihrer Seite vermisste. Mit Maik konnte sie nicht rechnen. Der hatte nur noch Augen für seine sexy Veronika. Außerdem waren sie im Streit auseinandergegangen. Sie wollte ihn auf keinen Fall um Hilfe bitten. Wobei hätte er auch helfen können? Seelische Unterstützung würde er ihr nicht bieten.

Er wäre sicher bereit, ihr Geld zu leihen. Und sie würde eine Hypothek auf das Haus aufnehmen. Vielleicht würde die Bank ihr zweihunderttausend Euro geben. Die Immobilie war relativ neu und das Darlehen weitgehend abbezahlt. Aber die Entführer verlangten vermutlich mehr. Maik hatte Geld, und er würde helfen. Wenn er es nicht für sie tat, dann für Nathalie. Ganz sicher. Sollte sie ihn jetzt anrufen? Nein, noch nicht. Erst musste sie die Forderungen der Täter kennen. Sie musste warten. Warten war Folter.

In der folgenden Nacht fand sie keinen Schlaf. Manchmal dämmerte sie dahin, und ihre Gedanken mischten sich mit kurzen

Traumsequenzen, in denen sie Nathalie sah und sie rufen hörte. Am nächsten Morgen war sie völlig erschlagen. Nach einer kalten Dusche fühlte sie sich etwas besser. Dann begann wieder das endlose Warten auf eine Nachricht.

Sie ging ins Obergeschoss und setzte sich an den Schreibtisch. Die Hände wie zum Gebet gefaltet und die Ellbogen aufgestützt, starrte sie auf den Bildschirm des Laptops. Ab und zu schloss sie die Augen, um die Tränen zu unterdrücken. Und immer wieder stellte sie sich die Frage, ob sie richtig handelte. Sollte sie nicht doch die Polizei benachrichtigen? Dann wäre sie nicht allein in der Verantwortung. Nein. Die Last konnte ihr niemand abnehmen. Sie musste selbst entscheiden, was richtig und falsch war.

Irgendwann hielt sie es nicht mehr aus. Sie musste etwas tun, vielleicht einen starken Kaffee kochen und sich ein Brot schmieren. Sie hatte schon lange nichts mehr gegessen. Bettina ging hinunter in die Küche. Sie hatte gerade den Filter befüllt und Wasser in den Behälter der Kaffeemaschine gegossen, als sie die Stimme ihrer Tochter vernahm. Für einen Moment gaukelte das Gehirn ihr vor, Nathalie wäre zurück und alles sei gut. Ein Glücksgefühl, das nur eine Sekunde andauerte.

Sie rannte die Treppe hinauf ins Arbeitszimmer und blieb vor dem Bildschirm stehen.

»Mami, wann kann ich nach Hause?« Nathalie saß auf einem Sofa mit bunten Tiermotiven und hatte ihren Stoffelefanten im Arm.

»Bald, Schatz, bald«, antwortete Bettina, aber ihre Tochter hörte sie nicht.

»Das hab ich für dich gemalt«, sagte Nathalie und hielt ein Bild in die Kamera, das eine strahlende Sonne, eine Frau mit Kind und einen Hund zeigte. »Das ist Arko.«

Bettina wusste nicht, ob Arko ein Hund war, den sie kannte, der vielleicht sogar den Entführern gehörte, oder ob der Name aus dem Fernsehen oder aus einem Buch stammte.

Das Video endete abrupt. Bettina setzte sich auf den Schreibtischstuhl und ließ es erneut ablaufen. Am Anfang erschien ein Schild mit dem Text: »Nur noch 12 Tage«. Das war alles. Keine weiteren Hinweise, keine Anweisungen. Sie hatte gehofft, dass die Täter endlich ihre Geldforderung stellten. Dann wüsste sie, woran sie war und was sie unternehmen konnte. Die Unsicherheit und das nervenaufreibende Warten zerrten neben der Angst um Nathalie an ihren Nerven.

Zunächst hatte Bettina keine Einbruchspuren entdecken können. Erst als sie die Terrassentür näher untersuchte, bemerkte sie, dass die Dichtung beschädigt war. Vermutlich hatte der Entführer mit einem Werkzeug den Griff erreicht, die Tür geöffnet und sogar wieder geschlossen, nachdem er ins Wohnzimmer eingedrungen war. Verlassen hatte er das Gebäude mit Nathalie durch die Haustür. Freiwillig war sie sicher nicht mitgegangen. Er musste sie betäubt oder Gewalt angewendet haben.

12

Flottmann überlegte, wie er sein Liebesleben in Schwung bringen könnte. Im Alter von siebenundvierzig war das nicht einfach. Organisch war das kein Problem. Aber weder hatte er eine Strategie noch die notwendige Übung, um einer Frau den Hof zu machen oder sie gar zu verführen. Einige Male hatte er sich mit Lena Abendroth getroffen. Die Abende verliefen harmonisch, aber endeten stets mit einer freundschaftlichen Verabschiedung. Irgendwie musste es ihm gelingen, den Status der reinen Freundschaft zu überwinden. Aber er hatte keine Ahnung, wie er das anstellen sollte. In Kinofilmen fielen den Protagonisten immer originelle Methoden ein, wie sie der Angebeteten imponieren konnten.

Er könnte Lena mit einem Einsatzwagen, Blaulicht und Handschellen abführen. Das wäre beeindruckend, aber untauglich. Er könnte, anstatt sie erneut in ein Restaurant einzuladen, zu Hause für sie kochen. Aber bei seinen Kochkünsten musste das ein Flop werden. Bliebe noch, ihr seine Fossilien zu zeigen. Die Sache mit den Briefmarken war ausgelutscht und altmodisch, aber seine inzwischen umfangreiche Fossiliensammlung würde sie faszinieren – nein, würde sie nicht.

Er musste daran denken, wie er Monika, seine geschiedene Frau, kennengelernt hatte. Lange war das her, sehr lange. Er erinnerte sich nicht gern an seine Ex, aber an den Tag, als sie sich näher kamen, schon. Verdammt jung war er gewesen, so um die zwanzig. Er hatte sich einen gebrauchten 2CV angeschafft, eine Renn-Ente, wie sie von Eingeweihten genannt wurde, weil sie achtundzwanzig PS unter der Haube hatte im Gegensatz zu den verbreiteten Modellen, die mit dreiundzwanzig PS auskommen mussten. Der Grund für die Anschaffung waren weniger Geldmangel als emotionale und praktische Erwägungen gewesen. Vier Türen, ein Rolldach, das geöffnet ein Cabriofeeling vermittelte, Klappfenster und das unbeschreibliche Rallyegefühl bei rasanter Kurvenfahrt.

An jenem heißen Tag hatte er an einem Lehrgang über »Eigensicherung und Bewaffnung« in Köln teilgenommen und war auf dem Weg zurück nach Bonn. Wann immer möglich, benutzte er Landstraßen. Bei achtzig bis neunzig Stundenkilometern auf der Autobahn nervten Lkw, die mit ähnlicher Geschwindigkeit unterwegs waren. Eine großartige Reserve zum Beschleunigen und Überholen boten nämlich auch die achtundzwanzig PS nicht.

Als er eine Tankstelle an der B 8 anfuhr, sprach ihn eine Frau im luftigen Sommerkleid mit Blümchenmuster und großzügigem Ausschnitt an: Monika. Sie habe eine Autopanne, müsse dringend nach Königswinter, ob er sie mitnehmen könne. Wieso sie ausgerechnet ihn fragte und nicht den Fahrer des Mercedes SLK, wusste er nicht. Vielleicht, weil er einen harmlosen Eindruck auf sie machte. Jedenfalls nahm er sie mit.

Das Verdeck war geschlossen. Die Sonne brannte heiß, und auch der warme Fahrtwind hätte kaum für Kühlung gesorgt. Die attraktive Blondine neben ihm steigerte die gefühlte Temperatur um weitere ein bis zwei Grad. Sie zündete sich während der Fahrt eine Zigarette an, nachdem er das Angebot, eine mitzurauchen, abgelehnt hatte. Dann öffnete sie auf ihrer Seite das Klappfenster und stützte ihren Arm auf dem Rahmen ab. Nun nahm das Schicksal seinen Lauf. Das Fenster war offensichtlich nicht sauber eingerastet. Bei der nächsten Fahrbahnunebenheit klappte es herunter und stieß gegen ihren Ellbogen. Die brennende Zigarette glitt ihr aus den Fingern und verschwand in ihrem Ausschnitt. Sie schrie auf, zupfte an ihrem Kleid, was den Glimmstängel weiterrutschen ließ, und fuchtelte dann wild und ohne Plan mit beiden Händen in der Luft herum.

Das war eindeutig ein Notfall. Er musste helfen. Seine Linke blieb am Steuer, und mit der Rechten griff er beherzt zu. Zuerst fand er ihren Busen und schließlich den glühenden Zigarettenstummel, den er hervorzog und ins Freie beförderte.

Eine Meisterleistung an Koordination bei mehr als fünfzig Stundenkilometern, fand er, war sich aber nicht sicher gewesen, ob ein Lob oder eine Ohrfeige als Belohnung folgen würde. Ersteres war der Fall gewesen. Sie hatte ihren wichtigen Termin platzen lassen und den Abend und die Nacht mit ihm verbracht.

So war das damals. Aber die Methode ließ sich nicht wiederholen. Sosehr er auch überlegte, ihm fiel nichts Passendes für Lena ein. Wäre er noch so locker wie in seiner Jugendzeit, würde sich die Sache einfacher gestalten. Mit zunehmendem Alter gewann man in vielerlei Hinsicht an Gelassenheit, aber in Liebesdingen offenbar nicht. Er entschloss sich, alles auf sich zukommen zu lassen. Es kam in der Regel sowieso anders als geplant. Er sollte mit dieser Annahme recht behalten.

Lena und er hatten sich an diesem Sonntagabend in »Dragseth's Gasthof«, dem ältesten Gasthof Husums, verabredet. Er hatte einen Tisch reserviert. Die Empfehlung kam von Silke Amsel, die dort zweimal im Jahr speiste, zum Hochzeitstag und am Jahrestag, an dem sie ihren Axel kennengelernt hatte. Sicher hätte Hilgersen ihm auch einen Tipp geben können. Aber auf dessen Bemerkungen, die damit verbunden gewesen wären, hatte Flottmann keinen Wert gelegt.

Das Lokal lag nur einen Steinwurf vom Schifffahrtsmuseum entfernt. Hier wollten Lena und er sich treffen. Sie wohnte in einem Bungalow in der Nähe der Klinik, in der sie als Ärztin arbeitete. Zwei Wochen zuvor hatten sie sich das letzte Mal gesehen, bei einem Essen im Fischrestaurant »La Mer«, das am Außenhafen lag. Sie hatten die Zeit mit angeregten Gesprächen verbracht. Der Abend war aber ohne weitere Folgen geblieben.

Obwohl er für den Weg zum Treffpunkt nur wenige Minuten benötigte, war er eine Viertelstunde zu früh dort.

Besonders wohl fühlte Flottmann sich nicht in seinem dunkelgrauen Anzug, den er das letzte Mal vor über zwei Jahren, bei der Hochzeitsfeier eines Bonner Kollegen, getragen hatte. Im Nachhinein betrachtet hatte sich der Aufwand nicht gelohnt. Das Paar war bereits wieder geschieden. Der Kollege vom K11 hatte sich bei ihm ausgeweint und Horrorstorys über seinen Scheidungskrieg zum Besten gegeben. Zugegebenermaßen hatte Flottmann amüsiert zugehört, aber doch einige Tipps aus eigener Erfahrung beisteuern können.

Beim letzten Treffen mit Lena war sie so schick gekleidet gewesen, dass es ihm mit seiner Jeans und dem bereits etwas aus der Mode gekommenen Jackett peinlich gewesen war. Das würde ihm heute nicht passieren, auch wenn er in der Breite ein wenig aus dem Anzug herausgewachsen war. Auf eine Krawatte hatte er verzichtet. Damit hätte er sich jetzt noch unwohler gefühlt. Er bildete sich ein, dass die Dinger ihm den Hals zuschnürten und zu Luftknappheit und Schluckbeschwerden führten.

Er knöpfte seinen Mantel auf. Vom Laufen war ihm warm geworden. Vielleicht leistete aber auch seine Nervosität einen Beitrag zu seiner Hitzewallung.

An jedem vierten Sonntag im Monat war der Eintritt ins Schifffahrtsmuseum frei, was in der Regel für gute Besucherzahlen sorgte. Aber das Museum hatte bereits geschlossen, und Flottmann stand allein auf dem Bürgersteig.

Lena Abendroth war pünktlich. Er sah sie schon von Weitem die Schiffbrücke entlangkommen, in Jeans und Regenjacke. Plötzlich hörte er ein lautes Motorengeräusch hinter sich. Er drehte sich um. Ein schwarzer Geländewagen fuhr mit hoher Geschwindigkeit auf ihn zu. Augenblicklich ahnte er, was passieren würde. Der Wagen traf zunächst mit dem Vorderrad, dann mit dem hinteren Rad die Wasserlache etwa drei Meter von Flottmann entfernt. Als hätte der Fahrer eine genaue Berechnung angestellt, landete der gesamte schmutzige Inhalt der Pfütze auf Flottmanns Kleidung. Das Fahrzeug raste an ihm vorbei, durchfuhr die Kurve an der Schiffbrücke mit überhöhter Geschwindigkeit, kam ins Schleudern, fing sich jedoch wieder und verschwand hinter dem Rathaus.

Flottmann hatte einen Teil des Kennzeichens erkennen

können. NF, die Buchstaben HA und eine dreistellige Zahl. Mit einem Taschentuch wischte er sich das Gesicht ab. Sein Anblick hätte sicher so manchen zum Lachen gereizt. Lena, die herbeigeeilt war, fand dagegen tröstliche Worte. Sie schlug vor, in Anbetracht der Lage auf den Restaurantbesuch zu verzichten. Stattdessen wäre es besser, wenn er sich trockene Sachen anziehen würde.

Der Vorschlag erwies sich als günstig für sein Liebesleben. Im Grunde hätte er dem Fahrer des Geländewagens dankbar sein müssen.

Flottmann pfiff das La-Paloma-Lied, als er am nächsten Morgen das Büro betrat. Zumindest privat lief im Moment alles nach seinen Vorstellungen.

Hilgersen hörte sich die schiefen Töne eine Zeit lang an, bevor er genervt seinen Kommentar abgab. »Deine Laune ist ja unerträglich«, murrte er.

»Wieso? Ich hab doch gute Laune.«

»Eben. Und dein Gepfeife klingt wie das Gejaule deines Katers. Du solltest mal Unterricht bei Gerber, dem Musiker, nehmen.«

»Keine schlechte Idee. Zurzeit ist mein Repertoire noch etwas eingeschränkt. Ich kann aber auch ›Wo die Nordseewellen‹.«

»Bitte, verschon mich.«

»Okay, dann ein anderes Mal.«

»Der Journalist, dieser Rauschenfeld, hat angerufen. Er hat dir die Bilder geschickt und so etwas wie ›Eine Hand wäscht die andere‹ gesagt.«

»Witzbold. Das nächste Mal kriegt er eine Vorladung. Wir sind hier bei der Kripo und nicht auf einem Basar.«

Flottmann betrachtete die Fotos auf dem Bildschirm. Außer Nebel und Schlick war darauf nicht viel zu erkennen. Immerhin war Lindbergh auf den mit Teleobjektiv geschossenen Aufnahmen trotz des Nebels zu identifizieren. Das Boot war nicht zu sehen. Vielleicht waren die Bilder künstlerisch wertvoll, aber ihr Informationsgehalt schien für die Ermittlungen eher gering zu sein.

»Was wissen wir über den Journalisten, Gustl?«

»Ich hab mich ein wenig umgehört. Er hat früher beim ›Hamburger Abendblatt‹ gearbeitet. In jungen Jahren hat er einiges während der Barschel-Affäre aufgedeckt und darüber geschrieben. Er ist sechsundfünfzig und war verheiratet. Er wohnte mit seiner Frau und seinem Sohn in einem Haus am Rande der Stadt. Es gehörte seinen Eltern. Sein zwölfjähriger Sohn ist vor einigen Jahren bei einem Unfall ums Leben gekommen. Ein betrunkener Geisterfahrer auf der A 23. Rauschenfeld saß am Steuer, kam aber mit leichten Verletzungen davon. Danach hat er den Job beim ›Abendblatt‹ aufgegeben, ist nach Schobüll gezogen und arbeitet seitdem als freier Journalist. Inzwischen ist er geschieden und wohnt allein. Was aus seiner Ex-Frau geworden ist, weiß ich nicht. Vielleicht hat sie wieder geheiratet und lebt unter einem anderen Namen. Das muss ich noch checken.«

»Was ist aus dem Geisterfahrer geworden?«

»Auch der hat nicht überlebt.«

»So ein Unglück kann einen total aus der Bahn werfen. Mir hat der Journalist nichts davon erzählt.«

»Das kann ich nachvollziehen. Darüber zu reden ist sicher nicht einfach.«

Flottmann nickte. »Er haust jetzt in einer kleinen Wohnung.«

»Vielleicht hat er die Erinnerungen, die mit dem Haus verbunden waren, nicht mehr ertragen können. Oder es war ihm einfach zu groß oder zu teuer, um dort alleine zu bleiben.«

13

Die Tage und Nächte waren unerträglich. Bettina hatte sich in ihr Haus verkrochen und traute sich nicht hinauszugehen, um die notwendigsten Besorgungen zu erledigen. Jederzeit konnte eine neue Nachricht von Nathalie eintreffen. Immer wieder ging sie ins Arbeitszimmer, um zu sehen, ob die Entführer ein neues Video geschickt hatten. Wieso sendeten sie keine Nachrichten auf ihr Handy? Vermutlich befürchteten sie, dass die Polizei, falls sie diese eingeschaltet hätte, die Verbindung zurückverfolgen könnte. Und die anonymen Anrufe? Die konnten aus irgendeiner Telefonzelle geführt worden sein, vermutlich mit dem Ziel, sie zu erschrecken, oder vielleicht, um herauszufinden, wann sie in der Regel zu Hause war.

Endlich ein neues Video. Ihr Puls fing an zu rasen, und ihre Kehle schnürte sich zu. Für einen Moment hatte sie das Gefühl, Herzschlag und Atem würden aussetzen. Schlagartig änderte sich ihr Zustand, als sie Nathalie sah. Ihr ging es gut! Das konnte sie mit einem Blick erkennen. Das Bild verschwamm vor Bettinas Augen. Mit der Hand wischte sie sich die Tränen ab.

»Nathalie! Hörst du mich, Schätzchen?«

Nein, sie konnte sie nicht hören. Es war eine Aufzeichnung, wie beim letzten Mal. Die Entführer hatten die Kontrolle über den Rechner und spielten den Film im Mediaplayer ab.

Nathalie saß an einem Tisch und schrieb irgendetwas. Ab und zu sah sie auf, als würde sie nachdenken. Dabei blickte sie nicht in die Kamera. Vermutlich bekam sie gar nicht mit, dass sie gefilmt wurde. Auf dem Tisch lag eine Zeitung, die sicher nicht zufällig dort platziert worden war. Aus dem Titelbild war zu erkennen, dass es sich um die aktuelle Ausgabe handelte. Das Foto zeigte das Wrack des am Vortag in der Nähe von Schleswig abgestürzten Privatflugzeugs.

Nathalie trug Kleidung, die Bettina nicht kannte. Man hatte

ihr neue Sachen angezogen. Die Entführer konnten keine Monster sein, sonst würden sie Nathalie nicht so umsorgen. Sie wurde gut behandelt, versuchte Bettina sich zu beruhigen. Aber wenn es nicht um Geld ging, sondern … Sie unterbrach den unerträglichen Gedankengang.

Als das Telefon schrillte, zuckte Bettina zusammen. Jedes Mal, wenn es klingelte, Kollegen oder ihre Mutter anriefen, erschrak sie zu Tode. Falls ihre Mutter dran war, würde sie ihr eine neue Ausrede auftischen, weshalb Nathalie nicht ans Telefon kommen konnte.

Bettina nahm das Mobilteil aus der Halterung, die in Griffweite auf dem Schreibtisch stand. An der Nummer erkannte sie, dass Laura oder Sophia anrief.

»Hallo.«

»Hier ist Laura. Störe ich?«

»Nein, nein. Natürlich nicht.«

»Ich wollte mich nur erkundigen, wie es dir geht. Und Sophia möchte gleich gerne mit Nathalie sprechen.«

»Das ist nicht möglich. Sie ist nicht da.« Bettina bemerkte, dass ihre Antwort hektisch und abweisend klang. »Sie ist … sie ist bei einer Freundin.«

»Dann meldet Sophia sich später noch mal. Ist bei dir alles in Ordnung?«

»Ja, Laura. Alles ist gut.«

»Die seltsamen Anrufe?«

»Die scheinen jetzt vorbei zu sein.«

»Ich hoffe, du hast endlich Ruhe vor dem Spinner. Wann wird Nathalie zurück sein?«

Bettina hatte sich bemüht, ihre Tränen zurückzuhalten. Doch nun gelang es ihr nicht mehr, und sie fing hörbar an zu schluchzen.

»Ich muss Schluss machen, Laura«, brachte sie noch heraus, bevor sie auflegte.

Sie nahm sich ein Taschentuch aus der Packung, die auf dem Schreibtisch lag, und stand auf.

So funktionierte das alles nicht. Allein kam sie mit der Situation nicht klar. Damals, als Axel, Nathalies Vater, starb und später, nach der Trennung von Maik, war sie in ein tiefes Loch gefallen. In der Zeit war ihr bewusst geworden, dass sie niemanden hatte, dem sie ihren Kummer anvertrauen konnte. Der Bekanntenkreis hatte hauptsächlich aus Freunden und Kollegen ihrer Partner bestanden. Die meisten von ihnen hatten sich später nie wieder gemeldet. Wie oft hatte sie sich vorgenommen, sich einen eigenen Bekannten- und Freundeskreis aufzubauen! Freundschaften mussten gepflegt werden. Irgendwie hatte sie neben Nathalie und ihrem Beruf nicht die Zeit gefunden.

Bettina ging hinunter ins Wohnzimmer und nahm ihr Handy vom Esstisch. Dann suchte sie den Keller auf. Hier hatte der Entführer, der sie überfallen hatte, sicher keine Wanze oder Kamera installiert. Vermutlich war ihre Vorsicht übertrieben, aber sie wollte kein Risiko eingehen.

Sie setzte sich auf einen Gartenstuhl, den sie hier zusammen mit anderen Terrassenmöbeln für den Winter eingelagert hatte. Dann rief sie Laura an.

»Sonntag.«

»Hallo, Laura, ich bin es noch mal. Bettina.«

»Bettina. Wo bist du? Du klingst so komisch.«

»Ich bin im Keller, weil …«

»Im Keller?«

»Ja. Ich hab Angst, dass jemand unser Gespräch mithören könnte.«

»Ich verstehe nicht.«

»Nathalie ist entführt worden.«

»Was? Das ist ja schrecklich. Was ist passiert? Hast du die Polizei gerufen?«

»Nein. Das geht nicht. Ich bin ziemlich fertig. Ich muss mit jemandem reden. Aber nicht am Telefon. Könntest du herkommen? Ich hab niemanden …«

»Klar. Ich bring Sophia zu Leon, meinem Nachbarn. Dann komme ich zu dir.«

»Danke.«
»Bis gleich.«

***

Laura Sonntag hielt ihr Smartphone in der Hand und drückte so fest zu, dass sich das Gehäuse mit einem knarrenden Geräusch beschwerte. Für einen Moment hatte sie sich gefühlt, als wäre Sophia in Gefahr. So sehr hatte sie sich in Bettinas Situation hineinversetzt, obwohl sie die genauen Hintergründe nicht kannte. Allein das Wort Entführung im Zusammenhang mit einem Kind hätte ausgereicht, um eine panische Reaktion auszulösen.

Sie rief Leon an. Sophia störe ihn nicht bei der Arbeit. Er freue sich auf ihren Besuch. Vom Gespräch mit Bettina Grünenbach erzählte sie nichts. Für lange Erklärungen war keine Zeit. Außerdem wollte sie nicht, dass ihre Tochter etwas von der Entführung erfuhr.

Unterwegs quälte Laura der Gedanke, dass auch Sophia in Gefahr gewesen war. Noch vor einigen Tagen hatte sie bei Nathalie übernachtet. Sie mochte sich nicht vorstellen, was hätte passieren können, wenn die Täter zu diesem Zeitpunkt in das Haus eingedrungen wären.

Bettina empfing sie mit einer Umarmung, die ihre Anspannung und Verzweiflung ausdrückte.

»Danke, dass du gekommen bist«, sagte sie im Hausflur mit zittriger Stimme. »Wenn es dir nichts ausmacht, gehen wir hinunter in den Keller.«

»Kein Problem.«

Bettina hatte den ehemaligen Partyraum einigermaßen wohnlich hergerichtet und sogar für Kaffee und Kuchen gesorgt.

»Entschuldige, dass ich dich in dieser Umgebung empfange.«

»Das ist doch völlig in Ordnung. Eigentlich ist es sogar gemütlich hier. Aber erzähl mir, was genau passiert ist.«

Bettina berichtete, was in der Nacht der Entführung geschehen war, von den Videos und von ihren Überlegungen, ob sie die Polizei einschalten sollte. Manchmal musste sie unterbrechen, um sich zu sammeln und die Tränen zu unterdrücken.

»Es tut gut, es jemandem zu erzählen«, sagte sie schließlich. »Und es hilft mir, mit dir zu reden. Ich denke, du kannst verstehen, warum ich so gehandelt habe.«

»Ja. Das kann ich. Trotzdem muss es nicht richtig sein, Bettina. Vielleicht wäre es doch besser, die Polizei um Hilfe zu bitten.«

»Hättest du es getan?«

Laura senkte den Kopf. »Nein. Die Entführer haben noch keine Forderungen gestellt?«

Bettina schüttelte den Kopf. »Das Warten macht mich wahnsinnig.«

»Diese Nachrichten über die verbleibenden Tage bis zu Nathalies Freilassung verstehe ich nicht. Wenn sie Geld wollten, hätten sie das auf gleichem Wege mitteilen können. Sie hatten offenbar von Anfang an geplant, Nathalie dreizehn Tage festzuhalten. Irgendwie ergibt es keinen Sinn. Außer …«

»Außer?« Bettina setzte ihre Tasse mit zittrigen Händen ab und verschüttete einen Teil des Inhalts.

»Man will dir Angst machen. Kennst du jemanden, der dafür in Frage käme?«

»Nein, niemanden.«

»Dein Ex-Freund?«

»Der würde so etwas nicht tun. Außerdem hätte er keinerlei Anlass dazu.«

»Du hast ihn verlassen? Entschuldige, wenn ich so direkt frage.«

»Ja. Aber da war bereits alles zu Ende zwischen uns. Er hatte eine andere Frau kennengelernt. Warum sollte er mir dann noch schaden wollen? Auch Nathalie würde er so etwas nicht antun.«

»Ein Kollege aus der Klinik oder ein Patient?«

»Ausgeschlossen. Aber wenn deine Theorie stimmt, spricht

vieles dafür, dass Nathalie bald wieder nach Hause kommt. Warum sollte sie mir sonst die Videos schicken und ihre Freilassung ankündigen?

Laura nickte, obwohl sie sich nicht sicher war, dass die Schlussfolgerung zutraf.

»Kannst du irgendetwas auf dem Video erkennen, das Rückschlüsse auf ihren Aufenthaltsort ermöglichen könnte?«

»Nein. Die Wohnung, in der Nathalie festgehalten wird, kenne ich nicht. Aber auf einem Film ist der Fuß einer Frau zu sehen. Es sind also mindestens zwei Personen beteiligt, vielleicht ein Ehepaar.«

»Hat der Film Ton?«

»Ja. Worauf willst du hinaus?«

»Leon, bei dem Sophia jetzt ist, hat ein extrem gutes Gehör und kennt sich mit Geräuschen aus. Er hat bereits einmal der Polizei geholfen. Vielleicht kann er etwas heraushören, das Nathalies Aufenthaltsort verrät. Es wäre zumindest eine theoretische Möglichkeit. Und es muss niemand mitbekommen.«

»Du vertraust ihm?«

»Ganz und gar. Es ist ein bisschen mehr als ein Nachbar. In den Augen Fremder wirkt er vielleicht etwas merkwürdig, als wäre er nicht so ganz von dieser Welt, wenn du verstehst, was ich meine. Aber er ist in Ordnung.«

»Ich hab Angst, dass die Entführer es mitbekommen, wenn ich die Daten kopiere. Sie haben den Laptop unter ihrer Kontrolle. Außerdem hab ich das Gefühl, dass sie mich beobachten. Vielleicht bin ich schon paranoid. Aber ich möchte kein Risiko eingehen.«

»Ja. Das verstehe ich. Sag mir bitte Bescheid, wenn ich etwas für dich tun kann, versprochen?«

»Versprochen.«

Wie nicht anders zu erwarten war, hatten Sophia und Leon die Zeit in seinem Tonstudio verbracht.

»Wir haben den Schatz gesucht.« Sophia zeigte auf einen

Plan an der Wand, auf dem das Schleswig-Holsteinische Wattenmeer dargestellt war.

»Welchen Schatz?«

»Die Glocken von Rungholt natürlich. Hier müssen sie sein.« Sie zeigte mit dem Finger auf mehrere Kreuze vor der Küste Nordstrands. »In der Kirche ist bestimmt ein Schatz aus Goldmünzen. Rungholt war ja unglaublich reich, bevor es unterging.«

Laura sah Leon fragend an. »Die Unterwasseraufnahmen, die du gemacht hast?«

»Ja. Vielleicht stammen die Töne auch nur von der Glocke eines versunkenen Schiffs.« Er lachte.

»Auch das wäre spannend. Du bist also immer noch an der Sache dran?«

»Ja. Das lässt mich einfach nicht los.«

»Sophia anscheinend auch nicht. Da hast du ihr einen Floh ins Ohr gesetzt. Das Wort Schatz hat eine magische Wirkung.«

Gerber nickte und grinste. »Was gab es bei dir? Du warst vorhin so kurz angebunden. Du hast auch Geheimnisse?«

»Klar. Ich gebe nicht mehr von mir preis als du von dir. Somit bleibt es spannend zwischen uns.«

Sie gab ihm einen flüchtigen Kuss auf den Mund. Und dann erzählte sie doch, was Bettina ihr anvertraut hatte.

14

Es war schon erstaunlich, wie berechenbar die meisten Menschen bis zu einem gewissen Grad waren. Sie gingen regelmäßigen Gewohnheiten nach, standen jeden Tag zu ähnlichen Zeiten auf, fuhren zur Arbeit, nahmen zu einer bestimmten Stunde ihre Mahlzeiten ein und beschäftigten sich immer mit denselben Freizeitaktivitäten. Auch die Wochenenden liefen meist in bestimmten Zyklen ab.

Fred Weber bildete keine Ausnahme. Obwohl der Physiker an der Universität keine streng geregelte Arbeitszeit hatte, konnte man sich darauf verlassen, dass er um kurz nach sieben Uhr die Wohnung verließ und den Weg zum Institut zu Fuß zurücklegte. Gegen zwölf Uhr dreißig aß er in der Mensa. Außer dienstags. Dienstags war er etwas später dran, da seine Vorlesung über »Messmethoden und Datenverarbeitung in der Astronomie« erst um dreizehn Uhr endete. Wann er die Universität verließ, war allerdings nicht genau zu kalkulieren. Auch gab es Tage, an denen er an auswärtigen Tagungen teilnahm. Aber sowohl seine Vorlesungszeiten als auch die Veranstaltungen, die er besuchte, ließen sich bequem im Internet recherchieren. Auf diese Weise ließ sich ein einigermaßen zuverlässiges Bewegungsprofil des Wissenschaftlers erstellen.

Doch Kiel war nicht der richtige Ort, um seiner habhaft zu werden. Seine Besuche bei den Eltern in Husum eigneten sich wesentlich besser. Es musste auf dem Rückweg geschehen. Dann würden ihn weder seine Eltern noch seine Liebhaberin sofort vermissen.

Vielleicht hatte Weber damals über seine Verfehlung nachgedacht. Sicher war das nicht. Wahrscheinlich war er jetzt aber vollkommen arglos und rechnete nach so langer Zeit nicht damit, dass er die Folgen seiner Feigheit zu spüren bekäme. Offenbar hatte er auch keine Skrupel, mit einer verheirateten Frau ins Bett zu gehen. Auch wenn das in Anbetracht seiner

Schuld lediglich eine verzeihliche Kleinigkeit war, so sagte es doch etwas über seinen Charakter aus. Vermutlich ging es ihm nur um unverbindlichen Sex. Vielleicht war es für ihn sogar ein besonderer Kick, es mit einer verheirateten Frau zu treiben und seine eigene zu hintergehen.

Eigentlich war das alles ohne Bedeutung. Aber er hatte sich in den letzten Wochen intensiv mit dem Leben des Physikers beschäftigt. Das war einerseits für die Planung notwendig gewesen, andererseits interessierte es ihn, mit was für einem Menschen er es zu tun hatte. Nicht, dass er sein Projekt davon abhängig gemacht hätte. Er war fest entschlossen, es durchzuziehen, auch wenn er selbst dabei sterben sollte. Aber er wollte verstehen, mit wem er es zu tun hatte, wollte so weit wie möglich in die Seele des Delinquenten vordringen. Je mehr er darüber erfuhr, desto genauer ließ sich während des Todeskampfes so etwas wie Einsicht und Reue von dessen Gesicht ablesen. Vielleicht funktionierte das nicht, und Weber offenbarte im Angesicht des Todes doch nicht sein wahres Ich. Vielleicht – bald würde er es wissen.

15

Am Abend, wenn das Kind schlief, wollte Helena kommen, für eine oder zwei Stunden. Es war bereits fast eine Woche her, dass sie sich gesehen hatten. Sie störte ihn bei den Planungen für das nächste Projekt. Aber das durfte er sie auf keinen Fall spüren lassen.

Bei ihrem letzten Besuch hätte sie den Raum, in dem er seine Vorbereitungen traf, um ein Haar entdeckt. Als er eine Flasche Wein aus dem Keller holen wollte, war sie ihm gefolgt, weil es ihrer Ansicht nach zu lange gedauert hatte. Tatsächlich war er noch einmal in seine Werkstatt gegangen und hatte sich einige Ideen notiert, die ihm gerade eingefallen waren. Er hatte ihre Schritte gehört und die Tür rechtzeitig geschlossen, ohne dass sie etwas bemerkt hatte.

Bevor Helena kam, musste er unbedingt einige Probleme für das nächste Projekt lösen. Es war kompliziert, vielleicht komplizierter als die bisherigen. Für die Durchführung brauchte er medizinische Kenntnisse. Bücher und das Internet waren gute Informationsquellen, aber bestimmte Fragen konnte nur ein Arzt beziehungsweise Pathologe beantworten. Natürlich durfte er niemanden um Rat bitten. Deshalb musste er auch diesmal gewisse Annahmen treffen, die sich unter Umständen als falsch herausstellen könnten.

Wie lange vermochte der Delinquent in der Kälte zu überleben? Auch die Literaturrecherchen hatten kein klares Bild ergeben. Immerhin ließ sich anhand der Temperatur, des Körpergewichts und anderer Faktoren eine ungefähre Zeitspanne ermitteln.

Erfrieren war ein komplexer Vorgang. Anfangs kam es zu Muskelzittern und Herzrasen. Oft hyperventilierte der Proband, um die letzten Reserven zu aktivieren. Schmerzen in den Füßen und Händen und manchmal zeigten sich bereits nach kurzer Zeit erste Zeichen von Verwirrtheit. Sobald die

Körpertemperatur unter dreißig Grad sank, folgte Erschöpfung, und die Muskeln erschlafften. Die Herzfrequenz sank, und das Atmen fiel schwer. Die Verwirrtheit steigerte sich oft bis zur völligen Orientierungslosigkeit. Schließlich wurde das Blut dicker, der Puls verlangsamte sich, und das Herz begann ungleichmäßig zu schlagen, bis es ganz aussetzte.

Was er herausgefunden hatte, schrieb er in sein Traumatagebuch. Den eigentlichen Zweck hatte es verfehlt. Er hatte seine Erinnerungen darin aufschreiben sollen, die aus seiner Kindheit und die nach seinem Zusammenbruch. Es hatte nicht geholfen. Aber jetzt hatte er ein neues Kapitel begonnen, und er spürte, dass die seelischen Qualen schon etwas nachließen.

Als er ein Rascheln hörte, erschrak er. Dann fiel ihm ein, dass er vor einigen Tagen eine Maus im Keller entdeckt hatte. Vielleicht sollte er ein paar Fallen aufstellen. Aber Mäuse waren harmlos. Ratten machten ihm Angst. Als Kind hatte er die Nager gejagt. Anfangs hatte er mit einem Kleinkalibergewehr auf sie geschossen, aber nur selten einen getroffen. Dann war er dazu übergegangen, Fallen zu bauen. Doch die Tiere waren schlau. Erst eine komplizierte Konstruktion mit Lichtschranke und einer magnetischen Verriegelung hatte zum Erfolg geführt. Sie anschließend zu töten war ihm zunächst nicht leichtgefallen. Aber sein Hass auf Ratten, wo immer der auch herkam, hatte ihm geholfen, die Hemmungen und den Ekel zu überwinden.

Er betrachtete die verschiedenen Taschenmesser, die auf der Werkbank lagen. Welches sollte er für das Projekt auswählen? Die Klinge durfte nicht zu kurz sein. Der Griff musste stabil, durfte aber nicht zu dünn sein, damit man ihn auch mit kalten Fingern noch umfassen konnte. Schnell hatte er sich für ein Exemplar entschieden und legte es zu der Handschelle, die schon fertig präpariert war. Auch die Schrauben und das Werkzeug lagen bereit. Jetzt musste er sich nur noch mit der Videoübertragung beschäftigen. Eine Kamera, die auch bei Dunkelheit noch annehmbare Bilder lieferte, hatte er im Internet bestellt.

Die Funkübertragung der Bilder war kein Problem. Damit kannte er sich inzwischen aus. Das vorhergehende Projekt war in dieser Beziehung sehr lehrreich gewesen. Auch diesmal musste er für die erforderliche Reichweite einen Verstärker installieren.

Wieder hörte er ein Rascheln. Die Maus machte sich offenbar an der Polsterung des alten Sofas zu schaffen. Schon vor Tagen hatte er Schaumstoffkrümel unter dem Möbelstück entdeckt, sich aber weiter nichts dabei gedacht. Irgendwann würde er hier aufräumen und die alten Sachen, den Tisch, das kaputte Fahrrad, die hässliche Stehlampe und die überall herumliegenden Reste seiner Arbeiten entsorgen.

Er sah auf die Uhr. Helena würde bald eintreffen. Er verließ den Raum, schloss zweimal ab und ging die Steintreppe hinauf ins Erdgeschoss.

Im Wohnzimmer war es eindeutig zu kühl für einen romantischen Abend zu zweit. Das alte Haus, das er von seinen Eltern geerbt hatte, ließ sich bei tiefen Außentemperaturen nur schwer beheizen. Sie waren extrem sparsam gewesen. Dafür hatten sie ihm ein kleines Vermögen hinterlassen, von dem Helena nichts wusste. Den Geiz hatte er ständig zu spüren bekommen. Während seine Mitschüler mit den neuesten Klamotten herumliefen, hatte er die gebrauchte Kleidung seines wesentlich älteren Cousins auftragen müssen. Auch in das Haus hatten sie nie mehr investiert, als unbedingt nötig gewesen war. Nach ihrem Tod hatte er immerhin das Dach neu decken lassen. Zu weiteren Renovierungsarbeiten war es nicht mehr gekommen. Die Projekte nahmen seine komplette Zeit in Anspruch, und das war gut so.

Der offene Kamin würde für ausreichende Wärme und eine angenehme Atmosphäre sorgen. Er nahm einige Holzscheite vom Stapel, packte sie auf den Gitterrost, schob zwei Grillanzünder unter das Holz und zündete sie mit einem Feuerzeug an.

Dann setzte er sich auf die Couch und wartete auf Helena. In Gedanken spielte er noch einmal das Szenario der nächsten

Prüfung durch. Auch Weber sollte eine Chance bekommen. Als Physiker zählte er sicher nicht zu den Dümmsten. Deshalb war er der Schlimmste von allen. Wenn nicht er, wer dann hätte damals wissen können, was zu tun war? Nur ein wenig nachdenken hätte er müssen und etwas Risikobereitschaft zeigen. Für beides sollte er bald eine erneute Gelegenheit erhalten.

Helena war pünktlich wie immer. Sie umarmte ihn, als hätten sie sich lange nicht gesehen. Er nahm ihr den Mantel ab und führte sie ins Wohnzimmer. Sie war aufreizend gekleidet, mit kurzem Rock und engem Top, bei dem sich die Konturen ihrer Brüste deutlich abzeichneten. Dass sie ein dermaßen auffälliges Make-up aufgetragen hatte, mochte er gar nicht. Es sah billig aus. Jennifer hätte sich nie so geschminkt. Sie hatte das nicht nötig gehabt. Auch Helena war durchaus attraktiv, aber besaß nicht dieses gewisse Etwas, diese natürliche Schönheit von Jennifer.

Helena setzte sich nicht zu ihm auf die Couch, sondern nahm in einem der beiden Sessel Platz und schlug die Beine übereinander.

»Ich kann nicht lange bleiben. Es könnte sein, dass die Kleine aufwacht.«

»Du hast doch abgeschlossen, oder?«

»Ja, natürlich. Trotzdem. Sie wird Angst bekommen, wenn sie aufwacht und niemand da ist. Sie fragt ständig nach ihrer Mutter, nach Denise und ihrer Freundin Sophia, aber sie weint nicht. Ich hab ihr erzählt, dass ich einige Tage auf sie aufpasse, weil ihre Mutter krank ist. Ich hab sie ins Herz geschlossen. Sie ist so ein liebes und aufgewecktes Kind. Ich hab ein schlechtes Gewissen bei der ganzen Sache.«

»Es ist bald vorbei. Sobald wir das Geld haben, geht es ab nach Australien. Dann beginnt ein neues Leben für uns beide.«

»Aufgebaut auf einem Verbrechen. Entführung und Erpressung sind ein Verbrechen.«

»Es ist zu spät, sich darüber Gedanken zu machen.«

Sie seufzte. »Wäre es nicht auch so gegangen? Ich meine,

hätten wir nicht auch ohne das Ganze genug Geld zusammenbekommen, um unseren gemeinsamen Traum zu verwirklichen? Das Haus wird beim Verkauf einiges bringen, und etwas Erspartes habe ich auch noch.«

»Für diese Bruchbude zahlt niemand mehr als hunderttausend. Und mit deinen paar Kröten kommen wir auch nicht weit.« Sofort bemerkte er, dass er sich im Tonfall vergriffen hatte.

»Ich hab das Ganze nur aus Liebe zu dir mitgemacht.«

»Ich weiß. Und dafür bin ich dir dankbar.«

»Bist du dir sicher, dass du deine Vergangenheit einfach so abschütteln kannst, sobald wir in Australien sind?«

»Ja. Ich bin mir absolut sicher. Und nur mit dir kann es mir gelingen. Ich brauche dich.«

Sie lächelte. »Ich hab Angst, und das Mädchen und seine Mutter tun mir leid.«

»Es wird alles gut gehen, und niemand wird Schaden nehmen. So liebevoll, wie du die Kleine behandelst, wird sie alles als einen Abenteuerurlaub in Erinnerung behalten. Und die Ärztin hat genug Geld. Ihr wird es nicht wehtun, ein wenig davon abzugeben. Jetzt lass uns zum gemütlichen Teil des Abends übergehen. Du siehst so hinreißend und sexy aus. Ich hole uns jetzt eine Flasche Wein aus dem Keller und dann …«

»Tut mir leid.« Helena stand auf. »Ich glaub, ich bin nicht in der Stimmung dafür. Ich werde jetzt besser gehen.«

»Schade. Ich hatte mich so auf den Abend gefreut.« Er erhob sich und ging auf sie zu. Dann gab er ihr einen langen Kuss und strich ihr dabei mit der Hand über die Schenkel. In Gedanken war er bereits wieder bei seiner Arbeit.

Als er vor der Werkbank stand, betrachtete er noch einmal alle Gegenstände, die er für das Projekt benutzen wollte. Die Pistole zu beschaffen war nicht einfach gewesen. Tagelang hatte er sich in dunklen Milieus von Hamburg herumgetrieben, war von einer Adresse zur anderen geschickt worden, bis man ihn zusammengeschlagen und um vierhundert Euro erleichtert hatte. Schließlich war er bei einer Gruppe Rechtsradikaler erfolgreich gewesen. Für dreihundert Euro hatte er die Waffe samt zweier Magazine und fünfzig Schuss Munition erstanden. Sie machte einen guten Eindruck und schien intakt zu sein. Ausprobiert hatte er sie nicht. Irgendwo im Freien herumzuballern war ihm zu gefährlich gewesen. Er nahm ein leeres Magazin in die Hand und drückte mit dem Daumen eine Patrone ins Gehäuse. Dann schob er das Magazin in den Griff der Zastava und legte sie zurück auf die Werkbank.

Als Nächstes betrachtete er die Messingschrauben. Sie sollten die Stahlplatte halten, an der die Kette mit der Handschelle angeschweißt war. Die Platte hatte er mit sechs Bohrungen versehen. Vielleicht waren die Schrauben doch zu kurz. Mit dem Messer könnte der Delinquent den Baumstamm bearbeiten und die Befestigung lösen. Diese Möglichkeit musste ausgeschlossen werden. Er ging hinüber zu den Sortierkästen und fand, was er suchte. Die siebzig Millimeter langen Exemplare würden in jedem Fall reichen. Weber sollte es sich gut überlegen, bevor er das Taschenmesser als Schraubenzieher benutzte. Die Klinge würde mit Sicherheit abbrechen. Sie war lediglich für das Durchtrennen von Weichteilen geeignet.

Der Wetterbericht sagte einen Temperatursturz auf weit unter den Gefrierpunkt voraus. Die Kälteperiode sollte längere Zeit anhalten. Endlich war der richtige Zeitpunkt für die nächste Prüfung gekommen. Den durfte er auf keinen Fall verpassen. Er musste sich mit den letzten Vorbereitungen beeilen.

Erneut war das Rascheln zu hören. Wahrscheinlich machte sich die Maus wieder am Schaumstoff des Sofas zu schaffen. Er wollte ihr noch bis morgen Zeit geben, den Keller durch den Lichtschacht zu verlassen, durch den sie hereingekommen war. Danach würde er eine Falle aufstellen. Sie hatte eine faire Chance, die sie nur wahrnehmen musste.

Die Glut im Kamin war fast erloschen, als er das Wohnzimmer betrat. Der romantische Abend, den er Helena hatte bieten wollen, war komplett in die Hose gegangen. Ihm war bewusst, dass er nicht gerade diplomatisch und feinfühlig vorgegangen war. Sie durfte in keinem Fall an seiner Liebe zweifeln. Das könnte sein gesamtes Vorhaben gefährden. Offenbar hatte sie einen Narren an der kleinen Nathalie gefressen. Auch das war nicht gut. Mit ihren Gefühlen war sie unberechenbar geworden. Aber noch hatte er sie fest im Griff. Und wenn er sich bemühte, würde das so bleiben.

Er schloss die Glastür des Kamins und begab sich ins Schlafzimmer. Wie in so vielen Nächten fand er auch diesmal keine Ruhe. Die Bilder jenes Abends, als er Jennifer fand, verfolgten ihn. Wie Blitzlichtaufnahmen schossen sie durch sein Gehirn, und er konnte nichts dagegen tun. Sie lag auf dem Bett, Augen und Mund geöffnet, als wollte sie etwas sagen, als wollte sie ihn um Hilfe bitten oder ihn anklagen. Anklagen, weil er ihr nicht hatte helfen können. Zu sehr war er mit sich selbst beschäftigt gewesen, war oft aus der bedrückenden Atmosphäre in die Kneipe geflohen, hatte sich betrunken, anstatt mit ihr zu reden.

Die über die Wohnung verstreuten Tabletten, die zwei leeren Schachteln auf dem Nachttisch und die leere Flasche Rotwein hatten wie eine Inszenierung gewirkt, die ihm gegolten hatte. Sein Arzt hatte gesagt, dass die Bilder nie ganz verschwinden, aber mit der Zeit verblassen und seltener in Erscheinung treten würden. Doch das hatte sich nicht bewahrheitet. Erst als er selbst die Initiative ergriffen hatte, war es besser geworden. Aber heute verspürte er keine Linderung. Trotzdem musste er weitermachen. Es war seine einzige Chance.

16

Als Fred Weber aufwachte, spürte er Kälte und Schmerz. Der Schmerz kam von der linken Hand, zog durch seinen Arm und breitete sich über den gesamten Körper aus. Von Sekunde zu Sekunde steigerte sich die Qual und wurde unerträglich. Ohne die Ursache dafür zu kennen, entlastete er den Arm, indem er die Beinmuskeln anspannte und sich in eine aufrechte Position brachte. Erst jetzt bemerkte er, dass er vollkommen nackt war. Sein linkes Handgelenk steckte in einer Schelle. Sie war mit einer Kette an einem Baumstamm befestigt, in einer Höhe, die er nicht erreichen konnte. Instinktiv versuchte er, sich mit einem Ruck zu befreien. Wie zur Strafe schoss als Antwort ein Schmerzimpuls durch seine Glieder.

Was war passiert? Wo befand er sich? Wieso war er an einen Baum gekettet? Nackt. Was hatte das alles zu bedeuten?

Unfähig, einen klaren Gedanken zu fassen, schrie er um Hilfe. Seine Rufe glichen einem Flehen, einem Bitten um Gnade. Der gespenstische Widerhall führte ihm seine einsame, ausweglose Lage vor Augen. Niemand würde ihn hören. Weit und breit nur Bäume. Keine Menschenseele. Eisige Kälte, unbändige Angst, Verzweiflung und Ungewissheit.

Seine Arm- und Beinmuskeln zitterten unkontrolliert, das Herz raste, und der Atem ging schwer. Er wusste nicht, wie lange er bereits der Kälte ausgesetzt war. So wie er sich fühlte, mussten es Stunden gewesen sein. Langsam und gleichmäßig atmen, befahl er sich. Er musste handeln, bevor seine Sinne schwanden. Eine lang anhaltende Unterkühlung würde seine Urteilsfähigkeit beeinflussen. Vielleicht gab es irgendeine Möglichkeit, sich zu befreien.

Weber betrachtete die Handschelle. Sie war aus Edelstahl gefertigt. Hatte er eine Chance, sie zu öffnen? Seine rechte Hand war frei. In Filmen hatte er gesehen, dass sich das Schloss mit einer Haarnadel oder einer Büroklammer öffnen ließ. Aber vermutlich waren das nur Tricks der Regisseure, um die Spannung zu erhöhen. Außerdem war er nackt, und nichts dergleichen befand sich in Reichweite, keine Haarnadel, kein Draht, gar nichts.

Die Füße schmerzten besonders stark. Er verlagerte sein Gewicht und versuchte sich zu bewegen, so weit die Fessel es zuließ. Plötzlich sah er, dass etwas in der Baumrinde steckte. Ein Taschenmesser! Mit der rechten Hand packte er den Griff und zog es heraus. Obwohl er zunächst keine Idee hatte, was er damit anfangen konnte, hielt er es in seinen steifen Fingern fest wie einen Schatz. Es war für den Moment das Einzige, was er besaß, und das Einzige, was ihm ein wenig Hoffnung schenkte.

Bisher hatte er nicht darüber nachgedacht, wer ihn in diese Lage gebracht hatte. Es würde ihm nicht weiterhelfen, es zu wissen. Jetzt konnte Weber seine Gedanken nicht mehr steuern. Wer wollte ihn auf diese grausame Art töten? Hatte derjenige auch das Messer in Reichweite platziert? Sicher steckte es nicht zufällig in der Rinde der Fichte, an die er gekettet war. Klinge und Griff waren sauber und dem Wetter nicht lange ausgesetzt gewesen. Aber was bezweckte der Täter?

Weber schrie erneut aus voller Kehle um Hilfe. Vielleicht hörte ihn doch jemand. Die Dämmerung hatte bereits eingesetzt. Noch bestand die Chance, dass sich jemand in der Nähe aufhielt. Sobald es dunkel wurde, sank die Wahrscheinlichkeit fast auf null. Und die Nacht würde er nicht überstehen. Die Temperatur würde wie in den vergangenen Tagen auf minus acht Grad oder darunter sinken. Er wusste, wie der schleichende Kältetod ablief. Seine Kraft würde nachlassen, die Muskeln erschlaffen, die Herzfrequenz sinken, irgendwann würde das Atmen noch schwerer fallen und schließlich ganz aussetzen.

Er blickte auf das Messer, das er immer noch in der Hand hielt. Ein lächerliches Stück mit einer zwölf Zentimeter langen Klinge, das man in jedem Baumarkt kaufen konnte. Nur mit Anstrengungen hätte er damit einen Ast durchschneiden können. Um damit einen Baum zu fällen, bräuchte er Jahre. Es kam ihm so vor, als hätte sein Widersacher es ihm aus Sarkasmus zur Verfügung gestellt, als wollte er ihn mit Hohn und Spott in den Tod schicken.

Weber sah nur eine Möglichkeit, sich zu befreien. Er musste versuchen, mit dem Messer das Schloss der Handschelle zu öffnen. Doch seine Finger gehorchten ihm kaum noch. Auf keinen Fall durfte er sein einziges Werkzeug fallen lassen. Die Fessel war so hoch angebracht, dass er den Boden nicht mit der freien Hand erreichen konnte. Und dass er seine steif gefrorenen Fußzehen zu Hilfe nehmen konnte, um es wieder aufzuheben, bezweifelte er.

Die Messerspitze ließ sich nicht weit genug in das Schlüsselloch führen. Wer immer ihn in diese Lage gebracht hatte, wollte sicher nicht, dass er sich selbst befreite. Aber wozu dann das verdammte Taschenmesser? War es wirklich nur dafür gedacht, ihn zu verspotten?

Da war ein Geräusch. Schritte, das Bersten von Zweigen, Rascheln von Blattwerk. Es war jemand in der Nähe. Er wurde beobachtet. Das musste der Entführer sein. Der hatte ihn in diese Lage gebracht und konnte ihn auch wieder daraus befreien. Ein Erpresser? Weber würde ihm alles versprechen, würde ihm die PIN für das Girokonto geben, ihm einen Scheck unterschreiben, was auch immer.

Dann waren keine Geräusche mehr zu hören. Nur der ferne Straßenverkehr, der Wind, der über die Baumwipfel strich, und das Bellen eines Hundes, weit weg von diesem verlassenen Ort.

Plötzlich tauchte eine Gestalt aus dem Dunkeln auf. Sie lachte hämisch und tanzte um einen Baum. Sie hielt einen riesigen Schlüssel in der Hand. In der nächsten Sekunde war sie verschwunden. Weber wusste, dass sich sein Gehirn Trugbilder erdachte. Es würde nicht mehr lange dauern, bis die sogenannte Realität, die er als Physiker stets hinterfragt hatte, keine Rolle mehr für ihn spielte. Es war nur eine Frage der Zeit, dann würden die Halluzinationen die Regie übernehmen und ihn vollständig handlungsunfähig werden lassen.

»Verdammter Scheißkerl! Was willst du?«, schrie er in die Nacht hinaus. Der Schrei tat gut und brachte ihn ein Stück weit auf den Boden der Wirklichkeit zurück.

Aber schon tauchten wieder Bilder in seinem Kopf auf. Doch diesmal waren es keine Hirngespinste. Das Leben lief im Zeitraffer vor ihm ab. Er hatte solche Phänomene immer für Humbug gehalten und entsprechende Berichte nicht ernst genommen, wie so vieles, das er nicht rational erklären konnte. Seltsam, wie sich im Anblick des Todes die Welt veränderte. Er musste an Janina denken. Sie hatten direkt nach Abschluss ihres Studiums geheiratet. Das Beratungsunternehmen, für das sie arbeitete, hatte sie für ein Jahr nach Boston geschickt. Er war gegen ihren Auslandsaufenthalt gewesen, und vor sich selbst hatte er die Auseinandersetzung darüber immer als Entschuldigung für seine Affäre mit Esther gesehen. Wieso wurde ihm erst jetzt bewusst, dass er im Unrecht gewesen war? Bedurfte es einer Extremsituation, um sich über wichtige Dinge im Leben klar zu werden, um sich zu seinen Missetaten zu bekennen?

Ihm fielen weitere Fehler ein, die er begangen hatte. Sollte er für einen davon bestraft werden? Durch wen? Wer maßte sich an, ihn – wofür auch immer – zu verurteilen und zu bestrafen?

Er versuchte, die Gedanken abzuschütteln. Die späten Einsichten nützten ihm nicht. Auch die Antwort auf die Frage, wer hinter dem Mordanschlag auf ihn steckte, war im Grunde belanglos. Er musste jetzt seinen Verstand ein- und die Gefühle abschalten und völlig unvoreingenommen überlegen, wie er dem Tod entrinnen konnte. Als Wissenschaftler hatte er gelernt, auch nach zunächst abwegig erscheinenden Lösungen zu suchen.

Eine Vorstellung war die ganze Zeit langsam, aber stetig herangereift, ohne das Bewusstsein vollständig zu erreichen. Doch jetzt schlug das Bild wie ein Blitz ein. Seine Lage erinnerte ihn an einen Film, den er vor einigen Jahren gesehen hatte. Ein Bergsteiger, dessen Hand unter einem Felsbrocken eingeklemmt war, befreite sich, indem er die Hand mit einem Taschenmesser amputierte. Weber wurde speiübel. Er ließ das Messer fallen. Niemals könnte er sich überwinden, so etwas zu tun. Lieber würde er hier sterben.

17

»Der Bericht der KTU liegt auf deinem Schreibtisch«, empfing Hilgersen den Hauptkommissar am Morgen. »Ich hab ihn schon gelesen.«

»Was steht drin?« Flottmann setzte sich an seinen Schreibtisch und schaltete den Computer ein.

»Leider nicht besonders viel. Die verwendeten Materialien für die Flutungsvorrichtung, das Stahlblech, die Schrauben und so weiter, sind wenig aussagekräftig. Auch die elektronischen Bauteile weisen keine Besonderheiten auf. Die erhält man im Fachgeschäft oder Versandhandel. Allerdings hebt der Bericht hervor, dass die Bleche Bearbeitungsspuren zeigen. Hätte man die verwendeten Werkzeuge, könnte man den Nachweis führen, dass genau diese vom Täter benutzt wurden. Und wenn man Reste des Materials fände, wäre auch darüber ein stichhaltiger Beweis möglich.«

»Also müssen wir das Zeug nur noch finden.«

»Genau.«

»Hat man irgendwelche DNA-Spuren entdeckt?«

»Nein. Das Salzwasser hat alles zerstört oder hinweggespült.«

»Okay. Danke. Dann muss ich den Bericht wohl nicht mehr lesen. Wie mag das Ganze wohl abgelaufen sein?«

»Lindbergh fährt kurz vor Ladenschluss auf den Aldi-Parkplatz, um einzukaufen. Ein dunkelblauer Wagen unbekannter Marke stellt sich daneben. Der Fahrer klopft an die Scheibe, Lindbergh kurbelt sie herunter und bekommt eine Spritze verpasst. Dann öffnet der Täter Lindberghs Tür sowie die eigene Beifahrertür und zerrt das Opfer in seinen Wagen.«

»So weit, so gut«, sagte Flottmann. »Aber dann?«

»Der Täter fährt mit dem Pkw zu einer Anlegestelle, wo bereits das Ruderboot liegt, verfrachtet Lindbergh da hinein und rudert im Halbdunkel aufs Meer hinaus. Dort wirft er die Stahlplatten, eine nach der anderen, über Bord. Die sind miteinander verbunden und wirken wie ein Anker. Dabei muss er natürlich aufpassen, dass er nicht die Flutungseinrichtung auslöst. Dann schmeißt er die Ruder ins Meer, die irgendwohin abtreiben.«

»Wie kommt er zurück?«

»Er hat ein Schlauchboot dabei. Die Rücktour ist allerdings nicht ganz ungefährlich und je nach Strömung, Wind und Wetter auch ziemlich anstrengend, es sei denn, er hat einen Außenbordmotor mit. So oder so denke ich, dass als Täter nur ein kräftiger Mann in Frage kommt, der in der Lage ist, das Opfer in das Boot zu verfrachten. Natürlich könnten wir es auch mit zwei Personen zu tun haben.«

»Wo ist die Anlegestelle?«

Hilgersen zuckte mit den Schultern. »Ich tippe auf Nordstrand. Von Süderhafen aus ist es nicht sehr weit. Außerdem treibt sich dort im Winter und zur späten Abendzeit kaum jemand herum. Die Entdeckungsgefahr ist deshalb eher gering.«

»Gut. Weiter.«

»Was weiter?«

»Der Täter muss das Ganze gut getimt haben. Flut, Ebbe, die Betäubung des Opfers, den Durchsatz der Wassermenge.«

»Die Tidezeiten sind wohl kein Problem. Du wirst es nicht glauben, aber die kann man ziemlich genau bestimmen.« Hilgersen grinste. »Aber was meinst du mit dem Wasserdurchsatz?«

»Ich gehe davon aus, dass der Täter seinem Opfer bewusst die Möglichkeit bot zu entkommen.«

»Du meinst, er wollte Lindbergh nur einen Schrecken einjagen?«

»Er wollte, dass er um sein Überleben kämpft«, sagte Flottmann. »Deshalb durfte das Boot nicht zu schnell volllaufen. Andererseits natürlich auch nicht zu langsam, sonst hätte Lindbergh kein Problem gehabt.«

»Hm. Das klingt nicht ganz unlogisch. Aber warum das Ganze?«

»Das ist eine interessante Frage. Die Antwort darauf würde uns sicher ein Stück weiterbringen.«

Hilgersens Telefon klingelte.

»Herr Kuhlmann. Guten Tag. Eine Anzeige? – Ein Geländewagen. – Nein, uns liegt keine Anzeige vor. – Sie sind nicht selbst betroffen? – Eine Frau, verstehe – wer ist sie? – Sie kennen sie nicht? – Das geht leider nicht. Die Frau müsste schon selbst bei uns vorstellig werden. – Haben Sie das Kennzeichen? – Nein. Hm. Wir werden in jedem Fall verstärkt darauf achten. Und haben Sie vielen Dank für Ihren Anruf. Falls Sie die Frau noch einmal treffen, sagen Sie ihr bitte, dass sie zu uns kommen soll. Auf Wiederhören, Herr Kuhlmann.«

Hilgersen legte auf.

»Was war mit dem Geländewagen?« Flottmann hatte das Gespräch aufmerksam verfolgt.

»Ach. Irgendjemand ist mit so einem Ding durch 'ne Pfütze gefahren und hat eine Passantin nass gespritzt. Der Anrufer hatte den Verdacht, dass der Fahrer es auf sie abgesehen hatte, und meinte, dass das ein Fall für die Kriminalpolizei sei. Er hat den Vorgang beobachtet und wollte Anzeige erstatten.«

»Das ist interessant.«

»Was?«

»Das Gleiche ist mir passiert.«

»Im Ernst?«

»NF, HA. Mehr konnte ich nicht erkennen. Der hat mir meinen Anzug von oben bis unten eingesaut.«

»Du besitzt doch gar keinen Anzug.«

»Klar. Für jeden Anlass einen passenden. Wenn ich den Typen erwische, dann kann der was erleben.«

»Du meinst, das war derselbe?«

»Allerdings. Auch bei mir ist der mit voller Absicht durch die Pfütze geprescht. Vor dem Schifffahrtsmuseum. Das war eindeutig ein Attentat.«

»Was mich viel mehr interessiert: Was machst du in Schapptüch vor dem Museum?«

»Schapptüch?«

»Kleidung, die man höchstens mal am Sonntag aus dem Schrank holt, du vermutlich nur alle paar Jahre. Das muss ja ein besonderer Anlass gewesen sein.«

»Nichts Besonderes. Ein Essen mit dem Polizeipräsidenten. Dem Pfützenspritzer lege ich das Handwerk. Darauf kannst du dich verlassen.« Flottmann schlug mit der Faust auf die Schreibtischplatte. »Aber zurück zu Lindbergh. Der Täter muss das Ganze gut vorbereitet haben. Er hat handwerkliche Fähigkeiten und Kenntnisse in Elektronik, vielleicht auch in Physik und Medizin.«

Hilgersens Mimik deutete darauf hin, dass er noch über die Sache mit dem Anzug nachdachte.

»Das kann man sich alles selber aneignen«, erwiderte er nach einer Pause. »In jedem Fall muss er eine Werkstatt besitzen. Deshalb vermute ich, dass er nicht in einer Zwei-Zimmer-Wohnung wohnt, sondern in einem Haus mit Keller oder Garage. Vielleicht hat er sogar einen eigenen Gewerbebetrieb.«

»Was das Motiv angeht: Wenn es eine Beziehungstat war, kann ich mir einfach nicht vorstellen, dass Lindbergh keinen Verdacht hat, wer dahintersteckt.«

»Vielleicht hast du recht, und er verheimlicht uns etwas, weil er in ungesetzliche Machenschaften verstrickt ist. Wir sollten ihn noch mal befragen.«

»Okay. Tun wir unsere Routinearbeit. Überleg du noch einmal genau, wo die Anlegestelle sein könnte, und klappere die Orte ab, Süderhafen zum Beispiel. Vielleicht hat jemand etwas beobachtet.«

»Wird gemacht.«

»Gibt es irgendwelche Erkenntnisse über den Propeller beziehungsweise die Drohne?«

»Da ist Malte noch dran. Vermutlich handelt es sich um einen sogenannten Quadrocopter. Wenn es ein handelsüblicher Typ war, wird auch das uns nicht viel weiterbringen. Die werden allein in Deutschland zu Tausenden verkauft. Die Dinger sind zu einer richtigen Seuche geworden. Malte hat eine wahre Sisyphusarbeit vor sich.«

»Wenn man vom Teufel spricht«, raunte Flottmann, als Malte Schubert in der Tür stand.

»Habt ihr über mich geredet?«, fragte er.

»Ja. Aber nur Gutes. Was machen die Recherchen zum Propeller?«

»Sind noch in vollem Gange. Die Ermittlungen sind gar nicht so einfach.«

»Deswegen haben wir sie dir übertragen.«

»Ich hab bald die Ergebnisse. Aber weswegen ich gekommen bin: Wann hast du Geburtstag?«

»Am 26. Juli. Willst du mir etwas schenken?« Flottmann runzelte die Stirn.

»Viel besser. Und um welche Uhrzeit bist du geboren?«

»Äh – um Mitternacht, zur Geisterstunde, genau zwei Minuten vor zwölf, wenn ich den Erzählungen meiner Mutter glauben darf. Warum fragst du?«

»Lass dich überraschen. Und du, Gustav?«, wandte er sich an Hilgersen.

»12. September, neun Uhr zwölf. Kaiserschnitt. Ich erinnere mich noch genau. Es war ein Scheißtag. Es hat geregnet, und Steve Biko wurde ermordet.«

»Steve Biko? Aha. Ja, sehr traurig.« Malte erfragte noch die Geburtsorte und schrieb die Daten in ein Notizbuch. »Okay. Dann frohes Schaffen.«

Flottmann öffnete das Fenster, nachdem der Kollege den Raum verlassen hatte. »Ich glaube, der will uns tatsächlich ein Horoskop erstellen. Beziehungsweise seine Lebensgefährtin.«

»Toll. Die Vorhersagen in den Zeitschriften sind alle getürkt, hab ich mal gelesen. Aber eine wissenschaftliche Prophezeiung mit Aszendent, Konjunktion und dergleichen ist schon was ganz anderes.«

»Du glaubst doch nicht an den Schwachsinn, oder?«

»Irgendetwas könnte daran sein. Es gibt mehr zwischen Himmel und Erde, als …«

»Blödsinn«, unterbrach Flottmann Hilgersens philosophische Anwandlung. »Falls du jetzt auch noch mit der Knoblauchtherapie anfängst, kannst du in Maltes Büro ziehen.«

Hilgersen grinste. »Dreieinhalb Jahre länger leben. Das wäre durchaus ein lohnender Anreiz.«

»Das setzt voraus, dass du keinen Unfall hast oder umgebracht wirst. Dagegen soll auch kein Knoblauch helfen, es sei denn, der Mörder ist ein Vampir.«

18

»Wir hätten besser ein Taxi genommen«, sagte Ulrike Nissen und machte Anstalten, ihrem Mann ins Steuer zu greifen.

»Quatsch. Ich bin vollkommen fit. Die paar Gläser hauen mich doch nicht um. Außerdem verirrt sich um diese Uhrzeit niemand in diese gottverlassene Gegend. Und wenn du Frieda und Willi nicht noch zum Schluss auf ihre Ägyptenreise angesprochen hättest, wären wir schon lange zu Hause. Frieda auf einem Kamel hätte ich nicht unbedingt noch sehen müssen.«

Das Getriebe gab ein jaulendes Geräusch von sich, als Anton Nissen in den vierten Gang schaltete.

»Das arme Tier«, fuhr der Sechzigjährige fort, »während des All-inclusive-Urlaubs hat sie bestimmt weitere fünf Kilo zugenommen.«

»Du bist gemein, Anton.«

»Wieso ich? Hab ich das Trampeltier gequält?«

»Außerdem war es ein Dromedar.«

»Macht die Sache nicht besser.«

»Wir könnten doch auch einmal so eine Reise unternehmen.«

»Wenn du ein Bild von dir auf einem Kamel möchtest, krieg ich das ohne Probleme mit Photoshop hin.«

»Sei doch nicht so.«

»Tut mir leid, aber Ägypten ist mir einfach zu heiß und die Pyramiden zu hoch. Wie wäre es mit Dänemark? Wir waren schon lange nicht mehr dort.«

»Das ist nicht dasselbe.«

»Stimmt. Dort ist das Klima erträglich, lange Sandstrände und nette, gemütliche Leute. Ein paar Brocken Dänisch kann ich auch. Außerdem muss man dort nicht damit rechnen, dass man an jeder Ecke mit einer Kalaschnikow bedroht wird.«

»Du redest Unsinn, Anton. Pass lieber auf. Es könnte glatt sein. Es sollen heute Nacht minus acht Grad werden.«

»Es sind siebeneinhalb Grad minus.« Nissen tippte mit dem Zeigefinger auf das Display. »Die Straße ist knochentrocken. Alles freigeräumt. Nur am Rand liegt noch ... Verdammt, was war das?«

Ulrike stieß einen gellenden Schrei aus, während ihr Mann in die Bremsen stieg. Der Ford Focus geriet ins Schlingern und blieb nach Nissens heftigen Gegenlenkmanövern quer zur Fahrbahn stehen, mit den Vorderrädern auf dem schneebedeckten Grünstreifen.

Starr vor Schreck brachten beide kein Wort heraus.

»Da stand ... da stand«, stammelte Ulrike, nachdem sie die Sprache wiedergefunden hatte, »ein Nackter. Der ...« Sie schluckte und schüttelte den Kopf. »Du musst zurückfahren. Nein. Ruf die Polizei! Wo ist dein Handy?«

Anton Nissen antwortete nicht. Er legte den Rückwärtsgang ein und gab Gas. Die Räder drehten durch. Mit der flachen Hand schlug er aufs Lenkrad.

»Verdammter Mist!«

Nach mehreren Versuchen gelang es ihm, den Wagen wieder auf die Straße zu bringen. Zunächst stand das Fahrzeug in Gegenrichtung. Er steuerte es auf die andere Seite, hielt an und schaltete die Warnblinkanlage ein.

»Vielleicht haben wir uns geirrt. Wir müssen nachsehen.« Nissen fuhr im Schritttempo in die Richtung, aus der sie gekommen waren. Beide beobachteten die Straßenränder im Scheinwerferlicht.

»Der war verletzt. Irgendetwas an ihm ...« Ulrike konnte den Satz nicht beenden. Stattdessen stieß sie erneut einen Schrei aus. Nissen brachte den Wagen zum Stehen.

Aus dem Halbdunkel der gegenüberliegenden Straßenseite war ein Mann aufgetaucht, vollständig nackt und von kräftiger Statur. Er torkelte auf das Auto zu. Die Szene hätte aus einem Horrorfilm stammen können. Ein blutiger Armstumpf hing schlaff an seiner linken Seite. Das rote Licht der Warnblinkanlage wirkte wie ein Stroboskop und ließ die Bewegungen gespenstisch abgehackt erscheinen.

Anton Nissen verriegelte hektisch die Türen, als erwartete er den Angriff eines Monsters. Er versuchte, einen Gang einzulegen, aber seine Motorik versagte. Die nackte Gestalt hatte das Fahrzeug erreicht und wurde von den Scheinwerfern angestrahlt. Nissen verstand zunächst nicht, was er sah: In der Rechten hielt der Mann eine blutige Hand.

Seine Frau beugte sich nach vorn und röchelte. Nissen befürchtete, sie könnte das Bewusstsein verlieren.

»Ulrike! Ulrike! Ist alles in Ordnung?«

Sie hob den Kopf. Mit geschlossenen Augen stammelte sie: »Bring mich weg von hier.«

Anton Nissen sah, wie die Gestalt in sich zusammensackte und mit dem Schädel auf die Motorhaube aufschlug. Das Geräusch ließ Ulrike zusammenzucken. Sie öffnete die Augen und starrte ins Leere.

Nissen versuchte, einen klaren Gedanken zu fassen. Er kramte sein Mobiltelefon aus der Hosentasche. Seine zittrigen Finger suchten die Notruftaste.

»Anton Nissen … ein Unfall … nein, ein nackter Mann auf der Straße … Hauptstraße Horstedter Chaussee, kommen Sie schnell … verletzt? Ja. Ich glaube, schwer.«

Er drückte auf die rote Taste, obwohl die Frau am anderen Ende der Leitung ihn gebeten hatte, die Verbindung nicht abzubrechen.

»Polizei und Rettungswagen kommen«, sagte er. Noch einige Sekunden verharrte er auf seinem Sitz. Dann riss er die Fahrertür auf. »Ich muss dem Mann helfen.«

Er ging langsam um das Fahrzeug herum und stützte sich dabei an der Karosserie ab. Dann stand er vor dem Nackten, der wie ein Fötus zusammengekauert am Boden lag, die abgetrennte Hand fest mit der Rechten umklammernd. Ein Häufchen Elend, von dem keine Gefahr ausging.

Anton Nissen hatte seine Fassung wiedererlangt. Um den Mann ins Wageninnere zu bringen, hätte er Ulrikes Hilfe gebraucht, die aber völlig apathisch auf dem Beifahrersitz kauerte.

Er lief zum Heck des Autos, öffnete den Kofferraum und entnahm eine Wolldecke. Damit deckte er den Verletzten zu und versuchte, die Enden unter dessen Körper zu schieben. Dann zog er seine Jacke aus, faltete sie zusammen und legte sie unter den Kopf des Opfers. Als Nächstes holte er den Verbandskasten aus dem Wagen. Seine Hände zitterten. Die Wunde blutete nur wenig, und er hatte keine Ahnung, wie man einen Verband anlegte. Trotzdem musste er es versuchen. Nichts tun war fast immer falsch. Er kniete neben dem Verletzten nieder und begann, den Verband um den Armstumpf zu wickeln. Der Mann rührte sich nicht, aber er atmete.

Das Blaulicht flackerte durch die Bäume. Gleich konnte Nissen die Verantwortung an die professionellen Helfer abgeben. Für einen Moment dachte er daran, dass er angetrunken war. Sollte die Polizei ihm doch den Führerschein abnehmen. Das spielte jetzt keine Rolle.

Als der Krankenwagen eintraf, setzte sich Nissen erschöpft auf den Fahrersitz und lehnte die Tür an. Seine Frau zitterte am ganzen Leib. Als er ihre Hand fasste, wich sie zurück.

»Ulrike! Es ist alles vorbei. Es ist alles gut. Hilfe ist da.«

»Bring mich weg von hier«, stammelte sie unablässig.

»Ja. Gleich, Ulrike, gleich.«

Ein Mann in roter Uniform klopfte an die Seitenscheibe. Nissen stieg aus.

»Meine Frau hat einen Schock, glaube ich.«

»Wir kümmern uns um sie«, antwortete der Rettungssanitäter. »Sind Sie in Ordnung?«

»Ja, ja. Aber der Verletzte.«

»Er wird bereits versorgt. Wir haben einen zweiten Wagen angefordert. Der Notarzt wird gleich hier sein.«

Nissen sah die Polizisten, die die Straße absperrten, und den Rettungswagen, der mit Blaulicht abfuhr. Dann wurde ihm schwindlig. Der Mann stützte ihn und brachte ihn zu einem Transporter der Polizei. Im Innenraum konnte er sich auf eine Bank setzen.

Der Notarzt war eingetroffen. Nissen sah, wie sich zwei Helfer um seine Frau kümmerten.

Ein Beamter in Uniform stieg zu ihm in den Transporter und setzte sich ihm gegenüber. »Mein Name ist Polizeimeister Konrad. Sind Sie in der Lage, ein paar Fragen zu beantworten?«

»Ja.«

»Wie ist Ihr Name?«

»Nissen. Anton Nissen.«

»Können Sie mir erzählen, was passiert ist?«

»Ich weiß nicht. Plötzlich stand dieser nackte Mann am Straßenrand. Wir, meine Frau und ich, haben uns zu Tode erschreckt. Der Mann war verletzt. Das haben wir zuerst gar nicht bemerkt. Ich hab nur gesehen, dass irgendwas mit ihm nicht stimmte. Außer dass er nackt war, natürlich. Aber vielleicht hat meine Frau erkannt, was mit ihm los war. Jedenfalls hat sie geschrien. Wir sind dann umgekehrt. Als wir anhielten, kam er plötzlich auf uns zu. Er hatte … ihm fehlte eine Hand. Das heißt, er hatte sie in der anderen Hand. Ulrike, meine Frau – sie hat einen Schock bekommen.« Nissen schüttelte den Kopf und seufzte.

»Wissen Sie, woher der Mann kam?«

»Aus dem Wald, denke ich. Die genaue Stelle werden Sie wohl an den Spuren im Schnee erkennen.«

Der Beamte nickte. »Wir brauchen nur noch Ihre Personalien. Später werden wir sicher noch einige Fragen haben.«

19

Dieser Weber hatte es geschafft, den entscheidenden Schritt zu tun. Nur wenig später wäre vermutlich das Verwirrtheitsstadium eingetreten, in dem er nicht mehr handlungsfähig gewesen wäre. Er war mit dem Leben davongekommen, doch eines war sicher: Er hatte nicht nur in den Stunden der Todesangst über sich nachgedacht. Die Frage nach dem Warum würde ihn so lange begleiten, bis er starb oder eine Antwort fand. Seine amputierte Hand würde ihn ständig daran erinnern. Vielleicht rechnete er sogar mit einer weiteren Prüfung und lebte fortan in ständiger Furcht. Aber das Projekt »Weber« war ebenfalls erledigt, und es war erfolgreich verlaufen. Wenn es sich vermeiden ließ, sollte niemand wegen einer Tat zweimal angeklagt und verurteilt werden. Alles musste konsequent und fair ablaufen.

Die Kamera, die auch im Infrarotbereich ausreichend empfindlich war, hatte gute Bilder geliefert. Die Szene zu verfolgen war außerordentlich aufregend gewesen. Als der Delinquent versuchte, an das Messer heranzukommen, indem er es mit dem Fuß am Baumstamm entlang nach oben schob, erreichte die Spannung den Höhepunkt.

Zugegebenermaßen hatte er es genossen. Ein wenig schämte er sich jetzt dafür. Die Befriedigung seiner Rachegefühle oder gar seiner Lust war niemals Ziel der Aktionen gewesen. Vielleicht war sie eine Begleiterscheinung, die er gar nicht vermeiden konnte. Ob er sich später noch einmal die Aufnahmen ansehen würde? Vermutlich nicht. Sobald Ruhe eingekehrt war, würde er alles vernichten. In seinem Kopf sollte nur noch die Zukunft eine Rolle spielen. Er würde einen Schalter in seinem Gehirn umlegen, der die Vergangenheit von der Gegenwart und der Zukunft trennte. Vielleicht würden noch ein paar gute Erinnerungen durchdringen. Aber alle negativen Gefühle wären für immer ausgelöscht. Wie nach dem Betätigen einer Reset-Taste würde alles auf Anfang gesetzt werden, für den Neustart in ein unbeschwerteres Leben.

Was mochte jetzt in Weber vorgehen? Hatte er kapiert, worum es ging? Falls er verstanden hatte, konnte es gefährlich werden. Aber das Risiko gehörte zum Projekt. Das war der eigene Einsatz, ohne den der Kampf um Gerechtigkeit und Verantwortung nicht fair verliefe.

20

Hauptkommissar Flottmann fuhr mit dem Zug nach Kiel. Er hatte sich von Silke Amsel, der Frau für alles außer Kaffeekochen, dazu überreden lassen. Sie hatte ihm ein Erste-Klasse-Ticket besorgt. Das sei sogar günstiger gewesen als ein Fahrschein zweiter Klasse. Flottmann fuhr nicht gern Auto, aber noch weniger war er vom Bahnfahren begeistert.

Man musste zu einer bestimmten Zeit am Bahnhof sein. Wenn man zu spät eintraf, fuhr der Zug pünktlich ab, kam man zu früh, hatte er mit Sicherheit Verspätung. Unterwegs musste die Reise garantiert unterbrochen werden, weil sich irgendjemand aus Liebeskummer oder aus Gram über das verlorene Fußballspiel des HSV auf die Gleise gelegt hatte. Man war gezwungen, sich das Telefonat über den spannenden Alltag zweier Teenies anzuhören. Dabei durfte man raten, was der unhörbare Gesprächspartner erzählt hatte, wenn der hiesige »Echt geil!« oder »Wie krass ist denn das?« von sich gab.

Aber aller Erfahrung zum Trotz konnte man sich letztendlich auf nichts verlassen. An diesem Tag fuhr der Zug pünktlich ab, die Lebensmüden wählten offenbar eine andere Möglichkeit, sich umzubringen, und neben ihm saß eine betagte Frau mit Hut und Hund. Sie schlief die meiste Zeit, während der Rauhaardackel zunächst Flottmanns Schuhe ausgiebig beschnüffelte, um es sich dann zu seinen Füßen gemütlich zu machen.

Mit dem Taxi fuhr er zur Universitätsklinik. Fred Weber lag allein in einem Zwei-Bett-Zimmer. Als Flottmann den Raum betrat, brachte sich der Physiker in Sitzposition und legte den dicken Schinken, in dem er gerade las, auf einen Stapel weiterer Bücher.

»Hauptkommissar Flottmann. Wir haben miteinander telefoniert.« Flottmann setzte sich auf den Besucherstuhl neben dem Bett. »Wie geht es Ihnen, Herr Weber?«

»Ich lebe.«

»Ihr Arm?«

»Der muss ohne meine Hand zurechtkommen. Schon beim Umblättern bekomme ich eine Ahnung davon, welche Einschränkungen es geben wird. Aber es gibt gute Prothesen, hat man mir versichert.«

»Sie haben auch eine Kopfverletzung?«

»Halb so schlimm. Der Verband kommt morgen ab. Ich muss wohl mit dem Schädel auf die Motorhaube geknallt sein. Die beiden älteren Leute, Nissen heißen sie, haben mich gerettet. Ich glaube, ich hätte keine Viertelstunde mehr durchgehalten. Ich hab sie angerufen und mich bei ihnen bedankt.«

»Wie Sie sich befreit haben – das ist unglaublich. Ich hätte das nicht zustande gebracht.«

»Das können Sie nicht beurteilen, solange Sie nicht in solch einer Lage waren. So eine Situation setzt die letzten Reserven frei. Wissen Sie, was mir geholfen hat? Ich will den Kerl, der mir das angetan hat, hinter Gittern sehen, Herr Kommissar.«

»Dann haben wir das gleiche Ziel.«

»Kennen Sie den Film ›127 Hours‹?«

»Nein.«

»Aber ich. Vermutlich wäre ich sonst nicht mehr am Leben. Der Film basiert auf einer wahren Begebenheit. Der Bergsteiger Aron Ralston befreite sich aus einer Felsspalte, indem er seine Hand amputierte. Zuerst brach er sich die Knochen, dann durchschnitt er Weichteile und Blutgefäße. Das war wie eine Anleitung für mich.«

»Glauben Sie, dass der Täter das Szenario des Films vor Augen hatte, als er Sie in diese schreckliche Lage versetzte?«

»Ich hab keine Ahnung, was in seinem kranken Hirn vorging. Bei dem Bergsteiger war der rechte Arm eingeklemmt, bei mir der linke. Hätte er alles genau kopieren wollen, wäre ich jetzt meine rechte Hand los. Das wäre noch übler für mich. Deswegen glaube ich nicht, dass es ihm darauf ankam, die Szene aus dem Film nachzubilden. Allerdings stand auch Ralston nur ein Taschenmesser zur Verfügung. Ich hatte hier im Krankenhaus viel Zeit nachzudenken. Aber mir ist völlig schleierhaft, was dieses Schwein zu der Tat getrieben hat.«

»Haben Sie einen Verdacht, wer es gewesen sein könnte?«

»Nein.«

»Irgendjemand, dem Sie Anlass gegeben haben, Sie dermaßen zu hassen?«

»Nein«, kam die spontane Antwort.

Flottmann schwieg. Er wollte Weber die Möglichkeit geben, seine Antwort zu überdenken.

»Niemand?«, hakte er schließlich nach.

»Nein. Es sei denn ...«

»Ja?«

»Dieser cholerische Muskelprotz ohne Hirn und Verstand ...«

»Von wem reden Sie?«

»Esthers Ehemann.«

»Wer ist Esther?«

»Eine ... eine Freundin.«

»Ein Verhältnis?«

Weber schwieg einen Moment. »Ja. Kann man so sagen. Wir kennen uns erst seit ein paar Monaten. Ich hab sie zufällig auf dem Friedhof kennengelernt. Sie hat dort das Grab ihrer Mutter besucht. Mein Bruder liegt nur ein paar Meter weiter. Das heißt, eigentlich liegt da nichts mehr außer ein paar Knochen. Ich weiß auch nicht, warum die Menschen an die Orte gehen, an denen die Toten begraben sind. Es widerspricht eigentlich jeder Logik. Jedenfalls bin ich mit Esther eines Tages ins Gespräch gekommen. Und dann ging alles sehr schnell. Heute weiß ich, dass es ein Fehler war.«

»Sind Sie verheiratet?«

»Ja. Meine Frau ist zurzeit in den USA. Ich hab sie noch nicht benachrichtigt. Ich will erst alles regeln, alles in Ordnung bringen. Mir ist inzwischen einiges klar geworden. Irgendwie war das Ganze ein heilsamer Schock für mich.«

»Und was ist mit Ihrem Bruder passiert? Sie sagten, er sei tot.«

»Er ist im Alter von nur sechs Jahren an einer Lungenentzündung gestorben. Ich war damals sieben.«

»Sie treffen sich regelmäßig mit Ihrer Freundin?«

»Immer, wenn ich in Husum bin. Manchmal kommt sie auch zu mir nach Kiel. Ich hab eine Wohnung in der Nähe der Uni.«

»Ihr Mann weiß von dem Verhältnis?«

»Sie sagt: nein. Aber sicher bin ich mir nicht. Jedenfalls ist er ein Mistkerl, nach allem, was sie mir erzählt hat. Er hat einmal alle vier Reifen ihres Wagens zerstochen, damit sie nicht wegkonnte. Geschlagen hat er sie allerdings nie. Jedenfalls hat sie das behauptet, als ich einmal danach gefragt habe. Aber es gibt ständig Streit zwischen den beiden. Manchmal fliegen auch die Teller.«

»Kennen Sie einen David Lindbergh?«

»Wer soll das sein?«

»Ein Finanzbeamter.«

»Meine finanziellen Angelegenheiten regelt mein Steuerberater. Außerdem ist für mich das Finanzamt in Kiel verantwortlich.«

»Ich meine, kennen Sie persönlich jemanden mit diesem Namen?«

»Außer Charles Lindbergh, dem Piloten, kenne ich keinen, der so heißt. Und den habe ich nie getroffen. Warum fragen Sie? Haben Sie einen Verdacht?«

»Nein. Leider tappen wir völlig im Dunkeln. Der Name tauchte nur in Verbindung mit einem anderen, ähnlich gelagerten Fall auf.«

»Das Schwein hat noch jemanden überfallen?«

»Vielleicht. Wir wissen nicht, ob es sich um denselben Täter handelt. Es gibt einige Analogien zu Ihrem Fall. Aber das Opfer wurde nicht an einen Baum gefesselt. Details kann ich Ihnen nicht nennen.«

»Vielleicht sollte ich mir eine Waffe zulegen. Wenn der Wahnsinnige es auf mich abgesehen hat, könnte er erneut zuschlagen.«

»Falls Sie ein Zufallsopfer waren, ist das nicht zu erwarten. Falls nicht, muss der Täter ein Motiv haben, das mit Ihnen zu tun hat. Fällt Ihnen wirklich niemand außer dem gehörnten Ehemann ein?«

»Nein.«

»Wie ist übrigens sein Name?«

»Fischer. Ich glaube, Peter heißt er. Ja, Peter Fischer. Der arbeitet als Lagerfacharbeiter bei irgendeinem Betrieb in Mildstedt. Wie Esther an den gekommen ist, ist mir ein Rätsel. Sie ist Lehrerin und ihm geistig haushoch überlegen.«

»Wir brauchen ihre Aussage.«

»Können Sie Esther nicht heraushalten?«

»Das wird nicht möglich sein. Wir werden die Sache diskret behandeln.«

»Ich gebe Ihnen ihre Nummer. Aber ich glaube nicht, dass der Ehemann damit zu tun hat. Der ist für so eine Sache zu einfach gestrickt. Ich kenne ihn zwar nicht persönlich, aber nach allem, was Esther mir erzählt hat, kommt der kaum in Frage.«

Weber nannte die Rufnummer. Flottmann schrieb sie in sein abgegriffenes Notizbuch.

»Schildern Sie mir bitte noch einmal von Anfang an, was passiert ist.«

»Ich hab Ihnen bereits am Telefon erzählt, was ich weiß.«

»Es würde mir trotzdem helfen.«

Weber seufzte. »Also gut. Ich war auf dem Weg von meinen Eltern nach Hause. Es muss etwa um siebzehn Uhr gewesen sein. Ich nehme meistens die Strecke über die Landstraßen. Die dauert zwar etwas länger, aber ist irgendwie entspannter. Während der Fahrt hatte ich mehrmals das Gefühl, mir würde ein Wagen folgen. Zunächst hat er einen größeren Abstand gehalten, dann fuhr er sehr nahe auf. Der Fahrer betätigte mehrmals die Lichthupe und setzte den Blinker. Ich dachte, es wäre etwas mit meinem Auto. Deshalb fuhr ich auf den nächsten Parkplatz. Kurz vor Schleswig war das. Der Wagen folgte mir und blieb hinter mir stehen. Der Fahrer stieg aus und klopfte an meine Scheibe. Ich war drauf und dran weiterzufahren. Die Situation kam mir schon etwas merkwürdig vor. Es gibt ja viele Trickbetrüger, die auf den Straßen unterwegs sind. Leider bin ich nicht weggefahren, sondern hab die Scheibe runtergekurbelt. Ab da hab ich einen Filmriss. Meine Erinnerung setzt erst wieder ein, als ich an diesen Baum gefesselt war.«

»Haben Sie den Mann gesehen?«

»Kurz im Rückspiegel. Er trug einen roten Schal, dunklen Vollbart und schwarzes mittellanges Haar. Ich vermute, dass er sich verkleidet hatte. Irgendwie sah alles unecht an ihm aus. Genau begründen kann ich diesen Eindruck nicht.«

»Das Fahrzeug?«

»Ein dunkler BMW X3, denke ich.«

»Sie kennen sich mit Autos aus?«

»Nicht so richtig. Ich fahre einen alten Passat. Für mich ist ein Auto lediglich ein Gebrauchsgegenstand, ein Mittel, um von A nach B zu kommen. Aber ich bin mir ziemlich sicher, dass es ein X3 war, der hinter mir stand.«

»Haben Sie sich das Kennzeichen gemerkt?«

Weber lachte. »Nein. Schön wär's. Wie gesagt hab ich den Wagen nur im Rückspiegel gesehen.«

»Was geschah, als Sie aufwachten?«

»Nichts. Ich hing mit der Handschelle am Baum, war halb erfroren und hab über meine Lage nachgegrübelt. Ich wusste, dass ich die Nacht nicht überstehen würde, wenn ich mich nicht befreien könnte. Zuerst hab ich versucht, das Schloss zu knacken. Aber das funktioniert wohl nur im Film. Erst ganz zum Schluss hab ich zum letzten Mittel gegriffen. Alleine daran, mir die Knochen zu brechen, wäre ich fast gescheitert. Ganz abgesehen von den Schmerzen hat es mich eine ziemliche Überwindung gekostet. Außerdem hing meine Hand nicht in einer Felsspalte fest. Sie war noch beweglich, und ich hatte Schwierigkeiten, einen Hebel zu finden. Letztendlich ist es mir gelungen. Ich werde versuchen, das alles zu vergessen. Vermutlich wird meine Behinderung mich jedoch ständig daran erinnern.«

»Hat man Ihnen psychologische Hilfe angeboten?«

»Ja, hat man. Aber ich habe abgelehnt. Ich muss selbst damit fertigwerden. Als ich mich befreit hatte, dachte ich noch, meine Hand könnte wieder angenäht werden. Aber ich werde mich mit einer Prothese begnügen müssen.« Weber grinste.

»Weiß Ihre Freundin Esther Fischer Bescheid?«

»Ja. Sie wollte mich besuchen. Ich hatte Mühe, sie zu überreden, es nicht zu tun. Ich hab mir fest vorgenommen, meine persönlichen Dinge in Ordnung zu bringen. Es ist schon bemerkenswert, was eine Extremsituation mit einem macht.«

»Ich wünsche Ihnen alles Gute. Sie haben mir meine wichtigsten Fragen beantwortet. Etwas ganz anderes, Herr Dr. Weber: die Sache mit den Gravitationswellen, die kürzlich nachgewiesen wurden. Haben Sie die verstanden?«

»Ja. Natürlich. Es wäre traurig, wenn nicht.«

»Können Sie mir das erklären? Sozusagen eine kurze Einführung für Dummies.«

»Sie interessieren sich für Physik und Kosmologie?«

»Ich interessiere mich für viele Themen. Gehört nicht die Frage, wie alles entstanden ist, das Universum, Sterne, Planeten und letztendlich das Leben, zu den größten Geheimnissen? Und wann hat man schon mal Gelegenheit, mit einem Astronomen zu reden?«

»Wenn Sie jetzt Astrologe gesagt hätten, hätte ich jede Aussage verweigert.«

»Von der Sterndeutung halten Sie wohl nichts.«

»Kein ernsthafter Wissenschaftler beschäftigt sich mit dem Unsinn.«

»Es gibt viele Menschen, die daran glauben.«

»Sie werden auch jede Menge Leute finden, die angeblich von Außerirdischen entführt wurden, Angst vor Erdstrahlen haben und glauben, dass Mutter Teresa Wunder vollbracht hat. Sie als Kriminalkommissar müssen sich doch auch an Fakten halten und dürfen nicht wild spekulieren.«

»Allerdings. Darum bemühe ich mich. Trotzdem würde ich gerne wissen, wie ein Wissenschaftler wie Sie die Welt sieht. Glauben Sie an Gott?«

Weber lachte. »An einen alten Mann mit Bart, der das Universum erschaffen und mich von der Handschelle befreit hat?«

»So ähnlich.«

»Das mit der Erschaffung der Welt können Sie sich abschminken. Wir wissen inzwischen ziemlich genau, wie das abgelaufen ist, von der ersten Sekunde bis heute. Es gab einen Urknall, Raum und Zeit erschienen, der Raum dehnte sich aus, das Universum kühlte sich ab, Elementarteilchen entstanden, schließlich Wasserstoff- und Heliumatome, erste Sterne, Galaxien, Sterne explodierten und bildeten schwere Elemente, unsere Sonne wurde geboren, die Erde und andere Planeten formten sich aus Staub und Gas, und zu guter Letzt entstand durch chemische und biologische Evolution das Leben in vielfältiger Form.«

»Äh – so einfach ist das?«

»Nein. Ich hab nur erzählt, wie alles chronologisch abgelaufen ist. Das war die Geschichte des Universums in Zeitrafferform. Die Vorgänge sind hochkomplex. Man hat das meiste, aber noch nicht alles verstanden. Aber Gott hatte sicher keinen Grund, während der Entstehung der Welt einzugreifen.«

»Die Dunkle Materie und die Dunkle Energie, die über fünfundneunzig Prozent des Universums ausmachen?«

Weber zeigte ein erstauntes Gesicht. »Sie wissen mehr, als Sie vorgeben?«

»Das ist ein alter Trick der Polizei. Denken Sie an Columbo. Der hatte es besonders gut drauf, sich dumm zu stellen. Ich hab mich ein wenig auf unser Gespräch vorbereitet.«

Weber lachte. »Okay. Mit der Dunklen Materie und der Dunklen Energie haben Sie einen wunden Punkt getroffen. Ja, es gibt noch ungeklärte Fragen. Aber das ist kein Hinweis auf einen Gott. Ihn die Lücken unserer Erkenntnisse füllen zu lassen ist keine gute Idee. Ich kann mich auch nicht mit dem Gedanken anfreunden, dass der Allmächtige das ganze Elend auf der Erde zulässt. Aber es gibt durchaus Kollegen, die es schaffen, beides, Wissenschaft und Religion, miteinander zu verbinden beziehungsweise umgekehrt, beides getrennt zu betrachten. Den Spagat schaffe ich persönlich nicht. Ich muss Sie also enttäuschen. Von mir werden Sie keine Bestätigung für Ihren Glauben erhalten.«

»Ich bin Atheist.«

»Ach.«

»Wissen Sie …« Weber setzte eine nachdenkliche Miene auf. »Es wird Sie überraschen, aber ich bin überzeugt, dass es wesentlich mehr gibt, als wir erforschen und wahrnehmen können. Nein, ich bin mir dessen sogar sicher. Wir sind letztendlich Sklave unseres Gehirns, das die Evolution mit dem Ziel geformt hat, zu überleben und nicht unbedingt die Welt zu verstehen. Wir sind gefangen in unserem Denkapparat. Das große Ganze zu begreifen ist etwas anderes, als die einzelnen Vorgänge zu verstehen. Das Ganze ist mehr als die Summe seiner Teile. Aristoteles hat das einmal gesagt, wenn ich mich nicht irre. Vielleicht schafft diese Erkenntnis Platz für etwas Transzendentes, wenn auch sicher nicht für einen personifizierten Gott.«

»Hm. Darüber muss ich nachdenken.« Flottmann stand auf. »Es ergeben sich sicher noch Fragen nicht kosmologischer Art. Dann werde ich noch einmal auf Sie zukommen. Ich will Ihre kostbare Zeit nicht weiter in Anspruch nehmen, Herr Weber.«

»Welche kostbare Zeit? Ich lieg hier rum und langweile mich, sofern ich nicht über mich und das Geschehene nachgrüble. Das Lesen oder gar Arbeiten fällt mir im Moment noch schwer. Ich kann mich nicht so recht konzentrieren.«

»Sie machen aber auf mich den Eindruck, als hätten Sie den Anschlag einigermaßen weggesteckt.«

»Ich bin froh, überlebt zu haben. Angeblich kommen die Probleme nach einem traumatischen Ereignis oft erst später.«

»Ja. Und deshalb sollten Sie vielleicht doch möglichst früh psychologische Hilfe in Anspruch nehmen.«

»Es würde mir schon helfen, wenn Sie den Täter fänden.«

»Das verspreche ich Ihnen. Und das mit den Gravitationswellen müssen Sie mir bei Gelegenheit noch erklären«, sagte Flottmann und verabschiedete sich mit einer Geste.

Er hatte bereits die Hand am Türgriff, als er sich umdrehte und an das Bett zurückkehrte.

»Wir haben übrigens Ihr Auto gefunden und sichergestellt.«

Flottmann zog sein Smartphone aus der Jackentasche. Auf einem Bild war das Heck des Fahrzeugs zu sehen. Er vergrößerte einen Ausschnitt und hielt Weber das Display vor die Nase. »Die gelbe Plakette auf Ihrem Wagen. Eine Gasmaske mit dem Spruch ›Stoppt CO_2-Endlager – Stoppt Fracking‹. Was bedeutet das?«

Weber warf einen flüchtigen Blick auf das Foto.

»Nichts weiter. Nur dass ich mit dem Aufkleber meine Meinung kundtue. Ich halte die Technologien nicht für vollständig beherrschbar. Das Risiko, unter anderem für das Trinkwasser, ist nach Meinung vieler Experten einfach zu groß.«

»Engagieren Sie sich dagegen? In einer Bürgerinitiative zum Beispiel?«

»Nein. Dafür hab ich keine Zeit. Aus meinem Bekanntenkreis werden mir manchmal Fragen zu dem Thema gestellt. Ich hab mich ein wenig damit beschäftigt, um mich nicht zu blamieren. Die Leute meinen immer, dass ein Physiker alles weiß, was mit Natur und Technik zu tun hat. In gewisser Weise stimmt das natürlich auch.« Weber lachte.

»Es gibt also niemanden, dem Sie in diesem Zusammenhang auf den Schlips getreten sind?«

»Nein, ganz sicher nicht. Sie müssen das Motiv für die Tat woanders suchen, Herr Hauptkommissar.«

»Solange wir die wahren Gründe nicht kennen, ermitteln wir in alle Richtungen. Ich wünsche Ihnen gute Genesung, Herr Weber.«

Als Flottmann das Krankenhaus verließ, blies ihm ein kräftiger Wind entgegen, und es hatte angefangen zu regnen. Für die nächsten Tage war ein Sturm angekündigt. Die ersten Vorboten hatten offenbar bereits Norddeutschland erreicht. Sogar von einer schweren Sturmflut war im Wetterbericht die Rede gewesen.

21

Am nächsten Morgen unterrichtete Flottmann Hilgersen über das Gespräch mit Weber.

»Könnte nicht diese Kohlendioxid-Sache die Verbindung zwischen den Opfern sein, die wir suchen?«, fragte Hilgersen.

»Möglich. Aber ein Motiv kann ich darin bisher nicht erkennen. Auf jeden Fall sollten wir Lindbergh fragen, ob er ebenfalls irgendeine Berührung mit der Thematik hatte. Ich werde ihn gleich anrufen. Vorher muss ich noch was ausprobieren.«

Hauptkommissar Flottmann nahm sein Mobiltelefon in die Hand und legte die Füße auf den Aktenbock.

»Was wischst du die ganze Zeit auf deinem Smartphone rum?«, fragte Hilgersen, nachdem er das Treiben seines Kollegen einige Zeit beobachtet hatte.

»Bogomil braucht Bewegung. Er hat schon wieder zugenommen.«

»Was? Ich verstehe nicht.«

»Ich kann mich mit ihm unterhalten und mit ihm spielen. Zu Hause hab ich mir so einen Würfel angeschafft. Da sind 'ne Weitwinkelkamera, Lautsprecherboxen und ein Laserpointer eingebaut.«

»Spinnst du?« Hilgersen stand auf, ging zum Schreibtisch seines Kollegen und schaute ihm über die Schulter.

»Das ist ja irre. Dein Wohnzimmer ist zu sehen und der fette Kater.«

»Er ist nicht fett. Nur ein wenig übergewichtig. Siehst du den roten Fleck auf den Fliesen? Den kann ich steuern und durch den Raum wandern lassen, um mit Bogomil zu spielen.«

»Wenn ich es richtig sehe, liegt der aber nur faul auf dem Sofa rum.«

»Na ja. Er hat das halt noch nicht so raus. Das wird schon noch.«

»Mannomann. Dein Kater und du, ihr solltet mal zu einem fähigen Psychiater gehen!«, sagte Hilgersen kopfschüttelnd und ging zurück an seinen Schreibtisch.

Flottmann hatte noch nicht aufgegeben, Bogomil vom Sofa zu locken, als Patrik Rauschenfeld anrief.

»Konnten Sie etwas mit den Fotos anfangen?«, fragte der Journalist.

»Danke. Leider ist der Täter nicht darauf zu sehen.«

Rauschenfeld lachte. »Ich werde mir beim nächsten Mal mehr Mühe geben. Ich hab gehört, dass es weitere Verbrechen in der Gegend gegeben hat.«

»Allerdings. In Rödemis wurde ein Pudel entführt und im Schlosspark das Theodor-Storm-Denkmal mit Farbe beschmiert. Außerdem haben wir einen Serientäter, der unbescholtene Bürger mit Schlamm bespritzt.«

»Sie haben vergessen, den Fall mit dem Nackten zu erwähnen, der an einen Baum gefesselt war.«

»Ja. Daran hatte ich tatsächlich nicht mehr gedacht.«

»Die Sache ist genauso merkwürdig wie die mit dem Boot, finden Sie nicht auch? Glauben Sie, dass es derselbe Täter war?«

»Für Glauben werde ich nicht bezahlt. Den Job machen andere Leute.«

»Sie sind nicht besonders kooperativ.«

»Sie haben recht. Aber leider werde ich auch dafür nicht bezahlt. Wie ist das mit Ihnen? Mir kommt es so vor, als wüssten Sie mehr, als Sie vorgeben. Haben Sie neue Informationen für uns, Herr Rauschenfeld?«

»Nein. Ich hatte wirklich gehofft, dass ich etwas von Ihnen bekäme.«

»Bei der Flensburger Pressestelle werden Sie sicher mehr erfahren.« Flottmanns Stimme klang bereits genervt, aber immer noch einigermaßen höflich.

»Die mauern. Genau deshalb wende ich mich an Sie. Sie wissen: Eine Hand wäscht die andere.«

»Was haben Sie zu bieten?«

»Die Fotos.«

Flottmann lachte. »Wie gesagt, wenn der Täter darauf zu sehen gewesen wäre …«

»Gehen Sie von einem Einzeltäter aus?«

»Darüber gibt es keine Erkenntnisse.«

»Glauben Sie … denken Sie, dass die Fälle zusammenhängen? Ich meine, die Sache mit dem Boot und die mit dem Mann im Hattstedter Wald?«

»Wenn es derselbe Täter ist, hängen sie zusammen. Davon können wir fest ausgehen.«

»Okay. Ich sehe schon. Sie sind ein harter Brocken. Ich muss wohl andere Quellen anzapfen.«

»Welche? Aus unserem Haus?«

»Aber Herr Hauptkommissar. Das kann ich Ihnen natürlich nicht verraten. Informantenschutz ist eines der obersten Gebote in unserem Job. Auf Wiederhören. Und viel Erfolg. Ich könnte mir vorstellen, dass die Bevölkerung beunruhigt sein wird, wenn die Details der Verbrechen bekannt werden.«

»Idiot!«, schimpfte Flottmann, nachdem er aufgelegt hatte.

Um sich abzureagieren, griff er zu seinem Handy und rief die Pet-Watch-App auf. Er brauchte jetzt unbedingt ein Erfolgserlebnis.

»Ich hab gewusst, dass es funktioniert. Bogomil ist dem roten Fleck hinterhergejagt«, rief er nach einiger Zeit erfreut aus.

»Echt? Lass mal sehen«, sagte Hilgersen und stand auf.

»Zu spät. Er ruht sich jetzt erst einmal aus. Ich sag dir beim nächsten Mal Bescheid.«

Hilgersen lachte und grunzte dabei wie ein Ferkel. »Du solltest Räder unter seinen Futternapf bauen und den mit deiner Fernbedienung durchs Wohnzimmer jagen. Das könnte vielleicht funktionieren.«

»Du meinst, Bogomil ist zu schlau, um dem Phantom eines Lichtstrahls hinterherzujagen? Da hast du vermutlich recht.«

Hilgersen setzte sich wieder an seinen Schreibtisch. »Was wollte der Journalist?«

»Informationen über die Fälle Lindbergh und Weber. Von mir erfährt er nichts. Er behauptet, er hätte andere Quellen. Hat er versucht, dich auszuquetschen?«

»Nein. Ich bin ja auch bekannt dafür, dass ich verschwiegen wie ein Grab bin. Und unbestechlich. Unter zehntausend braucht er es gar nicht erst zu versuchen.«

»Das beruhigt mich.«

»Ich glaube, der Journalist hat Witterung aufgenommen und vermutet ein großes Ding.«

»Kann sein. Aber wie ich ihn verstanden habe, hat er nicht vor, bereits jetzt etwas zu veröffentlichen«, sagte Flottmann. »Offenbar geht er davon aus, dass die Fälle Lindbergh und Weber zusammenhängen. Vielleicht will er eine ganze Serie oder ein Buch aus dem Material machen und wartet auf die nächsten Anschläge.«

»Spätestens wenn einer tödlich endet, wird das Flensburger K1 übernehmen. Weißt du, warum auch ich überzeugt bin, dass die beiden Fälle zusammenhängen?«

»Sag es mir.«

»Weil eine solche Anhäufung von Mordanschlägen hier in Husum sehr ungewöhnlich ist.«

»Kann man zwei als eine Häufung bezeichnen?«

»Bei uns schon. Und noch etwas ist mir aufgefallen: Die Verbrechensrate hat stark zugenommen, seit du bei uns bist. Das gibt mir arg zu denken.«

»Sag mir Bescheid, wenn du den Grund dafür gefunden hast.«

»Mach ich. Übrigens hab ich mich in Süderhafen umgesehen. Von dort aus wäre die Operation gut durchführbar gewesen. Aber wie erwartet hat niemand etwas Ungewöhnliches beobachtet. Im Winter ist dort tote Hose.«

»Notfalls starten wir einen Aufruf in der Presse, um etwaige Zeugen zu finden.«

Nach mehrmaligen Versuchen erreichte Flottmann endlich Lindbergh. Der erklärte, er habe zwar in der Zeitung die Diskussion über Fracking und CO_2-Speicherung verfolgt, aber selbst nie etwas mit der umstrittenen Technologie zu tun gehabt. Diese Spur schien im Sande zu verlaufen.

Am späten Nachmittag kam Malte ins Büro. Außer einer Duftwolke hatte er zwei mehrseitige Dokumente dabei. Die Deckblätter zierten künstlerisch gestaltete Grafiken.

»Wo ist Gustav?«, fragte er.

»Der ist schon weg. Zum Zahnarzt.«

»Er ist Jungfrau.« Malte nahm ein Exemplar in die Hand.

»Glaubst du das wirklich? Kann ich mir ehrlich gesagt nicht vorstellen. Er war mal verheiratet. Da ist das eher unwahrscheinlich. Aber man weiß nie.«

»Sternzeichen natürlich. Du bist Löwe.«

»Klar.«

»Svenja, meine Verlobte, hat euch Horoskope erstellt. Sie hat sich besonders viel Mühe gegeben.« Er überreichte Flottmann den passenden Computerausdruck. »Ihr werdet staunen, wie unglaublich genau ihr getroffen seid. Jedenfalls war das bei mir so. Svenja hat bei mir herausgefunden, dass in diesem Jahr Uranus in einem günstigen Sextil zum Widder steht. Das bedeutet Kreativität und Ideenreichtum. Und genau das ist eingetroffen. Ich hab nämlich ein Buch geschrieben, einen Kriminalroman. Ich sag dir: Die Sterne lügen nicht.«

»Dann sehe ich mir mal an, was die Gestirne über mich sagen.«

»Sei aber nicht enttäuscht, wenn das zu negativ sein sollte.«

»Ich werde schon drüber hinwegkommen.«

»Hilgersens Horoskop lege ich auf seinen Schreibtisch.«

»In Ordnung. Und danke, Malte.«

Nachdem der Kollege gegangen war, packte Flottmann sowohl das eigene als auch Hilgersens Exemplar in seine Aktentasche und fuhr nach Hause.

22

Flottmann hatte noch nie eine Sturmflut erlebt. Das Tief, das von Schottland heranzog, hatten die Wetterfritzen ausgerechnet Monika genannt, wie seine Ex, und es sollte neues Unheil mitbringen. Die Ausläufer des Orkans hatten bereits die Küste erreicht, und der Fährbetrieb zu den Inseln und Halligen war eingeschränkt worden. Der Deutsche Wetterdienst erwartete Wasserstände von dreieinhalb Metern über dem mittleren Hochwasser. Das war nicht dramatisch, aber für einige Warften auf Hooge oder Langeneß konnte es brenzlig werden.

Flottmann wollte sich das Schauspiel der Naturgewalten ansehen und machte früh Feierabend. Hilgersen erzählte er, er müsse mit Bogomil zum Tierarzt, um den Katzenschnupfen behandeln zu lassen.

Mit dem Auto fuhr er zum Strand an der Dockkoogspitze. Als er die Steinstufen zum Deich erklomm, hätte ihn eine Böe beinahe aus dem Gleichgewicht gebracht. Er konnte sich gerade noch am Geländer festklammern. Oben angekommen, musste er sich gegen den Wind stemmen, und bei jedem Schritt hatte er das Gefühl, eine Horde Kinder würde an seiner Kleidung zerren. Es war nicht nur die körperliche Anstrengung, die seinen Atem schneller gehen ließ. Es schien so, als trüge der Sturm den Sauerstoff fort. Wie ein Fisch an Land schnappte er nach Luft.

Das Wasser hatte den Steindeich bereits überflutet und reichte bis weit ins Vorland hinein, dort, wo sonst die Schafe grasten. Den Außendeich würde es sicher nicht überspülen. Für das Binnenland bestand keine Gefahr.

Flottmann blieb stehen und blickte hinaus aufs Meer. Es schäumte und brodelte, kochte wie heißes Wasser in einem Kessel. Der Horizont verschwamm hinter einer undurchdringlichen Nebelwand aus Gischt, davor Wellen mit weißen Kronen, die über das Meer in Richtung Festland gepeitscht wurden. Das permanente Rauschen, immer wieder durch wütendes Grollen übertönt, bildete die akustische Untermalung der Szenerie. Feine salzige Tropfen klatschten Flottmann ins Gesicht und brannten auf seiner Haut. Seine Augen tränten. Niemals vorher hatte er die Natur so intensiv gespürt wie in diesem Augenblick. Gern hätte er das Gefühl wie auf einem Foto festgehalten und hervorgeholt, um bei Bedarf Frust, Ärger oder Wut, die die Polizeiarbeit oft mitbrachte, in den Hintergrund zu verbannen. Winzig klein erschienen alle Sorgen in Anbetracht der gewaltigen Natur.

Er blieb noch eine Weile. Dann ließ er sich vom Wind zurücktreiben, stieg in sein Auto und fuhr nach Hause.

Robert Winkler schlug den Kragen seines Mantels hoch. Der Sturm hatte nachgelassen, aber es wehte immer noch ein kräftiger, kalter Seewind. Es passierte selten, dass er seinen Spaziergang am Meer ausfallen lassen musste. Gestern war solch ein Tag gewesen. Bei den orkanartigen Böen hätte er sich nicht auf den Beinen halten können.

Unglaublich, wie viel Treibgut die Flut auf das Deichvorland geschwemmt hatte. Es bestand vorwiegend aus Holz und Tang, aber auch aus Plastikmüll, Blechdosen, Kleidungsstücken und sogar einem Rettungsring. Vor einem Jahr hatte Robert Winkler eine Flaschenpost gefunden. Sie war elf Jahre unterwegs gewesen. Absender war ein Mädchen aus der Hafenstadt Calais gewesen. Er hatte der inzwischen erwachsenen Frau mit seinen begrenzten Französischkenntnissen einen Brief an die angegebene Adresse geschrieben und tatsächlich Antwort erhalten.

Das Stöbern im Strandgut erinnerte ihn an seine lange zurückliegende Kindheit, an Abenteuer und Schatzsuche. Etwas von der Faszination verspürte er auch an diesem frühen Morgen, obwohl er nicht mehr hoffte, eine Seemannskiste voller Goldmünzen zu finden.

Unter einem Brett lugte ein Lederschuh hervor. Mit der Metallspitze seines Gehstocks drehte er das Holz um. Es dauerte einige Sekunden, bis er verstand, was er sah. Voller Entsetzen wandte er sich ab. Dann riskierte er einen erneuten Blick, er stolperte rückwärts, taumelte, verlor fast das Gleichgewicht. Er spürte einen Würgereiz, den er nur schwer unterdrücken konnte. Kein Zweifel, im Schuh steckte ein abgetrennter Fuß.

Hilflos schaute er sich um. Weit und breit war niemand zu sehen, der ihm in seiner Panik beistand, niemand mit einem Mobiltelefon, der die Polizei rufen konnte. Bis zum Nordseehotel war es nicht weit. Das Dach und das obere Stockwerk waren durch einen Brand zerstört worden. Gäste beherbergte das Hotel nicht mehr. Trotzdem bestand die Chance, dass er noch jemanden im Gebäude antraf. So schnell es die fast achtzigjährigen Beine zuließen, eilte er bis zur Treppe, die zum Gebäude führte. Nach wenigen Stufen brach er erschöpft zusammen. Sein Herz raste, und das Atmen fiel ihm schwer. Mit Mühe hangelte er sich am Geländer hoch.

Endlich kam Hilfe. Ein kräftiger junger Mann mit südländischem Aussehen kam aus dem ehemaligen Restaurant auf ihn zu. Er stützte ihn und schleppte ihn zum Eingang.

»Da ist ein Fuß … ein Toter … Polizei«, stammelte der Alte.

***

Flottmann hätte nicht gedacht, dass er so bald an den Ort zurückkehren würde, an dem er das beeindruckende Naturerlebnis verfolgt hatte. Er hätte sich wahrhaftig einen schöneren Anlass vorstellen können. Jetzt also auch noch eine Leiche. Genau genommen war das allerdings nicht sicher. Aber die Wahrscheinlichkeit, dass jemand einen Fuß verloren hatte und nun auf einem Bein humpelte, war doch eher als gering einzuschätzen.

Das erste Problem, das sich stellte, als Hilgersen und er am Hotel eintrafen, war, dass Robert Winkler nicht in der Lage war, ihnen den Weg zu zeigen. Der Notarzt hatte den alten Mann zwar körperlich stabilisieren können, aber die Tour zum Fundort war ihm nicht zuzumuten. So blieb den Kommissaren nichts anderes übrig, als sich auf Winklers Beschreibung zu verlassen. Glücklicherweise erinnerte er sich an verschiedene Fundstücke, die er unterwegs gesehen hatte. Letztendlich war die Angabe, der Fuß befinde sich keine zwanzig Meter von einem Rettungsring entfernt, das entscheidende Detail in seiner aufgeregten Schilderung.

»Ganz schön steife Brise«, sagte Hilgersen, als die beiden den Deich entlangliefen.

»Kein Vergleich zu gestern. Da konnte ich mich hier kaum auf den Beinen halten«, antwortete Flottmann unbedacht.

»Was? Du warst gestern hier?«

»Äh – na ja. Ich hatte so eine Vorahnung. Bauchgefühl oder Intuition würde ich es nennen.«

Hilgersen blieb stehen und sah Flottmann mit einer Mischung aus Überraschung und Unglauben an. Flottmann ging weiter, obwohl ihm bereits die Puste auszugehen drohte. Der Gegenwind und der Hürdenlauf über das angespülte Treibgut machten ihm zu schaffen. Er hätte besser seinen Vorsatz, ein Fitnessprogramm zu starten, nicht nur aufschreiben, sondern umsetzen sollen. Wenn er recht überlegte, verbrachte er zu Hause nicht viel weniger Zeit auf der Couch als sein Kater.

Endlich kam der rot-weiße Rettungsring in Sichtweite. Aber es dauerte noch einige Minuten, bis sie den Schuh mit dem abgetrennten Fuß entdeckten. Sehr wahrscheinlich war er von der Flut angespült worden. Für den Fall, dass der Besitzer nicht freiwillig aus dem Leben geschieden war, mussten die Flensburger Mordkommission und die Spurensicherung informiert werden. Flottmann warf nur einen kurzen Blick auf den grausigen Fund. Dann wandte er sich ab.

»Lag das gestern schon hier?«, fragte Hilgersen, nachdem er die notwendigen Telefonate geführt hatte.

»Woher soll ich das wissen?«

»Du warst doch wegen deines Bauchgefühls hier.«

»An dieser Stelle stand das Wasser einen halben Meter hoch.«

»Und trotzdem hast du geahnt, dass …«

»Es wird nicht einfach sein herauszufinden, zu wem

der Körperteil gehört«, unterbrach Flottmann Hilgersens Geflachse. »Es sei denn, dass der Mann vermisst gemeldet wurde. Dann würde eine DNA-Analyse schnell Gewissheit bringen.«

»Wieso Mann? Könnte es nicht auch eine Frau sein?«

»Eine Frau in Herrenschuhen? Im Prinzip ja. Aber doch wohl eher unwahrscheinlich. Die Gerichtsmedizin wird das leicht feststellen können. Für uns bleibt hier nicht viel Arbeit. Sorg dafür, dass die Gegend weiträumig abgesperrt wird. Vielleicht wurden die Leiche oder weitere Einzelteile davon an den Strand geschwemmt.«

Hilgersen nickte. »Hab ich schon veranlasst. Weißt du, was mir durch den Kopf geht?«

»Klar. Mein Bauchgefühl sagt mir, dass du darüber nachdenkst, ob das neue Opfer auf die Rechnung unseres Täters geht, der Lindbergh und Weber verschleppt hat.«

»Gedankenlesen beherrschst du also auch.«

»Nur Astrologie kann ich nicht.«

»Wenn wir es nicht mit einem Unfall zu tun haben, wird es einen Zusammenhang geben. Davon bin ich fest überzeugt. Wie ich schon sagte, glaube ich nicht an eine zufällige Häufung von Verbrechen in unserer Stadt.«

»Wenn wir erst einmal wissen, wem der Fuß gehört, kommen wir sicher einen Schritt weiter.«

»Sobald bekannt wird, dass wir einen Toten haben, wird uns die Presse nicht mehr in Ruhe lassen«, sagte Hilgersen.

Inzwischen hatten die Kollegen der Schutzpolizei damit begonnen, einen großen Strandabschnitt mit rot-weißen Flatterbändern abzusperren, die ihrem Namen im Wind alle Ehre machten.

Flottmann und Hilgersen warteten nicht auf die Teams aus Flensburg und machten sich auf den Weg zur Dienststelle. Es gab nichts, was sie denen berichten konnten. Und auf einen Small Talk mit Hofmann hatte Flottmann schon gar keine Lust.

Nach dem Sturm begann das große Aufräumen. Hunderte Mitarbeiter der Bahn waren damit beschäftigt, beschädigte Oberleitungen zu reparieren und die Gleise von umgestürzten Bäumen zu befreien. Dächer waren abgedeckt worden, und in einigen Ortsteilen war zeitweise der Strom ausgefallen.

Besonders stark hatte es den Husumer Schlosspark erwischt. Dort waren reihenweise Bäume entwurzelt worden. Auch im Schobüller Wald und in den Mausebergen hatte der Orkan eine Schneise der Verwüstung hinterlassen.

Auf Sylt gab es an mehreren Stellen bis zu fünfhundert Meter lange Abbrüche an den Randdünen. Dort gehörten solche Schäden nach jeder Sturmflut zum gewohnten Bild, und langfristig bestand die Gefahr, dass die gesamte Südspitze verloren ging. Dagegen half auch nicht, dass immer wieder tonnenweise Sand vor die Westküste gekippt und gespült wurde.

Wie durch ein Wunder hatte es keine Todesfälle, sondern lediglich Leichtverletzte gegeben, hauptsächlich durch Verkehrsunfälle und in einem Fall durch einen herabgefallenen Dachziegel. Monika hatte sich beruhigt und war Richtung Osten weitergezogen.

23

Nachdem Weber alle Fernsehprogramme mehrmals durchgezappt und nichts Interessantes gefunden hatte, blieb er beim Regionalprogramm des NDR hängen. Es wurde ausführlich über den Sturm berichtet. Bürger, Feuerwehrleute und ein Polizeisprecher kamen zu Wort. Dann folgte ein Beitrag über ein mysteriöses Verbrechen: »Wie die Pressestelle der Polizeidirektion Flensburg heute mitteilte, handelt es sich bei dem Schwerverletzten, der in der Nähe von Husum aufgefunden wurde, offenbar um das Opfer eines Gewaltverbrechens. Die näheren Umstände der Tat wollte die Polizei aus ermittlungstechnischen Gründen nicht nennen. Bei dem Opfer soll es sich um einen ...«

Weber schaltete das Gerät mit der Fernbedienung ab. Er hatte nicht bemerkt, dass jemand ins Zimmer gekommen war, und erschrak, als plötzlich ein Mann vor seinem Bett stand, der keinen Kittel trug und offenbar nicht zum Krankenhauspersonal gehörte. Der Mann war mindestens einen Meter neunzig groß und hatte kantige Gesichtszüge.

»Entschuldigen Sie, wenn ich Sie erschreckt habe. Darf ich?« Er zeigte auf den Stuhl vor ihm.

Weber nickte.

»Mein Name ist Lindbergh, wie der berühmte Pilot«, fuhr der Besucher fort und setzte sich. »Wir sind uns bisher nicht begegnet.«

»Aha. Lindbergh. Ja, Hauptkommissar Flottmann nannte Ihren Namen.«

»Dann wissen Sie, wer ich bin?«

»Nein. Er erzählte mir nur, dass Sie Opfer in einem Fall waren, der gewisse Ähnlichkeiten mit meinem aufwies.«

»Vermutlich hatten wir es mit demselben Täter zu tun.«

Weber drückte eine Taste auf dem Handschalter und brachte seinen Oberkörper in eine fast senkrechte Position. Er betrachtete den Fremden prüfend.

»Bei Ihnen scheint noch alles dran zu sein. Sie hatten wohl mehr Glück als ich. Woher wissen Sie überhaupt von mir?«

»Der Hauptkommissar hat mich angerufen. Die Polizei sucht nach Gemeinsamkeiten unter den Opfern.«

»Hat man Sie auch nackt an einen Baum gefesselt?«

»Nein. Ich wurde in einem Boot auf der Nordsee ausgesetzt. Das Boot schlug leck, und ich musste mit einer Blechdose das Wasser schöpfen, um nicht zu ertrinken. Ich hab durchgehalten, bis Niedrigwasser war.«

»Ihre Verletzung an der Hand?«

»Eine Schnittwunde. Die Dose hatte eine scharfe Kante. Vermutlich gehörte auch das zum teuflischen Plan des Täters.« Lindbergh betrachtete seine Handfläche.

»So richtig gut sieht das nicht aus. Sie sollten damit zum Arzt gehen. Am besten gleich hier in der Klinik.«

»Vielleicht haben Sie recht. Zumindest werde ich wohl wieder einen Verband anlegen.«

»Weshalb sind Sie eigentlich gekommen?«

»Ich hab Angst, dass der Täter uns Überlebende erneut ins Visier nimmt. Den Horror möchte ich nicht noch einmal durchmachen.«

»Ich ganz sicher auch nicht. Ich hänge noch mehr als vorher an meinem rechten Arm.« Weber versuchte ein Grinsen, das aber nicht gelingen wollte. Lindberghs Vermutung beunruhigte ihn. Auch er hatte ähnliche Bedenken gehabt und immer wieder darüber nachgedacht, aber letztendlich war es ihm doch gelungen, die Angst weitgehend zu verdrängen.

»Wenn der Hauptkommissar recht hat, muss es irgendeine Verbindung zwischen uns beziehungsweise zwischen dem Täter und uns geben. Ich bin gekommen, um herauszufinden, welche das sein könnte. Ich dachte, dass es in einem persönlichen Gespräch mit Ihnen am einfachsten wäre.«

»Ich kannte weder Ihren Namen noch Ihr Gesicht«, erwiderte Weber. »Haben Sie mich schon einmal gesehen?«

»Nein. Trotzdem kann es sein, dass der Täter aus unserem gemeinsamen Umfeld kommt.«

»Das heißt, wir müssen nur die Schnittmenge unserer Kontakte bestimmen. Und schon haben wir den Täter?« Weber runzelte die Stirn.

»Im günstigsten Fall: ja.«

»Und im ungünstigsten Fall kennen wir ihn beide nicht, und wir haben es mit einem Irren zu tun, der sich irgendwelche Opfer aussucht, um sich an deren Überlebenskampf aufzugeilen.«

»Das ist möglich.«

»Kennen Sie das Kleine-Welt-Phänomen?«

»Nein. Davon habe ich noch nie gehört.«

»Es besagt, dass über sechs oder sieben Ecken jeder Mensch jeden beliebigen anderen kennt. Statistisch ist es eine Kette aus sechs Komma sechs Personen.«

»Ich denke, Sie wissen, was ich meine. Die Verbindung muss natürlich sehr direkt sein.«

»Okay. Fangen wir an. Kennen Sie jemanden von der Universität?«, fragte Weber.

»Nein.«

»Gut. Dann fallen schon einmal eine Menge Leute weg. Weiter. Kennen Sie überhaupt jemanden, der in Kiel wohnt?«

»Nur Sie.«

»Sehr gut. Dann sind wir fast fertig.«

»Und Sie? Sind Husumer in Ihrem Bekanntenkreis?«, fragte Lindbergh.

»Meine Eltern und ... Ich weiß nicht, ob ich das Spiel mag«, sagte der Wissenschaftler.

Lindbergh schwieg.

»Okay. Esther und Peter Fischer.«

Lindbergh schüttelte den Kopf. »Die Namen sagen mir nichts.«

»Der Hauptkommissar erwähnte CO_2-Speicherung und Fracking. Er fragte, ob ich Mitglied in einer Bürgerinitiative sei, die sich mit diesen Themen beschäftigt. Hatten Sie irgendetwas damit zu tun?«

»Nein. Ich weiß kaum, worum es dabei geht. Mit so etwas habe ich mich nie beschäftigt. Sie?«

»Nicht so direkt. Allerdings ist mir inzwischen eingefallen, dass ich einmal an einer Veranstaltung zu dem Thema teilgenommen habe. Im Schloss vor Husum war die. Aber das ist lange her. Damals …« Der Physiker stockte. Nachdenklich strich er sich übers Kinn.

»Damals?«

»Ein Ereignis … Doch wenn Sie nichts mit CO_2-Speicherung und Fracking tun hatten, fällt das auch flach. Wir suchen ja nach Gemeinsamkeiten.«

»Ja. Es sieht so aus, als kämen wir nicht weiter. Immerhin war es einen Versuch wert. Ich danke Ihnen für Ihre Hilfe, Herr Weber. Verstehen Sie mich nicht falsch, aber ich habe große Angst, dass es der Täter ein zweites Mal versuchen wird. Das Gespräch mit Ihnen hat mich etwas beruhigt und zur Überzeugung gebracht, dass wir doch nur durch Zufall ausgewählt wurden.«

»Das wäre mir am liebsten. Allerdings dürfte es dann ungleich schwieriger werden, den Schurken zu fassen, und ich möchte das Schwein, das mir das angetan hat, hinter Gittern sehen.« Weber hob wie zur Anklage seinen verbundenen Arm.

Lindbergh stand auf. »Das geht mir ebenso. Bleibt mir nur, Ihnen alles Gute zu wünschen. Wann kommen Sie hier raus?«

»Morgen. Ich werde ein paar Tage bei meinen Eltern Rehabilitationsurlaub machen. Es wird noch etwas dauern, bis ich meine Prothese erhalte. Sie können sich glücklich schätzen, dass Sie Ihr Martyrium unverletzt überstanden haben.«

»Äußerlich unverletzt«, entgegnete Lindbergh. »Auch ich werde noch lange an dem Überfall zu knacken haben. Das hat man mir prophezeit. Mich plagen bereits Alpträume und tagsüber die typischen Flashbacks, wie sie bei einer posttraumatischen Belastungsstörung vorkommen. Urplötzlich tauchen Bilder des Geschehens auf, ohne dass man sich dagegen wehren kann. Aber was soll's? Da müssen wir durch.«

Er hob die Hand zu einem angedeuteten Gruß und ging.

***

»Wie war es übrigens beim Zahnarzt?«, fragte Flottmann, als Hilgersen am nächsten Tag gegen neun Uhr ins Büro kam.

»Ich war bei einer Zahnärztin. Vermutlich hatte sie einen Hass auf die Männerwelt, so wie sie mich gequält hat. Sie hat mich das letzte Mal gesehen.«

»Und ich dachte immer, du wärest hart im Nehmen.«

»Bin ich auch. Aber unter Folter bricht jeder noch so toughe Kerl zusammen.«

»Maltes Astrologin hat ein Horoskop für dich erstellt. Das wird dich wieder aufrichten. Es liegt auf deinem Schreibtisch.«

»Ah. Sehr gut. Ich bin gespannt.« Hilgersen setzte sich an seinen Schreibtisch und vertiefte sich direkt in das fast zehnseitige Papier.

Flottmann hatte die Pinnwand, auf der er die bisherigen Erkenntnisse der aktuellen Fälle skizziert hatte, so positioniert, dass er sie während seiner Grübelstellung im Blick hatte. Die Füße auf dem Aktenbock, die Hände wie zum Gebet gefaltet, ließ er seine Daumen umeinander rotieren.

Es war still im Raum. Nur der Regen, der gegen das Fenster prasselte, und ab und zu das Heulen einer Windböe drangen in Flottmanns Ohren. Von Leon Gerber hatte er gelernt, solche Geräusche wahrzunehmen und ihnen eine Bedeutung zuzumessen. Das natürliche Konzert regte Flottmanns Phantasie an und, so bildete er es sich ein, unterstützte sein Denkvermögen.

Nur Hilgersens Gemurmel und dessen erstaunte Ausrufe störten. »Genau! – Hab ich doch gewusst! – Total irre! – Unglaublich! Brat mir einer ’nen Storch.«

»Kannst du nicht die Klappe halten? Ich muss nachdenken, Gustl.«

»Vergiss es. Lies lieber dein Horoskop. Hast du es schon gelesen?«

»Nein.«

»Das solltest du aber tun. Meines stimmt so was von genau. Da steht bei ›Beruf und Karriere‹: ›Sie gehen an Ihre Aufgaben mit Beharrlichkeit und dem notwendigen Biss heran. Ihre analytischen Fähigkeiten werden nicht von allen Kollegen geschätzt, sondern erzeugen Neid und Missgunst. Seien Sie deshalb vorsichtig und halten Sie sich zurück. Im Dezember sorgt Mars für neue Impulse in der Liebe. Konzentrieren Sie ...‹«

»Hey, Gustl, dein Liebesleben interessiert mich nicht. Wir haben komplizierte Fälle zu lösen. Und wenn du mich nicht unterbrochen hättest, hätte ich den Täter vielleicht schon ermittelt.«

»Okay. Ich lese zu Hause weiter. Jedenfalls hat mir das Horoskop einen Motivationsschub gegeben. Also, was hast du ausgebrütet, bevor ich dich unterbrochen habe?«

»Ich bin ja noch gar nicht richtig zum Denken gekommen.« Flottmann nahm die Füße vom Aktenbock.

»Dafür war ich fleißig und hab einige Informationen über die Opfer zusammengetragen. Dabei hab ich nicht nur die Zeugenaussagen ausgewertet, sondern zusätzlich eigene Recherchen angestellt. Auch die Flensburger haben einiges dazu beigetragen. Das Wichtigste werde ich für deine Pinnwand zusammenstellen und ausdrucken. Dann kannst du es dazupappen. Das sollte dir beim Nachdenken helfen. Ich werde eine extragroße Schrift wählen, damit du alles bequem vom Schreibtisch aus lesen kannst, ohne aufstehen zu müssen.«

»Hat dir schon mal jemand gesagt, dass du großartig bist, Gustl?«

»Nein. Aber jetzt hab ich es schwarz auf weiß.« Hilgersen winkte mit dem Horoskop. »Ich hab mit Lindbergh angefangen. Er war verheiratet, ist aber geschieden und hat einen Sohn.«

»Den Sohn hat er nicht erwähnt.«

»Stimmt. Jedenfalls war er Finanzbeamter, hat aber 2008 aus heiterem Himmel den sicheren Job aufgegeben. Man munkelt, dass er von seinen Eltern ein Vermögen geerbt hat und keine Lust mehr auf den Job hatte.«

»Das kann ich verstehen. Wieso hat er so getan, als wäre er immer noch Finanzbeamter?«

»Keine Ahnung. Aber was hätte er sagen sollen? Frührentner, Arbeitsloser oder Privatier?«

»Hm. Privatier klingt gut. Und Weber? Hast du über den etwas Neues?«

»Der muss wohl ein helles Köpfchen sein. Hat vor Kurzem habilitiert und rechnet sich Chancen auf eine Professur aus. Zu seinen Eltern hat er anscheinend ein gutes Verhältnis. Er besucht sie fast jede Woche in Husum. Viel mehr hab ich in der kurzen Zeit nicht erfahren können. Die Kollegen an der Uni waren nicht sehr auskunftsfreudig. Aber du hast ja selbst mit ihm gesprochen.«

»Immer noch keine Hinweise auf eine Verbindung zwischen den Opfern?«

»Nein. Ich druck dir jetzt die Infos aus, und dann mach ich Feierabend. Du kannst ja noch weiter nachdenken. Und vergiss nicht, ab und zu Bogomil vom Sofa zu locken.«

24

Fichte und Kiefer könnten zu weich sein. Die Kiste wäre unter Umständen nicht stabil genug. Vielleicht übertrieb er es mit seiner Vorsicht, aber eine gute Vorbereitung war das A und O und gehörte zu seiner Therapie, wenn sie nicht gar den wichtigsten Teil darstellte. Die endlosen Sitzungen bei diesem unfähigen Seelenklempner hatten nichts gebracht. Leider hatte er erst spät verstanden, was der Schlüssel zur Verarbeitung seiner Wut und Trauer war. Er spürte ganz deutlich, dass es bergauf ging, seit er die Initiative ergriffen hatte.

Die Buchenbretter, die seit Jahren in der Gartenhütte lagen, eigneten sich gut. Das Holz war hart, ließ sich aber leicht verarbeiten. Er würde alles für die Montage vor Ort vorbereiten und die Einzelteile durchnummerieren. Natürlich sollte er den Zusammenbau einige Male üben, damit er nicht zu viel Zeit damit vergeudete, wenn es so weit war. Ihm war klar, dass immer etwas Unvorhergesehenes passieren konnte. Es galt, das Risiko zu minimieren. Komplett ausschalten konnte er es nicht, ebenso wenig wie die Gefahr, entdeckt zu werden, bevor er sein komplettes Werk vollendet hatte.

Je einfacher die Konstruktion war, desto sicherer würde sie funktionieren. Die Sache mit der Drohne war zu kompliziert gewesen. Das Prinzip hatte er gelernt und musste es zukünftig beachten.

Die Grube hatte er bereits vor Tagen ausgehoben. Wegen des teilweise gefrorenen Bodens war das Schwerstarbeit mit Spitzhacke und Spaten gewesen. Niemand würde das Loch an dem verlassenen Ort vorzeitig entdecken. Aufgefüllt mit loser Erde, darüber Blattwerk und das Ganze abgedeckt mit Zweigen, war die Stelle nicht zu erkennen.

Stromversorgung, Kamera und Sender konnte er außen anbringen. Für die Linse musste er lediglich ein kleines Loch bohren. Natürlich würde er die Elektronik ausführlich testen.

Die Beobachtung des Probanden war wichtig. Er wollte die Angst sehen, die Verzweiflung. Vielleicht konnte er an dessen Gesicht sogar so etwas wie Einsicht, ein Bekenntnis zur Schuld oder gar Reue ablesen. Aber vermutlich wusste der Delinquent nicht einmal, worum es ging. Wenn er überlebte, hätte er Zeit nachzudenken. Und er würde nachdenken, bis ans Lebensende.

Über die Frage nach dem Warum. Vielleicht würde er zu Gott beten, wenn er gläubig war. Aber es gab keinen Allmächtigen, der das Leid beendete, wenn man zu ihm betete. Er selbst hatte es versucht. Es hatte nichts genützt. Und nichts half gegen die Trauer und die unbändige Wut. In dieser Welt musste man sich selbst helfen. Er glaubte auch nicht an das Jüngste Gericht, das dafür sorgen sollte, dass kein Missetäter ungestraft davonkam. Wenn es doch wider Erwarten eine solche Instanz gab, dann würde er selbst aufrechten Hauptes vor seinen Richter treten.

Für das Licht im Kasten hatte er eine stromsparende LED-Lampe vorgesehen. Sie würde den gesamten Innenraum beleuchten, ausreichend für die Kamera und das Zahlenschloss.

In zwei Tagen war es so weit. Wenn Harmsen wie immer vor der Arbeit joggte, gab es keinen Grund, weshalb das Projekt misslingen sollte.

Das Handy klingelte. Er legte die Bohrmaschine auf die Werkzeugbank und nahm das Gespräch an.

»Hallo, Helena.«

»Wo bist du? Was machst du gerade?«

»Ich bereite alles für die Geldübergabe vor. Wie du weißt, ist das der kritischste Teil des Vorhabens. Ich will nichts dem Zufall überlassen. Wir dürfen kein Risiko eingehen. Und beachte du bitte alles, was wir besprochen haben. Es darf keine Verbindung zwischen uns geben. Sollte ich auffliegen, wird niemand wissen, dass du beteiligt warst.«

»Und umgekehrt. Das ist dir doch mindestens genauso wichtig, oder? Aber du kannst beruhigt sein. Ich benutze das Handy, das du mir gegeben hast, und verstecke es nach jedem Gespräch im Gemeinschaftskeller, wo es niemand finden wird.

Ich parke meinen Wagen weit weg, wenn ich zu dir komme, und bei mir liegt nichts herum, was auf dich hinweist.«

»Es geht mir hauptsächlich um dich, Helena. Wenn bei der Geldübergabe etwas schiefgeht …«

»Schon gut. Wir müssen nicht schon wieder darüber diskutieren.«

»Wie geht es der Kleinen?«

»Sie ist brav. Manchmal fragt sie nach ihrer Mutter. Aber sie lässt sich leicht ablenken. Trotzdem hab ich kein gutes Gefühl. Das ganze Unternehmen zerrt an meinen Nerven. Ich hab es mir einfacher vorgestellt. Sollten wir sie nicht lieber …«

»Wir ziehen das durch, Helena. Es ist der Beginn eines neuen Lebens für uns beide.«

»Wann können wir sie freilassen? Wann soll die Geldübergabe stattfinden?«

Er musste sich bemühen, ruhig zu bleiben. »Wir haben doch besprochen, dass es besser ist, wenn du keine Details weißt. Es wird noch einige Tage dauern, bis es so weit ist. Mach dir keine Sorgen. Es wird alles gut gehen, und die Kleine wird ihren Aufenthalt bei dir vergessen haben, sobald sie wieder zu Hause ist.«

»Aber ihre Mutter tut mir leid.«

»Ich muss jetzt weitermachen. Die Zeit ist knapp«, sagte er etwas zu barsch. »Sorge du für das Kind. Ich kümmere mich um den Rest.«

Es trat eine Pause ein.

»Ich brauche dich, Schatz«, ergänzte er. »Ich kann ohne dich nicht leben.« Er klang vermutlich nicht sehr überzeugend. Trotzdem würde sie seinen Worten glauben.

»Das hört sich gut an«, erwiderte sie leise.

»Drehst du morgen das nächste Video und stellst es in die Cloud für mich? Es wird das letzte sein. Bald ist alles vorüber. Versprochen.«

Er arbeitete bis spät in die Nacht. Das Handwerkliche bereitete ihm keine größeren Probleme. Schwieriger waren die

Berechnungen gewesen. Wie lange würde der Delinquent bei Bewusstsein bleiben? Eine besondere Schwierigkeit der Prognose ergab sich daraus, dass das Kohlendioxid nicht aus dem geschlossenen Kasten entweichen konnte, sondern sich schnell darin anreichern würde. Er hatte gelesen, dass genau dieser Umstand eine besondere Todesangst zur Folge hatte. Primär asphyktisches Ersticken wurde die Art des Sterbens in der Literatur genannt.

Aber der Delinquent hatte eine faire Chance, zu überleben. Er musste nur das Richtige tun. Darauf kam es immer an. Darauf wäre es auch damals angekommen. Elendig versagt hatte der Feigling. Vielleicht schaffte er es, das eigene Leben zu retten. Dann hätte er genügend Zeit, um über sich nachzudenken.

25

Anfangs war es Wilhelm Harmsen schwergefallen, vor der Arbeit bei jedem Wind und Wetter in die Sportschuhe zu schlüpfen und das tägliche Lauftraining zu absolvieren. Aber es war für ihn die einzige Methode, um ein wenig abzuspecken und sich körperlich in Schwung zu halten.

Ein Fitnessstudio kam für ihn nicht in Frage. Wenn er sich schon anstrengen musste, wollte er frische Luft atmen. Er konnte sich auch nicht vorstellen, sein Gehör beim Laufen mit Musik zu beschallen, wie es manch andere Jogger taten. Die Natur hielt genügend abwechslungsreiche Reize für Augen und Ohren bereit.

Jetzt im Winter erwischte er sich wiederholt dabei, Ausreden vorzuschieben, um nicht hinaus in die Kälte zu müssen. Das Wetter bot dafür vielfältige Argumente. Regen, Schnee, Eisglätte und sogar Nebel hätten dafür herhalten können. An diesem Tag wären ihm gleich mehrere Ausflüchte eingefallen. Bei Temperaturen um den Nullpunkt und durch die ergiebigen Niederschläge in der Nacht war es feucht und ungemütlich. Dazu kamen die zahlreichen Pfützen, denen er nur mit Mühe ausweichen konnte, und der matschige Boden, der an den Sohlen haftete. Es war keine gute Idee gewesen, diese Route entlang des Porrenkoogswegs für sein Training zu wählen.

Vielleicht wäre er ausnahmsweise sogar besser direkt in die Firma gefahren. Dort gab es viel zu tun. Dinge, die unbedingt noch bis morgen erledigt werden mussten. Aber wenn er sein Laufpensum geschafft, geduscht und sich umgezogen hatte, fühlte er sich fit für den Arbeitstag und hatte das Gefühl, es mit seinen meist jüngeren Mitarbeitern auch in körperlicher Hinsicht aufnehmen zu können.

Normalerweise traf er am frühen Morgen keine Menschenseele auf seinem Weg. Aber diesmal kam ihm ein weiterer Jogger entgegen. Harmsen kannte ihn nicht. Entweder lief der

Mann die Strecke zum ersten Mal oder gewöhnlich zu anderen Zeiten. Aus seinem Outfit hätte man schließen können, dass das Laufen nicht unbedingt zu seinen Hobbys gehörte. Nicht einmal eine Kopfbedeckung trug er bei der Kälte.

Harmsen grüßte mit einem »Moin«, als er mit dem Fremden auf gleicher Höhe war. Im selben Augenblick erhielt er einen Schlag ins Gesicht und einen Tritt gegen das Schienbein, der ihn zu Fall brachte. Die Attacke kam so überraschend, dass er nicht einmal an Gegenwehr dachte, als er am Boden lag. Er versuchte, sich aufzurappeln, sah eine Hand mit einem Elektroschocker auf sich zukommen, konnte aber nicht mehr ausweichen. Ein schmerzhafter Krampf durchzuckte seinen Körper, bevor er das Bewusstsein verlor.

Das Grauen zeigte sich nur schemenhaft. Wie durch einen Schleier. Als könnte der Verstand die vollständige Wahrheit nur stückweise verkraften, rückten die Zeichen des nahenden Todes erst nach und nach in Harmsens Bewusstsein. Zuerst die entsetzliche Kälte. Sämtliche Muskeln seines Körpers schienen ein Eigenleben zu führen. Rücken und Nacken schmerzten. Er lag flach auf dem Boden, die Beine ausgestreckt, die Hände und Arme neben dem Körper. Es roch nach Holz und Erde. Er hob den Kopf und öffnete die Augen. Als er in ein grelles Licht blickte, setzte das Zittern für einen Moment aus.

Keine Sekunde später begriff er die Situation, in der er sich befand. Starr vor Entsetzen verharrte er reglos. Dann schlug er mit der Faust gegen das Holz. Der dumpfe Klang steigerte seine Panik. Harmsen wollte einen Schrei ausstoßen, brachte aber nur ein klägliches Röcheln zustande. Sein Herz fing an zu rasen. Kein Zweifel: Er lag in einem Sarg unter der Erde. Lebendig begraben.

Ein Schwall an Gedanken flammte in seinem Kopf auf. Wie lange würde der Sauerstoff noch reichen? Oder gab es irgendwo eine Verbindung zur Außenluft? Sollte er, statt zu ersticken, verhungern oder verdursten? Wieso war die Kiste beleuchtet?

Sie war so eng, dass er sich kaum rühren konnte. Vielleicht ließ sich der Deckel anheben? Mit beiden Händen stemmte er sich dagegen. Das Holz knarrte, und er glaubte zu spüren, dass sich etwas bewegte. Ein winziges Stück vielleicht. Hoffnung keimte auf. In den Beinen besaß er mehr Kraft. Zuerst versuchte er es mit dem rechten Fuß, dann mit beiden gleichzeitig. Die Stöße erschütterten die Kiste. Für einen Augenblick hatte er das Gefühl, sich gegen sein Schicksal wehren zu können. Dann folgten Resignation, Angst und Wut. Sein Atem ging schwer. War das das erste Anzeichen von Luftnot oder die Folge der Anstrengung?

Bei der Aktion hatte er sich mit Händen und Ellbogen am Boden abgestützt und dabei einen Gegenstand berührt. Mit der Rechten tastete er an die betreffende Stelle. Kaltes, schweres Metall. Er traute seinen Augen nicht, als er sah, was er in der Hand hielt. Eine Pistole! Er weigerte sich, die Bedeutung des Gegenstands zu verstehen. Aber er konnte seine Gedanken nicht bezwingen. Die Waffe erzeugte unweigerlich Assoziationen in seinem Kopf, mit Bildern aus Filmszenen, in denen sich Menschen in ausweglosen Situationen das Leben nahmen, manche aus Verzweiflung, andere, um angeblich ihre Ehre wiederherzustellen.

Harmsen spürte den Impuls, die Pistole von sich zu werfen. Aber das Ding war der einzige Gegenstand, der ihm zur Verfügung stand. Vielleicht ließ sich irgendetwas damit machen, um seine Lage zu verbessern. Nein, jedes andere Werkzeug, ein Brecheisen, ein Spaten oder auch nur ein Messer, mit dem er das Holz hätte bearbeiten können, wäre sinnvoller gewesen.

Mit Schusswaffen kannte er sich nicht besonders gut aus. Aber während seiner Grundausbildung bei der Bundeswehr hatte er die wichtigsten Handgriffe gelernt. Er drückte auf den Knopf am Griff und nahm das Magazin heraus. Es enthielt nur eine Patrone. Nun zog er den Schlitten zurück. Die Kammer war leer. Er konnte also nur einen Schuss abgeben. Sobald die Luft endgültig knapp wurde, und das konnte nicht mehr lange dauern, hatte er immerhin die Chance, sein Leiden zu beenden.

Genau das schien die Absicht seines Peinigers zu sein. Er sollte sich selbst richten. Wieso richten? Was hatte er verbrochen? Warum lag er in diesem verdammten Sarg? Wer hatte ihm das angetan? Ihm war, als hätte er das Gesicht des Joggers bereits einmal gesehen. Aber die Erinnerung war blass, und sie konnte trügen.

Darüber nachzudenken half ihm nicht weiter. Der Deckel hatte sich unter seinen Tritten ein wenig bewegt. Mit der Faust schlug er erneut an das Holz über seinem Kopf. Der Ton klang anders als an der Seitenwand. Er begann, die Bretter in Reichweite abzuklopfen. Vielleicht war eines lose oder morsch.

Plötzlich fiel sein Blick auf etwas Glänzendes. Ein Schloss! Es war von innen zugänglich. Das musste eine Bedeutung haben. Ein Zahlenschloss! Nur dreistellig. Er drehte sich auf die Seite. Mit der rechten Hand erreichte er die Vorrichtung. Die Ziffern standen auf 500. Egal, ob sich sein Widersacher nur eine Gemeinheit ausgedacht hatte oder ob er eine reale Chance hatte, sich zu befreien. Er musste es versuchen.

Welche der Zahlen war die richtige? In welche Richtung sollte er drehen? Nicht lange überlegen! 501, 502, 503 … Nach jeder neuen Einstellung zog er am Bügel. Verdammt, es dauerte zu lange! 578, 579 … Der Arm wurde immer schwerer. Sein Atem ging schneller. Der Sauerstoff wurde knapp. Er durfte jetzt nicht schlappmachen!

26

Bettina Grünenbach hasste ihr Spiegelbild. Die Frau mit den strähnigen Haaren und den dunklen Ringen unter den Augen passte nicht zu ihr. Das war nicht die lebenslustige, alleinerziehende Mutter, die trotz aller Höhen und Tiefen Energie und Zuversicht ausstrahlte. Das Gegenüber sah müde und abgehalftert aus.

Als das Telefon klingelte, zitterte Bettina am ganzen Körper, obwohl sie wusste, dass es zu dieser Stunde am frühen Morgen nur ihre Mutter sein konnte. Die Entführer würden sich nicht auf diese Weise melden. Sie ging ins Wohnzimmer. Die Nummer auf dem Display zeigte, dass sie richtig vermutet hatte. In ein paar Stunden, wenn es ihr besser ging, wollte sie zurückrufen. Jetzt konnte sie nicht mit ihrer Mutter reden. Sie hätte sich zusammenreißen müssen, um nicht zu heulen, hätte wieder eine Ausrede erfinden müssen, warum Nathalie nicht zu sprechen war.

Das letzte Video und damit das letzte Lebenszeichen war vor zwei Tagen gekommen. Bettinas Bedenken, ob sie richtig gehandelt hatte, nahmen stetig zu, zumal die Entführer immer noch keine Forderungen stellten. Langsam kamen ihr Zweifel daran, dass es ihnen um Lösegeld ging. Alle vorstellbaren Alternativen versetzten sie in noch größere Panik.

Als sie Nathalies Stimme hörte, glaubte sie wie jedes Mal eine Sekunde lang, ihre Tochter sei zurückgekehrt. Das Gefühl schien dem Verstand für einen Moment vorauszueilen. Bettina rannte die Treppe hinauf, in das Arbeitszimmer und blieb vor dem Schreibtisch stehen. Sie ließ den Bildschirm nicht aus den Augen, während sie sich auf den Drehstuhl setzte. Nathalie sah gesund und munter aus. Ihr schien es gut zu gehen. Das war das Wichtigste. Der Player zeigte an, dass das Video nicht einmal eine Minute lang war. Es endete mit dem Schriftzug: »Noch 5 Tage Ungewissheit«. Bettina spielte den Film erneut ab. Am Anfang war auch diesmal eine Zeitung zu sehen, die bestätigte, dass die Aufnahme am Vortag entstanden war.

»Noch fünf Tage Ungewissheit«. Erst jetzt wurde ihr die Bedeutung der Worte klar. Die Entführer wollten sie im Unklaren lassen, was nach Ablauf der Zeit passieren würde. Kein Versprechen mehr, dass sie Nathalie bald wohlbehalten zurückerhielt. Und sie hatten wieder keine Forderungen gestellt.

Bettina vergoss keine Tränen. Ihre Angst schien sich in Wut und Entschlossenheit zu verwandeln. Sie nahm ein Blatt, faltete es und stülpte es so über den Bildschirm, dass die Kamera verdeckt wurde. Dann steckte sie einen USB-Stick in einen Steckplatz und kopierte alle vier Videodateien, die sie bisher erhalten hatte, auf das Speichermedium. Zu lange hatte sie sich dem Spiel der Verbrecher tatenlos ausgeliefert.

Sie zog den Stick heraus und nahm das Papier von der Kameralinse. Dann begab sie sich in den Keller und rief Laura an.

»Es gibt ein neues Video. Nathalie scheint es gut zu gehen, aber ich habe ein schlechtes Gefühl. Ich muss etwas tun, bevor ich komplett durchdrehe«, sagte sie mit fester Stimme. »Steht dein Angebot noch?«

»Was meinst du?«

»Dein Nachbar …«

»Ja, selbstverständlich. Ich hab Leon vorhin gesehen. Er ist zu Hause. Wenn er kann, wird er dir helfen. Du hast die Polizei noch nicht eingeschaltet?«

»Nein. Somit halte ich mich an die Anweisungen der Entführer. Ich hab die Filme kopiert. Kann ich jetzt zu euch kommen?«

»Ja, klar. Ich werde Leon informieren.«

»Danke, Laura.«

»Fahr vorsichtig. In deiner Verfassung …«

»Ja, ja. Ich werde aufpassen.«

Sie hätte sich etwas Ordentliches anziehen sollen. Die Jeans hatten einen Kaffeefleck, der Pulli war zu weit und passte mit den grünen Streifen zur restlichen Kleidung wie die Faust aufs

Auge. Aber das war alles unbedeutend. Sie musste niemandem gefallen.

Bettina verstaute den Speicherstick in ihrer Handtasche und verließ das Haus. Ein frischer Wind blies ihr ins Gesicht. Sie kam sich vor, als hätte sie soeben zurück ins Leben gefunden. Ihr Entschluss, sich zu wehren, hatte etwas Befreiendes. Sie sog die kalte Luft ein, als könnte sie auf diese Art neue Energie tanken. Die Tage mit ihren Sorgen und Ängsten, eingesperrt in dem seelenlosen Haus ohne Nathalies Lachen, hatten sie zermürbt. Sie stieg in ihren Wagen und fuhr nach Rosendahl. Lauras Warnung war nicht unbegründet gewesen. Sie missachtete ein Stoppschild und wäre beinahe bei Rot über die Ampel gefahren.

Laura empfing sie mit einer Umarmung. »Ich hab Sophia bis heute Abend bei einer Freundin untergebracht. Sie hat oft nach Nathalie gefragt. Ich hab ihr gesagt, dass ihr in Urlaub gefahren seid.«

Bettina nickte.

»Du hast die Videos dabei?«

»Ich hab sie auf einen Speicherstick kopiert.«

»Dann gehen wir am besten sofort zu Leon rüber. Er erwartet uns.«

Obwohl es nur wenige Schritte bis zu Gerbers Haus waren, zog sich Laura ihre Winterjacke über, denn es war kalt und windig draußen.

Gerber hatte die beiden kommen sehen und öffnete die Tür. Nachdem sie die Jacken abgelegt hatten, führte er sie direkt ins Tonstudio.

»Ich weiß nicht, ob ich helfen kann«, sagte er, nachdem er am Mischpult und die Frauen auf zwei Stühlen seitlich der Anlage Platz genommen hatten.

Bettina bemerkte, dass er ihr bei den Worten nur einen flüchtigen Blick schenkte, und machte ihr Äußeres dafür verantwortlich.

»Es ist nur ein Versuch, Leon. Fühl dich nicht unter Druck gesetzt.« Laura legte für einen kurzen Moment ihre Hand auf seine und lächelte ihn an.

Bettina kam es vor, als tröstete Laura ein Kind. Gerber machte auf sie einen unsicheren und zurückhaltenden Eindruck, so ganz anders, als sie es von Maik und ihrem Mann gewohnt gewesen war. Sie hatte sich immer an eine starke Schulter anlehnen wollen. Erfolgreich und selbstbewusst mussten ihre Partner sein. Vielleicht war das ein Fehler gewesen. Was für ein unpassender Zeitpunkt, jetzt darüber nachzudenken!

Sie kramte in ihrer Handtasche, fand den USB-Stick und legte ihn auf das Pult. »Hier sind die Videos gespeichert.«

Gerber kopierte die Dateien auf die Festplatte. »Wollt ihr mithören?«, fragte er. »Dann schalte ich die Lautsprecher dazu.«

Bettina und Laura verneinten.

Gerber sah sich alle vier Filme zunächst ohne Ton an. Dann setzte er den Kopfhörer auf und schaltete die Tonspur ein. Anspannung und Konzentration konnte man deutlich an seinem Gesicht ablesen. Ab und zu schloss er die Augen, legte die Stirn in Falten, schüttelte den Kopf oder senkte nachdenklich den Blick.

Endlich nahm er den Kopfhörer ab. »Ich kann Verkehrsgeräusche hören, mehr nicht. Sie überdecken alle anderen eventuell vorhandenen so stark, dass ich nichts weiter wahrnehmen kann.«

Bettina nickte. Sie war enttäuscht. Andererseits hatte sie sich nicht wirklich etwas von der Aktion versprochen. Trotzdem tat es ihr gut, etwas unternommen zu haben und nicht allein zu sein.

»Der Raum liegt an einer befahrenen Straße. Vielmehr sind es zwei. Eine Kreuzung.«

Laura und Bettina sahen sich an.

»Ich kenne die Kreuzung«, ergänzte er.

»Was?«, rief Laura aus.

»Meine Konfrontationstherapie.« Gerber stockte.

»Ich verstehe nicht.« Bettina rückte mit ihrem Stuhl näher. Es irritierte sie, dass Gerber zurückwich, aber ihre Aufregung ließ sie nicht über seine Reaktion nachdenken.

Laura ergriff das Wort. »Leon hat ein sensibles Gehör. Deswegen sind wir hier, Bettina. Das ist eine Gabe. Aber nicht in allen Situationen ist das von Vorteil. Deswegen versucht Leon sich abzuhärten und setzt sich bewusst dem Verkehrslärm aus.«

»Solche Expositionsübungen können sehr erfolgreich sein. Sie helfen, Vermeidungsstrategien zu durchbrechen. Das ist gut. Ich selbst wende sie manchmal an, um meine Ängste in den Griff zu bekommen.« Das war ein wenig geflunkert. Es war über zehn Jahre her, dass Bettina versucht hatte, ihre Höhenangst mit der Methode zu überwinden. Aber sie hatte das Gefühl, dass es Gerber unangenehm war, über seine Hochsensibilität zu sprechen. Vielleicht lag sie falsch mit ihrer Vermutung, aber sie wollte durch ihre Äußerung das Eis zwischen ihnen brechen, sein Vertrauen gewinnen und ihn bestärken fortzufahren. »Du kennst die Kreuzung?«

»Ich bin mir sicher.« Endlich sah Gerber sie an. »Die Länge der Ampelphasen, die Straßenoberfläche, die Beschleunigung, mit der die Autos anfahren. All das wirkt sich auf die Geräusche aus. Natürlich auch die Eigenschaften des Raums, die ich in etwa aus den Videos ablesen kann. Es ist die Kreuzung Schulstraße/Norderstraße. Aber es gibt mehrere Häuser, die in Frage kommen.«

Bettina stand auf. Aufgeregt lief sie im kleinen Tonstudio auf und ab. Es klang verrückt, was der Musiker sagte. Aber es war ein Strohhalm, an den sie sich klammern konnte.

»Da ist noch etwas«, fuhr Gerber fort.

Bettina setzte sich wieder und sah ihn an. Sie spürte, wie sie am gesamten Körper zitterte. »Was?«

»Na ja. Für eine Sekunde kommt eine Gitarre ins Bild. Auf der Couch. Hier.« Er vergrößerte einen Ausschnitt des Standbildes.

»Was ist damit?«, fragte Laura.

»Eine Martin.«

»So wie deine?«

»Nein. Eine 000-15S.«

»Ist das etwas Besonderes?«

»Eine Westerngitarre, aus Mahagoni. Sie hat Stahlsaiten. Anfänger spielen eher selten auf solch einem Instrument. Vermutlich gibt es in ganz Husum nicht viel mehr als eine Handvoll Exemplare davon.«

»Und in der Nähe der Kreuzung genau eine.« Laura schaute Bettina an, der die Tränen über die Wangen liefen.

Bettina wischte sich mit dem Handrücken übers Gesicht. »Was machen wir jetzt? Wie bekommen wir heraus, welche Wohnung es ist? Was sollen wir tun?« Sie stand erneut auf. Die Spannung im Raum wurde unerträglich. Fast konnte man glauben, das Knistern der Funkenüberschläge zu hören.

»Ich könnte Hauptkommissar Flottmann von der Kriminalpolizei anrufen. Er hat mir damals, als es um die Entführungs- und Erpressungsfälle ging, seine Handynummer gegeben. Niemand wird mitbekommen, dass wir ihn kontaktieren. Er ist absolut vertrauenswürdig und weiß sicher, was zu tun ist.«

»Nein, keine Polizei. Gibt es keine andere Möglichkeit?« Bettina sah Leon flehend an.

»Es gibt nur ein Musikgeschäft in der Gegend. Aber das Instrument könnte im Versandhandel oder privat gebraucht gekauft worden sein. Ich ruf im Laden an.«

Gerber ging ins Wohnzimmer, um von dort aus in Ruhe zu telefonieren. Nach zehn Minuten kam er zurück. »Wie ich vermutet habe, führen sie das Modell nicht. Allerdings bestellen sie es auf Wunsch. Der Inhaber konnte sich aber nicht erinnern, die Martin geordert oder in Zahlung genommen zu haben.«

»Du meinst, dieser Kommissar kann mehr ausrichten?«, fragte Bettina mit einem Seufzer.

Gerber nickte.

»Gut. Ruf ihn bitte an. Und sag ihm, dass er niemandem etwas erzählen soll.«

»Ich werde ihn herbitten. Er wird kommen.«

Gerber nahm sein Handy, das auf dem Mischpult lag. Die Nummer des Kommissars hatte er gespeichert.

27

Kaum hatte Flottmann am Morgen seinen Platz am Schreibtisch eingenommen, fragte Hilgersen: »Hast du das Horoskop inzwischen gelesen?«

»Ich hatte Besseres zu tun.«

»Du hast wohl Angst, der Wahrheit ins Auge zu schauen.«

»Nee. Aber damit du endlich Ruhe gibst, werde ich es jetzt lesen. Reich es mal rüber.«

»Ich meine natürlich deins.«

»Was du gelesen hast, ist meins«, entgegnete Flottmann, wobei er Mühe hatte, sein Grinsen zu unterdrücken.

»Unsinn. Mein Sternzeichen ist Jungfrau. Du bist doch Löwe, oder?«

»Ja.«

»Na also.«

»Ich hab mir einen Computer gekauft«, sagte Flottmann.

»Echt? Hätte ich dir als letztem noch lebenden Dinosaurier gar nicht zugetraut.«

»Ich hab mich sogar einen Abend lang in eine Bildbearbeitungssoftware eingearbeitet. Das war gar nicht so schwer. Und das Ergebnis scheint überzeugend zu sein.«

»Hm. Großartig. Aber was hat das mit deinem Horoskop zu tun?«

»Ich hab die beiden vertauscht. Aus Löwe wurde Jungfrau und umgekehrt.«

Hilgersen schwieg. Ein sicheres Zeichen dafür, dass er nachdachte oder sauer war. In diesem Fall traf vermutlich beides zu.

»Das ist nicht dein Ernst, oder?« Seine Stimme bebte.

»Die Sache mit den analytischen Fähigkeiten und insbesondere die mit den neuen Impulsen für die Liebe hätte ich dir ja gegönnt. Aber daraus wird nun wohl nichts werden.«

»Weißt du, was du bist, Waldi?«

»Sprich es lieber nicht aus. Aber zu deinem Trost: Das andere Horoskop ist mindestens genauso gut. Und du wirst überrascht sein, wie genau es auf dich zutrifft.«

»Ich weiß, was du mir damit sagen willst.«

»Gut. Willst du jetzt mein beziehungsweise dein Exemplar haben?«

»Das kannst du dir sonst wohin stecken.«

»Okay. Dann wäre das ja geklärt.«

Hilgersen redete die nächste Stunde nicht mehr mit seinem Vorgesetzten. Stattdessen täuschte er diverse Aktivitäten vor, die ihm keine Zeit für Konversation ließen. Flottmann kannte diese Reaktion des Kollegen und ahnte, dass der sich einen Racheakt überlegte.

Flottmanns Handy meldete sich mit »Highway to Hell«. Seine Mobilfunknummer kannten außer einigen Kollegen nur wenige. Zuerst dachte er an Lena und war erstaunt, als Gerber dran war.

»Herr Gerber. Wie geht es Ihnen? Wann kann man Sie wieder einmal auf der Bühne bewundern?«

»Zurzeit habe ich nichts geplant.«

»Und was macht das versunkene Schiff?«

»Ich bin noch dran. Die Erfolgsaussichten sind gar nicht schlecht. Ich brauche Ihre Hilfe, Herr Hauptkommissar.«

»Gerne. Die Sache interessiert mich auch. Wie ich Ihnen versprochen habe, könnte ich meine Kontakte spielen lassen.«

»Es geht um etwas anderes, das ich aber nicht am Telefon mit Ihnen besprechen möchte. Darf ich Sie bitten, zu mir zu kommen?«

»Wir stecken gerade mitten in komplizierten Ermittlungen.«

»Es ist wichtig.«

Flottmann überlegte nicht lange. Wenn Gerber sagte, sein Anliegen sei wichtig, dann war es das. So gut kannte er den Musiker.

»Dann bin ich in zwanzig Minuten bei Ihnen.«

»Danke.«

Flottmann steckte das Handy ein und packte die wichtigsten Unterlagen der aktuellen Fälle in seine Aktentasche. Vielleicht fand er am Abend bei einem Glas Wein die Ruhe, noch einmal alles zu sichten. Wie so oft hatte er das Gefühl, etwas übersehen zu haben. Auch wenn das gar nicht der Fall war, gaben die Unterlagen doch so etwas wie Sicherheit, bei Bedarf darauf zurückgreifen zu können. In seiner Bonner Zeit als Leiter des Dezernats Tötungsdelikte war er so manches Mal mitten in der Nacht aufgewacht und hatte über irgendwelche Details gegrübelt. Das beste Mittel, wieder einschlafen zu können, war dann, aufzustehen und zu versuchen, den Sachverhalt zu klären.

Er war froh, dass er dem Druck von damals nicht mehr ausgesetzt war. Hier in Norddeutschland lief alles etwas gemächlicher ab. Auch wenn sich gerade die Straftaten häuften, so war er doch zuversichtlich, dass bald wieder Routine einkehren würde. Ganz sicher war er sich allerdings nicht, ob er sich das wirklich wünschte.

»Ich muss noch mal weg«, sagte er.

»Hm«, war Hilgersens sparsame Antwort.

Flottmann nahm noch einmal Maltes Pamphlet in die Hand. »Übrigens steht in meinem Horoskop, das ja deines ist: ›Im Januar wechselt der Glücksplanet Jupiter in die Waage. Sie werden auf das andere Geschlecht unwiderstehlich wirken. Nutzen Sie die günstigen kosmischen Einflüsse, um Ihr Liebesleben so richtig in Schwung zu bringen.‹«

»Das steht da wirklich?« Hilgersen schaute endlich auf und wandte sich Flottmann zu.

»Schwarz auf weiß. Hier.« Flottmann überreichte seinem Kollegen das Exemplar und verließ das Büro.

Eine halbe Stunde später saß er in Gerbers Wohnzimmer und hörte sich die Geschichte von Nathalies Entführung an. Er stellte einige Zwischenfragen, vermied es jedoch, irgendwelche Vorwürfe zu äußern, obwohl er nur bedingt verstehen konnte, dass Bettina Grünenbach die Polizei nicht informiert hatte.

»Haben Sie eine Erklärung dafür, dass die Entführer bisher keine konkreten Forderungen gestellt haben?«, fragte Flottmann die junge Frau.

»Nein. Inzwischen glaube ich, dass es ihnen gar nicht um Geld geht. Aber ich habe keine Ahnung, was sie bezwecken. Ich habe Angst, dass sie Nathalie etwas antun könnten. Am Anfang war ich noch voller Hoffnung. Die Videos, die zeigen, dass es ihr gut geht, hatten mir Zuversicht gegeben. Aber jetzt …«

»Gut. Ich erkläre Ihnen, wie ich vorgehen werde. Wir können die in Frage kommenden Gebäude nicht durchsuchen. Abgesehen davon, dass ich dafür keinen Durchsuchungsbeschluss erwirken könnte, würden wir Nathalie in Gefahr bringen. Aber wir sollten alle Hebel in Bewegung setzen, um den Käufer des Instruments zu finden. Ich werde ein Team zusammenstellen lassen, das entsprechende Recherchen durchführt. Sie sind sehr aufwendig, da wir sowohl Kleinanzeigen der Zeitungen und Zeitschriften als auch Onlineangebote überprüfen müssen. Deshalb können wir nicht mit kurzfristigen Ergebnissen rechnen.«

»Die Entführer haben mir mitgeteilt, dass sie einen Informanten bei der Behörde hätten und mitbekämen, wenn die Polizei eingeschaltet würde.«

»Glauben Sie mir: Das ist lediglich ein Bluff«, beruhigte er Bettina Grünenbach. »Ich verbürge mich persönlich dafür, dass nichts nach außen dringt.« Ganz wohl war ihm nicht bei dieser Aussage. Er musste daran denken, dass der Journalist einen Informanten erwähnt hatte. Gab es vielleicht doch einen Maulwurf bei der Husumer Kripo?

Bettina Grünenbach nickte, was Flottmann als Zustimmung zu der Aktion interpretierte.

Er nahm das Mobiltelefon aus der Jackentasche und rief Hilgersen an.

»Gustav. Du musst etwas für mich checken. Stell bitte fest, wer im Bereich der Kreuzung … wie hießen die Straßen?«, fragte er nach.

»Schulstraße, Norderstraße«, antwortete Gerber.

»Also, wer im Bereich der Kreuzung Schulstraße/Norderstraße wohnt. Nur im nahen Umkreis der Ampelanlage. Ich erkläre dir alles später.«

»Brauchst du das sofort?«

»Ja. Es ist dringend. Ruf mich zurück, wenn du das hast.« Flottmann drückte die rote Taste.

»Was haben Sie vor?«, fragte Gerber.

»Vorausgesetzt, dass Sie sich nicht geirrt haben, dürfte die Anzahl der zu überprüfenden Personen beziehungsweise Wohnungen überschaubar sein. Optimal wäre natürlich, wenn wir herausfänden, wer die Gitarre gekauft hat. Aber jetzt zeigen Sie mir bitte die Videos.«

Bettina wollte sich die Filme auch jetzt nicht ansehen. Laura blieb bei ihr, während die beiden Männer ins Tonstudio gingen und die Tür schlossen.

Flottmann ließ sich zunächst alle vier Aufnahmen zeigen.

»Das zweite Video noch mal«, bat er.

»Stopp! Ein Stück zurück!«, rief er, nachdem der Film fast zu Ende war. »Können Sie das vergrößern?«

»Klar.«

»Das Fenster. Wir brauchen den Ausschnitt, auf dem ein kleiner Teil des Fensters zu sehen ist.«

Gerber stellte den gewünschten Bereich ein. Der Hintergrund war unscharf. Schemenhaft konnte man einen Baum und weiter entfernt ein Gebäude erkennen.

»Die Perspektive ist interessant«, sagte Flottmann. »Zweites Obergeschoss, schätze ich, was meinen Sie?«

Gerber nickte. »Maximal drittes.«

Flottmanns Handy meldete sich.

»Gustl. Hast du was für mich?«

»Ja. Ich schick dir sofort die Liste.«

»Und jetzt trommele bitte ein paar Kollegen zusammen. Wir müssen feststellen, welcher Husumer in den letzten Jahren eine bestimmte Gitarre erworben hat, per Händler, Kleinanzeigen oder Versteigerungsplattformen. Ich geb dir gleich den genauen Typ durch.«

»Das wird eine Sisyphusarbeit werden.«

»Ich weiß.«

»Wie viele Jahre soll das her sein?«

Gerber hatte das Gespräch mithören können. Er zuckte mit den Schultern.

»Das wissen wir nicht. Stell fest, ab wann das Modell gebaut wurde beziehungsweise auf dem deutschen Markt verfügbar war.«

»Geht klar, Chef.«

Flottmann drückte das Gespräch weg.

Gerber zeigte auf den Bildschirm, auf dem ein Satellitenfoto zu sehen war. Mit der Maus wies er auf ein Gebäude. »Das könnte das Haus sein, das man durch das Fenster sieht. Dort gegenüber muss die Wohnung sein, die wir suchen.«

»Sehr gut.« Flottmann scrollte durch die Liste, die ihm Hilgersen soeben geschickt hatte. »Kann man sich die Hausnummern auf der Karte anzeigen lassen?«

»Klar.« Gerber klickte nacheinander mehrere Gebäude an, worauf die Koordinaten und Hausnummern in einer Infobox angezeigt wurden.

»Wenn uns kein Denkfehler unterlaufen ist und Sie mit Ihrer Geräuschanalyse richtigliegen, kommen nur wenige Wohnungen in Betracht. Die werde ich jetzt abklappern, alleine, ohne großes Polizeiaufgebot.«

»Nehmen Sie mich mit.«

»Das geht nicht.«

»Mich würde niemand für einen Polizisten halten.«

»Das stimmt. Aber mich auch nicht.« Flottmann grinste. »Da es kein offizieller Einsatz ist, kann ich Ihnen nicht verbieten, dort aufzutauchen. Nehmen wir Ihren Wagen?«

»Gern.«

Die beiden Männer gingen zurück ins Wohnzimmer.

»Wir werden uns die Gegend, in der wir Ihre Tochter vermuten, unauffällig ansehen«, wandte sich Flottmann an Bettina Grünenbach. »Es wird keinen Polizeieinsatz ohne Ihre Erlaubnis geben. Das verspreche ich Ihnen. Sind Sie einverstanden?«

Sie nickte. Ihr war anzumerken, dass sie zu keinem Widerstand mehr fähig war und nur noch hoffte, dass bald alles vorbei wäre.

»Bitte warten Sie hier. Herr Gerber wird mitkommen. Wir sind bald zurück.«

Als Flottmann in den Daimler stieg, konnte er sich eine ironische Bemerkung nicht verkneifen: »Sind Sie sicher, dass das Ding fährt?«

»Meistens«, antwortete Gerber. »Wenn es nicht regnet, kein Nebel herrscht und kein Marder die Bremsschläuche angeknabbert hat, leistet der Wagen gute Dienste. Moderne Autos, vollgestopft mit Elektronik, sind nicht unbedingt zuverlässiger.«

»Da sagen Sie was.«

Nach wenigen Minuten erreichten sie die Norderstraße.

»Durch den Fensterausschnitt war ein Baum zu sehen gewesen. In dieser Gegend gibt es nicht viel Grün, aber ich weiß, wo wir suchen müssen.« Gerber bog in die Herzog-Adolf-Straße ein und fuhr auf den Parkplatz der Volksbank. Die beiden stiegen aus. Gerber führte den Kommissar zielstrebig zu einem Hinterhof auf der anderen Straßenseite.

Nach kurzer Zeit hatten sie zwei in Frage kommende Wohnungen bestimmt, deren Ausblick ihrer Meinung nach die richtige Perspektive bot. Bei der Begehung hatten sie darauf geachtet, dass sie von den Anwohnern nicht entdeckt werden konnten.

Zurück auf dem Parkplatz, rief Flottmann Hilgersen an.

»Hast du das Team zusammengestellt?«

»Fünf Mann. Aber natürlich haben wir noch keine Ergebnisse.«

»Wenn wir Glück haben, kommen wir auch so klar. Aber macht weiter. Es geht um eine Kindesentführung.«

»Was?«

»Ich erklär dir später alles.« Flottmann beendete das Gespräch und wandte sich wieder Gerber zu. »Normalerweise würde ich jetzt das SEK anfordern. Aber ich denke, es wird auch ohne die Jungs gehen.«

28

Sie musste ihn unbedingt anrufen. Die Kleine ließ sich nicht länger mit Ausreden vertrösten. Helena hatte ihr gesagt, ihre Mutter sei im Krankenhaus und Denise ebenso wie ihre Freundinnen in Urlaub gefahren. Auch könne sie nicht mit ihnen reden, da kein Telefon im Haus sei. Dass sie ständig in der Wohnung hocken musste, verstand sie nicht. Anfangs war sie noch leicht abzulenken gewesen, mit dem neuesten Spielzeug und mit Liedern, die sie gemeinsam zur Gitarre sangen. Helena hatte sich alle Mühe gegeben, nicht nur, um Nathalie ruhig zu halten, sondern auch, um ihr eigenes Gewissen zu beruhigen. Nathalie sollte ihren Aufenthalt möglichst unbeschadet überstehen.

Aber jetzt funktionierte die Strategie nicht mehr. Die Kleine bekam Wutausbrüche und schrie immer öfter nach ihrer Mama, sodass Helena befürchtete, die Nachbarschaft könnte etwas bemerken.

Worauf hatte sie sich nur eingelassen? Der Plan hatte so einfach geklungen, und nach wenigen Tagen hätte alles vorbei sein sollen. Sie hätte wissen müssen, dass das Ganze nicht ohne Schwierigkeiten verlaufen würde. Irgendetwas Unvorhergesehenes passierte immer, egal, was man plante und wie sorgfältig man dabei vorging. Bei einem Verbrechen – und so bezeichnete sie inzwischen die Tat, die sie selbst vorher verharmlosend Geldbeschaffungsmaßnahme genannt hatte – konnten Pannen besonders gravierende Folgen haben. Sie konnte sich nicht vorstellen, Jahre im Gefängnis zu verbringen, und immer öfter versetzte sie sich in Nathalies Mutter, die sehr verzweifelt sein musste. Helena konnte kaum noch nachvollziehen, wieso sich ihr schlechtes Gewissen erst jetzt meldete. Die Liebe und die Aussicht auf ein sorgenfreies Leben zu zweit hatten sie blind für solche Bedenken werden lassen.

Sie ging hinunter in den Keller der Wohnanlage und öffnete die Stahltür. Das Handy hatte sie im gemeinschaftlich genutzten Waschraum hinter einer Waschmaschine versteckt. Man sollte es nicht in ihrer Wohnung finden, falls die Polizei ihr auf die Spur kam. Sie könnte dann behaupten, sie habe die Kleine nur entführt, um den Verlust des eigenen Kindes zu kompensieren. Ein traumatisches Ereignis habe sie zu der Entführung veranlasst.

Die Fehlgeburt vor drei Jahren und die Trennung von ihrem Freund hatten sie in tiefe Depressionen fallen lassen. Aber das wäre für sie niemals Anlass für solch eine Tat gewesen. Und sie bezweifelte, dass sie diese Beweggründe der Polizei und dem Richter glaubhaft machen konnte.

Immer wieder war ihr der Verdacht gekommen, dass es ihm nur darum ging, sein eigenes Risiko klein zu halten. Sie wollte sich nicht mit ihm streiten, aber er musste endlich Farbe bekennen, wie es weitergehen sollte. Wann würde das Ganze zum Abschluss kommen? Lange hielt sie es nicht mehr aus. Falls es sein musste, würde sie Nathalie einfach freilassen, sie bei Nacht vor der Haustür ihrer Mutter absetzen.

Es war niemand im Waschraum. Helena holte das Handy hervor, das sie mit einem Klettband an der Rückwand der Waschmaschine befestigt hatte, und wählte seine Nummer.

Nur die Mailbox meldete sich. Er hatte ihr versprochen, dass er immer für sie erreichbar wäre. Aber vielleicht war er gerade jetzt unterwegs zur Geldübergabe. Sie wollte es in einer Stunde erneut versuchen.

Helena verstaute das Mobiltelefon wieder an seinem Platz und stieg die Treppe hinauf. Über einen Fahrstuhl verfügte das alte Gebäude nicht. Ein Schreck durchfuhr ihre Glieder. Vor ihrer Wohnungstür standen zwei Männer, die sie nicht kannte. Polizei? Leute vom Sozialamt, die von Nachbarn benachrichtigt worden waren, weil sie Kindergeschrei gehört hatten? Egal, wer es war, noch hatten sie sie nicht bemerkt. Helena machte kehrt, lief die Treppe hinunter ins Erdgeschoss zum Hinterausgang. Dort blieb sie stehen und überlegte kurz. Das Handy. Vielleicht brauchte sie es. Sie ging hinunter in den Keller und nahm das Gerät an sich. Dann verließ sie das Haus und stieg in ihr Auto, das sie auf dem Hof geparkt hatte.

Er hatte ihr verboten, unangemeldet bei ihm zu erscheinen. Aber das hier war ein Notfall, und sie konnte nirgendwo anders hin. Das würde er verstehen. Sie parkte wie immer in einer Seitenstraße und lief zu Fuß zu seinem Haus. Sein Wagen stand nicht in der Einfahrt und auch nicht in der Garage. Er schien nicht zu Hause zu sein.

Sie klingelte. Nichts rührte sich. Die Dämmerung hatte bereits eingesetzt. Im Dunkeln und bei Temperaturen um den Nullpunkt wollte sie nicht draußen auf ihn warten. Einen Schlüssel besaß sie nicht, aber er hatte ihr einmal erzählt, dass er einen im Gartenhaus versteckt hatte, nachdem ihm die Haustür zugefallen war. Allerdings wusste sie nicht, wo genau er ihn aufbewahrte.

Helena lief den gepflasterten Weg entlang durch eine Pforte in den rückseitigen Garten. Sie ging auf die Blockhütte zu, die sie noch nie betreten hatte. Langsam öffnete sie die Tür. In diesem Moment fühlte sie sich, als täte sie etwas Verbotenes, als müsste sie Angst haben, erwischt zu werden. Ein kleines Fenster spendete nicht genug Licht, um Einzelheiten im Raum erkennen zu können. Mit der Hand tastete sie nach einem Schalter. Die Neonleuchten an der Decke flackerten auf. Es dauerte einige Zeit, bis sich ihre Augen an die Helligkeit gewöhnt hatten. Sie betrat den Raum, der mit Gartengeräten, Regalen mit Werkzeugen, Sortierkästen, Malerbedarf und Autoteilen vollgestopft war. Vieles war alt, verschmutzt oder angerostet und stammte vermutlich von seinen Eltern. An einer Wand waren Bretter verschiedener Holzarten aufgestapelt. Obendrauf lagen zwei Paddel. Sie gehörten offensichtlich zu einem Schlauchboot, das sich aufgerollt unter einem Metalltisch in der Mitte der Hütte befand.

Helena erkannte, dass es aussichtslos war, in dem Durcheinander nach einem Schlüssel zu suchen. Sie erschrak zu Tode, als sie hinter sich plötzlich Schritte hörte. Spontan ergriff sie einen Maurerhammer, der auf dem Tisch lag, und fuhr herum, bereit, sich gegen einen Angreifer zu wehren. Eine Sekunde später blickte sie in ein vertrautes Gesicht. Die Angst hätte in diesem Moment verschwinden müssen. Aber sie blieb und steigerte sich, als sie in seine wütenden Augen sah. Helena zitterte am ganzen Körper. Der Hammer glitt ihr aus der Hand und schlug polternd auf dem Holzboden auf.

»Willst du mich erschlagen?«, fragte er. Seine Stimme klang nicht nach einem Scherz, sondern hart und gehässig.

»Verzeih. Ich … du hast mich erschreckt.«

»Was machst du hier?«

Sie ging einen Schritt auf ihn zu. »Ich hab dich nicht erreicht. Ich muss dringend mit dir reden.«

»Hier in der Hütte?«

»Nein. Aber mir war so kalt«, stammelte sie. Sie wollte ihn umarmen, aber er drehte sich um.

»Komm, wir gehen ins Haus«, befahl er. »Und mach die Tür zu.«

Seine schroffe Art irritierte sie und ließ nichts Gutes ahnen. Er schritt voran, schloss die Eingangstür auf und ging ins Haus, ohne auf sie zu warten.

»Wo warst du?«, fragte sie.

»Besorgungen machen. Wieso kommst du so einfach zu mir, ohne es mit mir abzusprechen? Das ist entgegen unserer Vereinbarung.«

Helena setzte sich auf die Couch. »Wie ich sagte. Ich muss mit dir reden.« Sie versuchte, ihrer Stimme einen selbstbewussten Ausdruck zu verleihen. »Die Polizei stand vor meiner Tür. Jedenfalls glaube ich, dass die beiden Männer von der Polizei waren.«

»Das kann nicht sein.« Er lief im Wohnzimmer auf und ab. Dann sah er sie wütend an. »Verdammt! Wie sind sie auf dich gekommen?«

»Woher soll ich das wissen? Vielleicht hat jemand die Kleine gehört. Sie hat in letzter Zeit manchmal rumgeschrien.«

»Du hättest ihr das Maul stopfen sollen!«

»Wie redest du? Hätte ich sie knebeln sollen?«

Er antwortete nicht. Nach einer kurzen Pause sagte er etwas ruhiger: »Bist du dir sicher?«

»Ziemlich. Mich besucht niemand. Und wie Leute von der Heilsarmee sahen sie nicht aus. Wie typische Polizisten allerdings auch nicht. Sie trugen keine Uniform. Was sollen wir jetzt tun?«

»Wenn sie das Versteck entdeckt haben, läuft bereits eine Fahndung nach dir. Verdammter Mist! Wo hast du deinen Wagen abgestellt?«

»Weiter weg als sonst.«

»Gut.« Er setzte sich in einen Sessel. »Bevor wir Maßnahmen ergreifen, sollten wir genau wissen, was los ist.«

»Lass uns weggehen. Irgendwohin. Es muss ja nicht Australien sein.«

»Wie denn? Ohne Geld? Das geht nicht. Ich fahr zu deiner Wohnung und sehe nach, was los ist. Wenn sie das Kind gefunden haben, wimmelt es jetzt dort von Uniformen. Und gib mir deinen Autoschlüssel. Der Wagen muss verschwinden. Du wartest hier. Dein Handy ist im Keller?«

»Ich hab es mitgenommen.« Sie erwartete einen weiteren Rüffel und war überrascht, ein angedeutetes Lächeln in seinem Gesicht zu erkennen.

»Das war klug! Aber mach das Ding sicherheitshalber aus und ruf niemanden an!«

Eine Minute später war er verschwunden.

Sie atmete auf. Vielleicht würde doch noch alles gut werden. Vielleicht hatte sie sich geirrt, und die Männer waren Versicherungsvertreter oder Zeitschriftenverkäufer. Anderenfalls hatte das Ganze endlich ein Ende. Ihre Träume von einem neuen Leben waren so oder so geplatzt. Die Liebe hatte sie blind gemacht, aber langsam kam sein wahrer Charakter ans Licht. Sobald er zurück war, würde sie herausfinden, worum es ihm wirklich ging und was sie ihm wert war.

Ruhelos streifte sie durchs Haus. Die Einrichtung mochte aus den fünfziger und sechziger Jahren des letzten Jahrhunderts stammen und wirkte kalt und ungemütlich. Die Optik einiger neuerer Möbelstücke stand im krassen Widerspruch zum Stil der damaligen Zeit und wies darauf hin, dass der Bewohner sich nicht um ein stimmiges Bild bemühte. Die Gemälde an den Wänden unterstrichen diesen Eindruck, kitschige Landschaftsmotive und Porträts.

Helena betrat den Flur. Die Tür zum Keller stand einen Spalt offen und zog sie wie magisch an. Sie erinnerte sich, wie er einmal verärgert reagiert hatte, als sie ihm nach unten gefolgt war.

Sie öffnete die Tür ganz, schaltete das Licht ein und stieg die Steintreppe hinunter. Sie war steil und die Stufen abgenutzt, sodass sie aufpassen musste, nicht zu stürzen. Das Holzgeländer wackelte und bot nur einen unsicheren Halt. Unten angekommen, stand sie in einem Flur, von dem mehrere Räume abzweigten.

Helena öffnete eine Stahltür und gelangte in einen Raum, an den sich ein Bad mit Dusche und Toilette sowie eine Küche anschlossen. Das Zimmer war mit einem Bett, zwei Stühlen und einem Tisch spartanisch möbliert. Wahrscheinlich hatte es einmal als Übernachtungsmöglichkeit für Gäste gedient. Das einzig vorhandene Fenster war vergittert, vermutlich als Schutz vor Einbrechern. Merkwürdig fand sie jedoch, dass der Eingang mit einer Stahltür versehen war. Zusammen mit dem vergitterten Fenster wirkte das Zimmer eher wie ein Gefängnis als wie eine Unterkunft für Besucher.

Sie ging zurück in den Flur. Es gab einen weiteren Raum, in dem Fahrräder, einige Schränke und Gartenmöbel untergebracht waren. An einer Wand stand ein gut gefülltes Weinregal, das fast bis zur Decke reichte. Eine Tür wies auf ein Nebenzimmer. Helena drückte die Klinke hinunter. Es war abgeschlossen. Warum verriegelte jemand einen Raum, wenn er allein im Haus wohnte? Der einzige Grund, der ihr einfiel, war, dass sie nicht wissen sollte, was sich darin verbarg. Vielleicht schloss er grundsätzlich ab, für den Fall, dass sie wie damals unverhofft den Keller betrat.

Helena schaute auf die Uhr. Für die Hin- und Rückfahrt zu ihrer Wohnung benötigte er inklusive eines Aufenthalts von mehreren Minuten mindestens eine halbe Stunde. Ihr blieb also genug Zeit. Jeder Einbrecher hätte die Holztür ohne Probleme aufbrechen oder mit einem Dietrich öffnen können. Sie musste einen anderen Weg finden. Auf keinen Fall durfte er etwas bemerken. Das würde den Rest des Vertrauens zwischen ihnen zerstören.

Sie war überzeugt, dass es einen weiteren passenden Schlüssel im Haus gab. Sie probierte nach und nach zunächst die aus, die sie im Untergeschoss fand. Ihr Herz machte einen Sprung, als sich der vom Heizungsraum mit ein wenig Kraftanstrengung im Schloss drehen ließ. Einen Moment zögerte sie. Dann atmete sie tief durch, öffnete die Tür und trat ein. Das Licht aus dem Nebenraum reichte aus, um sich einen Überblick zu verschaffen. Offenbar hatte er sich eine Werkstatt eingerichtet. Wieso machte er ein Geheimnis daraus? Auf einem Tisch lagen eine Handkreissäge, eine Bohrmaschine und einige andere Geräte, deren Funktion sie nicht kannte. Sie verstand nichts von diesen Dingen. Auch die Zeichnung, die zum Teil von Sägespänen bedeckt war, sagte ihr nichts. Sie durfte nichts verändern. Alles musste so bleiben, wie es war. Sie hatte genug gesehen. Es war besser, wenn sie sich jetzt entfernte. Als sie sich umdrehte, fiel ihr Blick auf einen silber glänzenden Gegenstand. Was am Pfosten eines Regals hing, waren eindeutig Handschellen. Sie ging darauf zu und sah auf dem Bord weitere Dinge, die ihr Furcht einflößten: ein Pistolenmagazin und eine Schachtel mit Munition.

Plötzlich vernahm sie ein Geräusch, das das Blut in ihren Adern gefrieren ließ. Es hatte sich angehört, als wäre eine Tür zugeschlagen. Hektisch verließ sie den Raum, schloss ab und brachte den Schlüssel zurück an seinen Platz. Licht aus. Sie lief durch alle Räume und schaltete die Beleuchtung aus. Dann rannte sie die Treppe hinauf und ging ins Wohnzimmer. Sie atmete auf. Niemand war da. Sie rief seinen Namen. Keine Antwort. Sie musste sich geirrt haben. Ihr war übel vor Aufregung. Erschöpft setzte sie sich auf die Couch.

Was sollte sie tun? Was sie im Keller entdeckt hatte, beunruhigte sie, aber sie konnte es nicht einordnen. Hatte er die Dinge für die Entführung besorgt, die Handschellen, um die Ärztin zu fesseln, eine Pistole, zu der die Munition passte, für die geplante Geldübergabe? Sie traute sich nicht, ihn darauf anzusprechen. Am liebsten wäre sie fortgerannt, raus aus diesem Haus, weg von ihm. Aber wohin sollte sie fliehen? Vielleicht suchte man bereits nach ihr. Worauf hatte sie sich nur eingelassen? Könnte sie doch alles rückgängig machen!

29

Flottmann schien angestrengt nachzudenken. Offensichtlich hatte er noch keinen Plan, wie er vorgehen wollte. Die beiden Männer standen seitlich der Wohnungstür, sodass sie nicht durch den Spion gesehen werden konnten. Auf dem Klingelschild stand »H. Dietrich«.

Es war still im Treppenhaus. Aus einer Wohnung im Erdgeschoss war Musik zu hören. Gerber konzentrierte sich.

»Es ist jemand da«, flüsterte er. »Ich höre zwar keine Stimmen, aber Geräusche. Sie werden es mir nicht glauben, aber es hört sich an, als würde jemand Legosteine aufeinandersetzen.«

»Sie werden es mir nicht glauben, Leon: Ich glaube Ihnen«, erwiderte der Kommissar leise.

Gerber war erstaunt, dass der Kommissar ihn beim Vornamen nannte. Und er freute sich darüber. Die Zusammenarbeit während der Entführungs- und Erpressungsfälle im letzten Sommer hatte trotz ihrer Verschiedenheit ein fast freundschaftliches Verhältnis zwischen ihnen entstehen lassen.

Flottmann gab ihm ein Zeichen, dass er dort stehen bleiben solle, wo er war. Dann stieg er eine Treppe hinauf. Gerber hörte, wie die Türglocke läutete und wie jemand öffnete. Er verstand auch jedes Wort, das gesprochen wurde. Eine weibliche Person, deren Stimme auf ein fortgeschrittenes Alter hinwies, erzählte, Frau Dietrich habe ihr gesagt, sie habe Besuch von einer Nichte. Flottmann behauptete, es sei etwas passiert und das Mädchen habe die Polizei um Hilfe gerufen. Er bat die Nachbarin darum, bei Frau Dietrich zu läuten. Das Kind würde vermutlich nicht öffnen, wenn es einen Mann durch den Spion erblickte.

Gerber fand die Geschichte nicht besonders schlüssig, aber zusammen mit seinem Dienstausweis hatte der Kommissar die Frau offenbar überzeugen können, denn beide kamen die Treppe hinunter. Die alte Dame hatte schätzungsweise die achtzig bereits überschritten. Sie nahm mühsam Stufe für Stufe. Als sie Gerber sah, stutzte sie einen Moment. Dann hangelte sie sich weiter am Geländer entlang, bis sie das Podest erreichte. Sie blickte zu Flottmann hinüber. Als dieser nickte, drückte sie den Klingelknopf. Niemand öffnete. Nach einigen weiteren Versuchen zuckte sie mit den Schultern.

»Niemand zu Hause. Sind Sie sicher, dass es die Nichte war, die Sie angerufen hat?«

»Haben Sie einen Schlüssel für die Wohnung?«

»Nein, wo denken Sie hin?«

»Gibt es einen Hausmeister, der uns weiterhelfen kann?«

»Nein. Aber die Hansens haben einen Generalschlüssel. Der passt für alle Wohnungen. Falls sich einmal jemand ausgeschlossen hat. Das kommt öfter vor. Auch mir ist es schon einmal passiert. Im letzten Jahr. Ich wollte nur die Blumen im Flur gießen. Ein Windzug, verstehen Sie? Ich hatte die Tür zum Balkon offen gelassen.«

»Wo wohnen die Hansens?«

»Eins tiefer. Aber ich weiß nicht, ob sie da sind.«

»Danke, Frau Wiesner. Sie haben uns sehr geholfen.«

»Hoffentlich ist nichts Schlimmes passiert«, murmelte sie mehrmals auf dem Weg nach oben.

Flottmann war bereits verschwunden. Keine fünf Minuten später kam er mit dem Generalschlüssel und Herrn Hansen im Schlepptau zurück, der es sich nicht nehmen ließ, die Aktion zu überwachen. Flottmann hatte Mühe, den betagten Rentner auf Abstand zu halten.

»Sie bleiben bei meinem Kollegen«, sagte er bestimmt und schloss die Tür auf.

Gerber war aufgeregt. Er kannte Nathalie nicht, aber er musste an Sophia denken sowie an Laura und Bettina, die auf eine Nachricht warteten. Er merkte, dass er zitterte. Hätte Hansen nicht andauernd schnaufende Geräusche von sich gegeben, hätte er genau verfolgen können, was drinnen ablief.

Jetzt vernahm er die Stimme des Kommissars. Sofort erkannte er an dessen Tonfall, dass die Geschichte ein gutes Ende genommen hatte. Sie hatten Nathalie gefunden. Wenig später trat Flottmann in den Hausflur.

»Sie ist es.« Die Erleichterung war ihm anzumerken. »Sie spielt mit Legosteinen und muss noch eben einen Bahnhof fertigstellen.« Er lachte und wandte sich an Hansen: »Sie können gehen. Den Schlüssel behalten wir. Wenn wir Sie brauchen, geben wir Ihnen Bescheid.«

Hansen wollte noch etwas sagen, aber Flottmann hatte sich schon abgewandt und sein Mobiltelefon gezückt.

»Gustl, du kannst die Gitarrenrecherche abblasen. Aber ich brauche einen Streifenwagen und die Spurensicherung.« Er nannte die genaue Adresse. »Und gib eine Fahndung nach Helena Dietrich raus. Sie steht auf der Liste, die du mir geschickt hast.« Er drückte das Gespräch weg und wandte sich an Gerber.

»Ich muss auf die Kollegen warten. Nathalie geht es gut. Ich denke, wir brauchen keinen Krankenwagen. Bringen Sie das Mädchen zu seiner Mutter?«

»Nichts lieber als das.«

»Als sie mich sah, hat sie zuerst gefragt, wo Helena sei. Dann wollte sie wissen, wann ihre Mama wieder gesund sei und sie nach Hause könne.«

In diesem Moment erschien Nathalie in der Tür.

»Hast du den Bahnhof fertig?«, fragte Flottmann.

Sie schüttelte den Kopf.

»Ich bin Leon«, sagte Gerber und beugte sich ein wenig hinunter. »Ein Freund von Sophia.«

»Bist du der, der wie die Fledermäuse mit den Ohren sehen kann?«

»Ja. Genau der bin ich. Wir fahren jetzt zu deiner Mama.«

Gerber streckte seine Hand aus, und Nathalie ergriff sie, ohne zu zögern. Doch dann löste sie sich wieder und rannte zurück in die Wohnung.

»Benji!«, rief sie. Eine Minute später kam sie mit dem Stoffelefanten im Arm zurück und fasste erneut Gerbers Hand.

Auf dem Parkplatz angekommen, rief er sofort Laura an.

Die Freude und Erleichterung am anderen Ende der Leitung trieb ihm Tränen in die Augen.

***

Sein Gesicht war wie versteinert, als er ins Wohnzimmer trat. Helena saß auf der Couch und blickte ängstlich zu ihm hoch.

»Du bist aufgeflogen«, sagte er.

Das »Du bist« traf sie wie ein Schlag. Es klang wie: »Du bist schuld« und wie »Du hast die Folgen zu tragen, ich hab damit nichts zu tun«.

Er wurde noch deutlicher: »Sie werden mit Hochdruck nach dir fahnden. Dein Auto muss sofort verschwinden, und du darfst dich erst einmal nirgendwo in der Öffentlichkeit sehen lassen. Wenn sie dich erwischen, bin auch ich dran.«

Sie schwieg. Im Grunde hatte sie schon lange geahnt, dass es ihm nur um seine eigene Haut ging. Aber sie hatte solche Gedanken verdrängt, hatte sich an jeden Strohhalm geklammert, seine Liebesbekundungen, die netten Worte und Gesten aufgesogen wie ein Schwamm und seine harschen und hässlichen Bemerkungen ignoriert oder entschuldigt. Wie hatte sie sich gewünscht, dass er sie in die Arme genommen und ihr gesagt hätte, dass er zu ihr stehe und sie das Kommende gemeinsam durchstehen würden.

»Niemand wird eine Verbindung zwischen uns herstellen können«, versicherte sie. »Dafür hast du doch gesorgt. Und sollte man mich festnehmen, werde ich dich ganz bestimmt nicht verraten.«

»Was hast du im Keller gesucht?«

Sie erschrak und fing augenblicklich an zu zittern. Er stand vor ihr wie ein Scharfrichter, der mit seinem Schwert zum Hieb ausholte.

»Ich wollte nur ... einen Wein für uns holen. Ich dachte ...«

Es war sinnlos. Was sie auch sagte, er würde ihr keine Ausrede abnehmen. In diesem Moment fiel ihr ein, dass sie die Tür zum Keller geschlossen hatte, obwohl sie einen Spalt offen gewesen war, als er ging. Aber er konnte nicht wissen, dass sie seinen geheimen Raum betreten hatte.

»Du erschreckst mich. Ich wollte nur einen Wein aus dem Keller holen«, griff sie ihre letzten Worte wieder auf. »Wir müssen doch überlegen, wie alles weitergeht. Ich dachte, das könnten wir bei einer Flasche Wein besprechen.«

Endlich setzte er sich in einen der Sessel. Doch seine Miene war immer noch abweisend und kalt. Die gesamte Atmosphäre war unerträglich frostig. Sie suchte nach Worten, um die gedrückte Stimmung aufzulockern.

»Wenn du willst, stelle ich mich der Polizei. Vielleicht komme ich mit einer Bewährungsstrafe davon, und du bleibst außen vor. Das war doch dein Plan, für den Fall, dass etwas schiefgehen würde.«

»Du bist deren Verhörmethoden nicht gewachsen. Früher oder später werden sie dich in Widersprüche verwickeln. Das ist mir inzwischen klar geworden. Wir müssen eine andere Lösung finden.«

Er stand auf und ging zu ihr. Sie war fassungslos, als er vor ihr niederkniete. Sie hatte seine Mimik in entscheidenden Momenten oft nicht richtig lesen können. Dann bestand eine merkwürdige Diskrepanz zwischen seinem Gesichtsausdruck und seinen Worten und Handlungen. Als er sie jetzt anlächelte, glaubte sie erneut, diesen Widerspruch zu beobachten. Sein Lächeln deutete so etwas wie Milde und Wärme an, aber seine Augen drückten Kälte und Entschlossenheit aus. Er streichelte ihre Wange. Dann strich er ihr das Haar in den Nacken und legte beide Hände um ihren Hals. Der Druck wurde stärker. Noch hätte sie schreien können. Doch sie sah ihm nur ungläubig in die Augen.

30

Flottmann hatte die Videos an das BKA Wiesbaden weitergegeben, jedoch nicht, ohne eine Kopie zu erstellen. Der Laptop, den die Entführer in Bettina Grünenbachs Wohnung aufgestellt hatten, wurde von den IT-Forensikern unter die Lupe genommen. Die Spurensicherung hatte zuvor DNA-Material zweier männlicher Personen am Gerät gefunden. Aber keines der Profile stimmte mit Spuren in Helena Dietrichs Wohnung überein. Entweder war ihr Komplize nie dort gewesen, oder er war bei der Benutzung des Computers äußerst vorsichtig vorgegangen, und die am Laptop gefundenen DNA-Proben gehörten zu unbeteiligten Personen. Selbst der Verkäufer des Geräts wäre dafür in Frage gekommen. Weder die Proben vom Laptop noch die aus Dietrichs Wohnung führten zu Treffern in der Datenbank. Auch die Auswertung von Fingerabdrücken brachte keine verwertbaren Ergebnisse.

Vielleicht würden die Untersuchung des Zettels mit der Drohung und die Verbindungsdaten der anonymen Anrufe weitere Erkenntnisse liefern. Die Kriminaltechniker arbeiteten weiterhin auf Hochtouren.

Die Fahndung nach Helena Dietrich wurde intensiviert. Dass man ihren Pkw bisher nicht gefunden hatte, wies darauf hin, dass sie nicht damit unterwegs war, sondern den Wagen irgendwo untergestellt hatte. Auch die Befragungen ihrer Nachbarn hatten zu keinen weiteren Erkenntnissen geführt. Niemand hatte einen fremden Mann gesehen, der mit ihr in Verbindung gebracht werden konnte.

Die Befragung von Bettina Grünenbach stand noch aus. Die Ärztin empfing Flottmann im Wohnzimmer. Sie sah sichtlich gelöst aus und um Jahre jünger als bei ihrem ersten Zusammentreffen. Erneut bedankte sie sich bei ihm. Dabei konnte sie ihre Tränen kaum zurückhalten.

»Herr Gerber hatte einen wesentlichen Anteil an Nathalies Befreiung«, sagte Flottmann. »Wo ist sie?«

»In der Schule. Sie wollte unbedingt wieder am Unterricht teilnehmen. Ich denke, dass es auch gut ist, wenn alles so normal wie möglich abläuft.«

»Wie geht es ihr?«

»Gut. Es sieht so aus, als hätte sie alles problemlos überstanden. Ich bin noch mit mir am Ringen, ob ich trotzdem einen Psychologen zurate ziehen sollte.«

»Hat sie etwas von ihrer Entführung erzählt?«

»Ja. So ganz nebenbei hat sie manchmal Helena erwähnt. Die Frau hat sich wohl sehr rührend um sie gekümmert. Nathalie hat erzählt, dass sie früher mit anderen Leuten Musik gemacht hat. In einer Band, vermute ich. Jedenfalls haben die beiden zusammen Lieder gesungen. Helena hat ihr Geschichten vorgelesen, in denen unter anderem ein Hund mit Namen Arko vorkam. Den hatte Nathalie in einem der Videos erwähnt.«

»Hat sie etwas von einem Mann erzählt?«

»Ich hab sie danach gefragt. Aber sie hat das verneint. Sie hat angeblich in der Zeit keinen anderen Menschen gesehen. Offenbar hat der Entführer sie betäubt, und sie ist erst wieder in der Wohnung aufgewacht.«

»Haben Sie wirklich keine Ahnung, wer hinter den Drohungen und der Entführung stecken könnte?«

»Nein. Absolut nicht. Ich habe auch nicht verstanden, was diese Nachrichten über die verbleibenden Tage bis zur Freilassung bedeuten sollten. Ich kann es mir nur so erklären, dass sie mich mürbe machen wollten, damit ich auch wirklich zahle. Das wäre aber absolut nicht notwendig gewesen. Ich hätte alles getan, um das Geld zusammenzubekommen. Aber sie haben ja nicht einmal eine Summe genannt. Manchmal glaubte ich wirklich, dass es ihnen um etwas anderes ging.«

»Was könnte das gewesen sein?«

»Ich weiß es nicht. Natürlich hatte ich zwischendurch immer wieder die Befürchtung, es könnte um Kindesmissbrauch gehen. Andererseits tröstete mich, dass Nathalie auf den Videos gesund und gar nicht einmal so unglücklich aussah. Ich hätte es bemerkt, wenn es ihr schlecht gegangen wäre. Irgendwie war das wie Zuckerbrot und Peitsche. Diese Ungewissheit war das Schrecklichste. Es war wie eine Folter. Vielleicht hatten die Entführer genau das beabsichtigt. Letztendlich hab ich es nicht mehr ausgehalten und mich an meine Freundin Laura Sonntag gewandt. Das heißt, eigentlich waren wir gar nicht befreundet. Wir kannten uns nur durch die Kinder, die gemeinsam zur Schule gehen. Und Sophia, Lauras Tochter, hat einmal bei uns übernachtet. Das war kurz vor dem Überfall. Ich mag gar nicht daran denken, was passiert wäre, wenn Sophia in der Nacht bei uns gewesen wäre.«

»Die Entführer haben wirklich keine Forderungen gestellt?«, hakte Flottmann noch einmal nach.

»Nein. Die Videos haben Sie ja selbst gesehen. Und Briefe oder Telefonanrufe gab es in der Zeit nicht.«

»Das würde womöglich bedeuten, dass Sie jemand gezielt quälen, sich vielleicht an Ihnen rächen wollte.«

»Rächen? Das kann ich mir nicht vorstellen. Diese Helena Dietrich kenne ich nicht einmal. Sie meinen, der unbekannte Mann …?«

»Wir müssen die Möglichkeit in Betracht ziehen. Fällt Ihnen eine Person ein, der Sie so etwas zutrauen?«

»Nein. Jemandem ein Kind wegzunehmen gehört wohl zum Schlimmsten, was man einem anderen antun kann. Niemand aus meinem Bekanntenkreis wäre zu so etwas fähig.«

»Ein verschmähter Liebhaber vielleicht.«

Bettina Grünenbach lachte. »Außer meinem Ex-Freund, der glücklich mit einer Neuen zusammenlebt, fällt mir niemand ein. Und Maik würde so etwas niemals tun. Das ist völlig abwegig.«

Flottmann nickte. »Wir müssen ihn trotzdem befragen. Weiß er Bescheid?«

»Nein. Falls ich nicht genügend Lösegeld zusammenbekommen hätte, hätte ich ihn gebeten, mir zu helfen. Und er hätte es getan, wenn nicht meinetwegen, dann für Nathalie. Die beiden verstanden sich gut.«

»Ich bitte Sie, mir trotzdem seine Adresse zu geben. Seine Befragung ist reine Routine.«

»Ja. Natürlich. Ich schreib sie Ihnen nachher auf.«

»Eine letzte Frage, Frau Dr. Grünenbach. Sagen Ihnen die Namen David Lindbergh oder Fred Weber etwas?«

»Ohne Doktor bitte. Das ist ja bei uns Ärzten mehr eine Berufsbezeichnung als ein Titel. Ich kenne niemanden namens Weber, aber Lindbergh kommt mir bekannt vor. Doch ich weiß nicht, woher.«

»Vom berühmten Piloten, der als Erster den Atlantik überflogen hat.«

»Nein, nein. Es war jemand anderes mit gleichem Namen, mit dem ich zu tun hatte. Vermutlich habe ich ihn nur in Erinnerung, weil er genauso hieß wie der Amerikaner Charles Lindbergh. Aber ich komme nicht drauf, wer es war. Es muss lange her sein.«

»Hatten Sie jemals etwas mit Fracking oder Kohlendioxidspeicherung zu tun?«

»Nein. Ganz sicher nicht.«

»Gut, Frau Grünenbach. Das waren zunächst einmal meine Fragen. Wenn Sie mir bitte die Adresse Ihres ehemaligen Freundes geben würden?«

»Ja. Natürlich.« Bettina stand auf und ging in die Küche, wo sie die Adresse auf einen Notizblock schrieb. Sie übergab Flottmann den Zettel mit der Anschrift.

»Falls Ihnen noch einfällt, woher Sie David Lindbergh kennen, rufen Sie mich bitte an. Er ist das Opfer in einem anderen Fall. Es ist nicht auszuschließen, dass er es mit demselben Täter zu tun hatte wie Sie. Mehr kann ich Ihnen dazu nicht sagen. Aber es wäre wichtig, wenn Sie sich erinnern würden.«

»Ich werde in meinem Gedächtnis kramen. Glauben Sie, dass wir weiterhin in Gefahr sind, Nathalie und ich?«

»Sie sollten auf jeden Fall vorsichtig sein und uns jede Auffälligkeit melden. Anrufe, Post und alles, was Ihnen ungewöhnlich vorkommt. Vielleicht sollten Sie auch das Haus besser sichern. Aber ich will Ihnen keine Angst machen. Ich habe bereits veranlasst, dass hier öfter eine Streife vorbeischaut.«

»Eine Sicherheitsfirma wird das Haus morgen begutachten. Auf jeden Fall werde ich alle Schlösser ersetzen lassen, obwohl Ihre Kollegen inzwischen bestätigt haben, dass der Entführer durch die Terrassentür eingedrungen ist.«

»Eine letzte Frage: Kennen Sie Lena Abendroth? Sie ist Ärztin im Husumer Krankenhaus wie Sie.«

»Ja. Eine nette und kompetente Kollegin. Ich bewundere ihre Professionalität und die Ruhe, mit der sie ihre Arbeit anpackt. Weshalb fragen Sie?«

»Nur so. Reine Routine.« Flottmann lächelte. Er verabschiedete sich und ging.

31

Eigentlich hätte Hauptkommissar Flottmann zufrieden sein können. Zwar hatte der Dienststellenleiter ihn für sein eigenmächtiges Vorgehen bei der Befreiung Nathalie Grünenbachs gerügt. Aber das war nur die offizielle Maßregelung gewesen, die sich durch ein Grinsen in Anerkennung verwandelt hatte. Außerdem hatte Flottmann von jeher sein eigenes Ding gemacht, und ihm war es hauptsächlich darauf angekommen, dass er seine Handlungen vor seinem eigenen Gewissen verantworten konnte. Das war in der Vergangenheit nicht immer ohne Ärger abgelaufen, wenn er die eine oder andere Dienstvorschrift dabei missachtet oder großzügig ausgelegt hatte. Aber letztendlich war das Ergebnis entscheidend. Und im Fall Nathalie Grünenbach war es gut gewesen. Das Erfolgserlebnis, das Mädchen mit Gerbers Hilfe befreit und ihrer Mutter zurückgebracht zu haben, war unbezahlbar. Das damit verbundene Gefühl war sogar eindeutig besser als das nach der Aufklärung eines Tötungsdeliktes, wovon der Geschädigte nicht mehr profitieren konnte.

Allerdings stellten insbesondere Serientäter eine Gefahr für die lebenden Mitmenschen dar. Mit solch einem hatte man es offenbar in Husum zu tun, und Flottmann wurmte es, dass die Flensburger Mordkommission nicht nur die Sache mit dem Fuß vom Steindeich übernommen hatte, sondern auch Anstalten machte, sich in die Bearbeitung der Fälle Weber und Lindbergh einzumischen. Und ausgerechnet Hofmann, der bei jeder Gelegenheit durchblicken ließ, dass die Flensburger das Sagen hatten, leitete die Ermittlungen.

»Scheißcomputer!«, fluchte Flottmann und schlug mit der Faust auf den Schreibtisch. »Wer die Dinger erfunden hat, gehört lebenslang in den Knast.«

»Konrad Zuse«, sagte Hilgersen.

»Was?«

»Konrad Zuse hat den ersten richtigen Computer erfunden. Aber der lebt nicht mehr.«

»Sein Glück. Kannst du mir erklären, warum mein Bildschirm blau ist?«

»Oh Gott.«

»Was hat der damit zu tun?«

»Blue Screen of Death. Der blaue Tod. Da hilft nur noch beten.«

»Ich bin klein, mein Herz ist rein ... Weiter weiß ich nicht.«

»Das reicht keinesfalls. Außerdem hast du als Atheist keinen Anspruch auf göttliche Hilfe. Hol besser den Administrator.«

»Ich mach lieber Feierabend. Homeoffice. Bei einem Glas Wein kommen mir manchmal die besten Gedanken. Und vielleicht hat sich mein Computer bis morgen auch wieder eingekriegt.«

Das Telefon klingelte.

»Flottmann, Kripo Husum.«

»Andreas Clausen.«

»Herr Clausen. Was gibt es?«

»Eine Kiste im Hattstedter Wald.«

»Eine Kiste?«

»Ja.«

»Was ist damit?«

»Ich weiß nicht. Sie ist verdächtig.«

»Aha. Woraus schließen Sie das?«

»Sie ist eingegraben.«

»Ein Schatz?«

Der Anrufer ließ eine Pause von mehreren Sekunden verstreichen. »Sie nehmen mich nicht für voll.«

»Doch, doch. Ist sie groß oder klein?« Flottmann fiel spontan keine bessere Frage ein, um das Gespräch zurück auf die sachliche Ebene zu führen.

»Sie ist zwei Meter lang und stinkt nach Leiche«, war die schroffe Antwort.

»Ist das Ihr Ernst?«

»Was denken Sie? Ich scherze nicht über den Tod.«

»Nein. Natürlich nicht. Wo sind Sie? Wir kommen zu Ihnen.«

Flottmann deckte die Sprechmuschel mit der Hand ab. »Hattstedt? Wo liegt das, Gustl?«

»Eine gute Viertelstunde Fahrt.«

»Wir sind in etwa zwanzig Minuten bei Ihnen. Können Sie mir beschreiben, wo wir Sie finden?«

»Ich stehe an der Horstedter Chaussee.« Die Verbindung wurde unterbrochen.

»Was gibt es?«, fragte Hilgersen.

»Eine Kiste, die nach Leiche riecht. Im Hattstedter Wald. Ein Herr Andreas Clausen war das. Er schien etwas ungehalten zu sein.«

»Wo du doch so feinfühlig auf ihn eingegangen bist.«

»Du findest den Weg?«

»Klar.«

Obwohl die Dämmerung bereits eingesetzt hatte, war Andreas Clausen nicht schwer zu erkennen. Er stand in der Einmündung eines Waldwegs. Der einzige Mensch in der verlassenen Gegend. Ein Hund saß an seiner Seite. Ein Deutscher Schäferhund. Clausen trug eine Schirmmütze, dazu Parka und Jeans. Seine auffällige Hakennase bestimmte das gesamte Gesicht.

Hilgersen fuhr an ihm vorbei und parkte das Auto auf dem breiten Seitenstreifen.

Flottmann nahm die Taschenlampe aus dem Handschuhfach und stieg aus. Der Hund bellte einige Male. Dann schnupperte er an der Hose des Hauptkommissars und winselte dabei erbärmlich.

»Herr Clausen?«

Clausen nickte.

»Flottmann, Kripo Husum. Was hat er denn?«

»Haben Sie eine Katze?«

»Ja. Einen Kater.«

»Fernando hat Angst vor Katzen.«

»Ihr Hund hat den Kasten entdeckt?«, fragte Hilgersen, der ebenfalls mit einem kurzen Bellen begrüßt wurde.

»Ja. Er hat ihn schon halb ausgegraben.« Clausen klinkte die Leine in das Halsband. »Kommen Sie.«

Clausen preschte zunächst zielstrebig vorwärts. Dann stoppte er und sah Flottmann an. »Es hätte natürlich auch ein Tierkadaver drinliegen können. Der Geruch wäre ähnlich gewesen. Ich weiß nicht, ob Fernando das unterscheiden kann. Deshalb habe ich die Kiste aufgebrochen.«

»Was? Das hätten Sie nicht tun dürfen.«

»Nach dem Anruf dachte ich, ich sehe besser nach, bevor Sie den Weg hierher umsonst machen.«

Flottmann sah zu Hilgersen hinüber und verdrehte die Augen.

»Aber ich kann Sie beruhigen«, sagte Clausen und ging weiter. »Die Leiche ist ein Mensch beziehungsweise war einer. Der Kerl sieht noch relativ frisch aus. Wenn Sie mich fragen, hat er sich nicht selbst dort hineingelegt.«

Clausen hatte den Feldweg verlassen und führte die Kommissare durch den Wald. Entweder kannte er die Gegend wie seine Westentasche, oder er folgte seinem Hund, der kräftig an der Leine zog. Flottmann konnte mit dem Tempo des Gespanns kaum mithalten und war froh, als der Schäferhund durch lautes Kläffen ankündigte, dass sie ihr Ziel erreicht hatten.

»Fernando ist ein Leichenspürhund. Trotz seiner alten Tage hat er das immer noch drauf. Er hat meinem Schwager gehört. Der war bei der Polizei.«

»Wirklich? Feines Kerlchen!« Hilgersen tätschelte dem Tier den Nacken.

»Halten Sie ihn an der kurzen Leine, bevor er noch mehr Spuren verwischt«, mahnte Flottmann.

»Ohne ihn hätten Sie das Grab gar nicht gefunden«, murrte Clausen.

»Stimmt. Wir sind ihm sehr dankbar. Sagen Sie ihm das.«

Flottmann leuchtete mit der Taschenlampe auf die Stelle im Boden, die teilweise von Blättern und Erde befreit war.

Die Truhe zeigte im Bereich des Schlosses deutliche Merkmale einer Gewaltanwendung, und mehrere zerbrochene Äste zeugten von Clausens Versuchen, die Kiste aufzuhebeln.

Hilgersen zögerte nicht lange, ging an Flottmann vorbei und hob den Deckel an. Obwohl Flottmann keinen Leichengeruch wahrnahm, hielt er die Luft an, während er das Innere ausleuchtete. Nach einer halben Minute hatte er genug gesehen und wandte sich ab. Hilgersen ließ den Deckel fallen und wich ebenfalls einige Schritte zurück.

»Okay. Das volle Programm«, sagte Flottmann. »Die Kollegen vom K1 müssen anrücken, die Spurensicherung und so weiter. Die werden sich freuen, dass sie endlich wieder etwas zu tun bekommen.«

»Gibt es eine Belohnung?«, fragte Clausen.

»Klar. Ihr Hund hat die Leiche gefunden. Also kriegt er bei Gelegenheit eine Bratwurst von mir.«

»Dann können wir jetzt wohl gehen«, sagte Clausen mürrisch.

»Sie müssen noch auf die Kollegen von der Mordkommission warten. Die haben sicher noch einige Fragen an Sie. Außerdem werden wir noch Ihre Personalien aufnehmen.«

Nachdem Hilgersen telefoniert hatte, ließ Flottmann den Zeugen stehen und ging auf seinen Kollegen zu.

»Die Flensburger sind in einer Dreiviertelstunde hier«, sagte Hilgersen.

»Gut. Merkwürdige Sache. Hast du gesehen, dass neben dem Toten eine Pistole liegt?«

»Allerdings. Vielleicht hat er sich damit selbst umgebracht.«

»Das werden wir bald wissen. Ich denke aber, dass wir einen Suizid ausschließen können. Niemand legt sich in eine Kiste und erschießt sich. Außerdem war sie verriegelt und mit Erde bedeckt«, sagte Flottmann.

»Aber wer tötet einen Menschen und gibt ihm eine Waffe als Grabbeilage mit in den Sarg? Vielleicht war das bei den alten Ägyptern üblich, hier in Nordfriesland haben wir andere Sitten.«

»Könnte aber zu euch passen. Lass uns noch mal hineinsehen.«

Hilgersen nickte. Er begab sich erneut zum Fundort und hob den Deckel an. Flottmann bückte sich und leuchtete die Wände der Gruft ab. Kratzspuren wiesen darauf hin, dass der Mann lebendig begraben worden war und verzweifelt versucht hatte, seinem Verlies zu entkommen. Der Lichtschein blieb an der Verriegelung hängen, die fast vollständig aus der Verankerung gerissen war: Clausens Werk. Bei der Vorrichtung handelte es sich um ein dreistelliges Zahlenschloss mit einem Bügel aus goldglänzendem Messing. Am Fußende des Opfers lag ein Zweig. Der konnte zufällig hineingeraten sein, obwohl nichts an der Szenerie nach Zufall aussah. Flottmann zog sein Handy aus der Jackentasche und schoss mehrere Fotos vom Innenraum.

»Okay. Das reicht. Klappe zu«, sagte er schließlich.

»Kannst du dir einen Reim darauf machen?«, fragte Hilgersen.

»Nein, absolut nicht. Aber die kriminaltechnische Untersuchung wird uns sicher Klarheit bringen.« Flottmann sah auf die Uhr. »Einer von uns sollte sich an die Straße stellen und die Flensburger Kollegen in Empfang nehmen.«

»Das mache wohl besser ich. Du würdest dich sicher im Wald verirren. Mir kann das nicht passieren. Wie du weißt, war ich früher bei den Pfadfindern.«

»Einverstanden. Aber nimm die hier mit.« Flottmann überreichte seinem Kollegen die Taschenlampe. »Dann musst du dich nicht an Mond und Sternen orientieren.«

Nachdem sich Hilgersen auf den Weg gemacht hatte, wurde es still. Clausen hatte sich auf einen Baumstumpf gesetzt, und Fernando lag zu seinen Füßen. Es war inzwischen dunkel geworden. Nur der Vollmond warf etwas Licht durch die Baumwipfel und erzeugte bizarre Schattenfiguren am Boden, die sich im Wind bewegten.

Die Szene hätte aus einem Horrorfilm stammen können. Eine Leiche, die wenige Meter entfernt in einer Gruft verweste, dazu die Phantasie über die Umstände, die zum Tod des Mannes geführt hatten: lebendig begraben, verzweifelte Versuche, sich zu befreien, und schließlich elendig erstickt.

Flottmann lief ein Schauer über den Rücken. Er hatte sich in die beschauliche Kleinstadt Husum versetzen lassen, um solche menschlichen Abgründe nicht mehr ertragen zu müssen. Zum Glück würde die Mordkommission die Ermittlungen übernehmen, und er würde sich wieder den unblutigen Fällen zuwenden können, wie dem Enkeltrickbetrug, der zurzeit in Nordfriesland Hochkonjunktur hatte, oder den mysteriösen Pfützenattacken. Aber so ganz würde er sich auch diesmal nicht aus dem Fall heraushalten können – und nicht wollen. Hinter der Sache steckte mehr als ein »einfacher« Mord. Der Täter hatte die Hinrichtung aus einem bestimmten Grund auf diese grausame Weise arrangiert, und Flottmann spürte in diesem Moment wieder den Jagdinstinkt, der ihn in der Bonner Zeit als Leiter des Dezernats Tötungsdelikte angetrieben hatte. Doch es war nicht die Jagd nach dem Täter, sondern die nach Gerechtigkeit und der Wunsch, in dem einen oder anderen Fall ein Verbrechen, vielleicht sogar einen weiteren Mord, verhindern zu können.

Ein Geräusch schreckte ihn aus seinen Gedanken. Instinktiv blickte er zur Gruft des unbekannten Toten, und für einen Moment erwartete er, dass sich der Deckel hob und die Leiche aus dem Untergrund auftauchte. Aber es waren lediglich Hilgersen und die Männer vom K1, die einer nach dem anderen zwischen den Tannen hervortraten.

Der Leiter der Mordkommission, Dirk Hofmann, kam direkt auf Flottmann zu.

»Schöne Bescherung! Gustav hat mich bereits unterrichtet. Das da drüben ist der Zeuge?« Er zeigte auf Clausen, der noch immer auf dem Baumstumpf saß und das Treiben des angerückten Teams beobachtete. Inzwischen waren auch die Männer mit den weißen Ganzkörperoveralls eingetroffen.

»Andreas Clausen. Der Hund heißt Fernando.« Flottmann hielt die linke Hand vors Gesicht, als einer der Halogenscheinwerfer aufflammte und ihn direkt anstrahlte. Er stand auf. »Wir werden wohl nicht mehr gebraucht. Zu viele Köche – Sie wissen schon.«

»Okay. Grüßen Sie Bogomil von mir.« Hofmann grinste.

Flottmann ärgerte sich. Er hätte sich denken können, dass die Geschichte mit seinem Kater die Runde machte. Vermutlich wussten inzwischen alle Polizeireviere Schleswig-Holsteins von dem Einsatz, den das Tier ausgelöst hatte, weil es den Fernseher eingeschaltet und auf volle Lautstärke gestellt hatte.

Er grinste zurück und ging wortlos am Leiter der Mordkommission vorbei auf Hilgersen zu, der sich mit einem Kollegen von der Spurensicherung unterhielt.

»Komm, Gustl. Für uns ist Feierabend. Wir werden hier nicht mehr gebraucht.«

32

»Das Gebet hat geholfen«, sagte Flottmann, nachdem er seinen Computer am nächsten Morgen eingeschaltet hatte.

»Kein blauer Bildschirm mehr?«

»Nein.«

»Es gibt Dinge zwischen Himmel und Erde – trittst du jetzt wieder in die Kirche ein?«

»Das muss ich mir noch überlegen. Vielleicht hätte unser Administrator das genauso hingekriegt. Apropos Erde. Mir geht noch etwas anderes durch den Kopf.« Flottmann wippte mit der Rückenlehne.

»Mir auch. Du denkst an den Toten im Hattstedter Wald?«

»Ich hab mir noch einmal die Fotos angesehen, die ich gestern von der Kiste geschossen hab. Das Opfer hat drei Buchstaben in die Wand geritzt: K I M.«

»Was hat das zu bedeuten?«

»Keine Ahnung. Aber irgendeine Bewandtnis wird es damit auf sich haben. Eine Abkürzung oder der Name des Mörders? Kim ist ein Vorname«, sagte Flottmann.

»Wenn er seinen Peiniger kannte und einen Hinweis auf ihn geben wollte, hätte er wohl den Nachnamen ins Holz geritzt.«

»Es sei denn, er wusste ihn nicht, was aber eher unwahrscheinlich ist, da die Beziehung zwischen ihnen sicher nicht oberflächlich war. So viel Hass setzt ein enges Verhältnis voraus. Vielleicht wissen die Flensburger inzwischen mehr. Sie haben sich nicht gemeldet. Wir sollten da mal nachhaken. Du hast doch einen guten Draht zum K1.«

»Ich ruf Sönke Klingenberg an. Der ist informiert und quatscht gerne.« Hilgersen griff zum Telefon.

»Dann koche ich uns inzwischen einen anständigen Kaffee«, sagte Flottmann und begab sich in die Teeküche, die die Größe eines Fahrstuhls hatte, aber mit den wichtigsten Geräten wie Wasserkocher, Kühlschrank und Kaffeemaschine ausgerüstet war. In seiner Zeit in Bonn hatte er für die »niederen« Tätigkeiten stets jemanden aus dem Sekretariat motivieren können. Aber da die Amsel, wie jeder in der Dienststelle die Universalkraft Silke Amsel nannte, sich verweigerte, funktionierte das hier nicht. Die durchgeweichte Filtertüte riss und fiel zu Boden, als er sie entsorgen wollte. Er fluchte und beseitigte den gröbsten Schmutz.

»Warst du erfolgreich?«, fragte Flottmann, als er ins Büro zurückkam.

Hilgersen hatte gerade den Hörer aufgelegt.

»Ja. Sönke war gesprächig. Aber wir bekommen noch einen ausführlichen Bericht, sobald die endgültigen Ergebnisse der Obduktion und der ballistischen Untersuchung vorliegen. Der Tote konnte bereits identifiziert werden. Es handelt sich um Wilhelm Harmsen, Inhaber einer Gebäudereinigungsfirma hier in Husum. Exitus am 13. oder 14. November, wie vermutet, durch Ersticken. Der genaue Todeszeitpunkt konnte nicht festgestellt werden, aber er war seit dem 13. verschwunden und wurde als vermisst gemeldet. Die Temperaturverhältnisse, die in der Kiste geherrscht haben, sind noch unklar. Die Buchstaben wurden mit der Kimme der Pistole eingeritzt. Auch die Flensburger schließen nicht aus, dass es sich um einen Namen handelt. Und, halt dich fest, der Sarg war beleuchtet, und man hat eine Kamera mit Funkübertragung gefunden.«

»Das überrascht mich nicht wirklich. Aber dann hätte der Täter mitbekommen müssen, dass das Opfer etwas in die Wand einritzte.«

»Entweder hat er es nicht bemerkt, oder es war ihm egal, weil er davon ausging, dass der Gefangene nichts über ihn wusste«, sagte Hilgersen.

»Es könnte auch zu seinem Spiel gehören, alles so zu belassen, wie es war. Quasi wie das Ergebnis eines Performance-Kunstwerks.«

»Manche Serientäter hinterlassen sogar absichtlich Spuren und wollen, dass man sie fasst. Jedenfalls hat das mal ein Profiler in einem Fernsehkrimi geäußert.«

»Daher hast du deine profunden Kenntnisse der Fallanalytik?«

»Das klingt jetzt irgendwie ironisch.«

»Ganz und gar nicht, Gustl. K I M. Wieso Großbuchstaben, wenn es ein Name ist?«

»Ein kleines ›M‹ mit der Pistolenkimme zu schreiben ist nicht einfach. Auch ein geschwungenes ›I‹ mit Punkt würde mir Probleme bereiten.«

Flottmann nickte. »Was weiß man über die Waffe?«

»Eine jugoslawische Zastava, Kaliber 7,65. Sie ist nicht registriert. Die Patronenhülse lag im Innenraum. Auch das Projektil konnte sichergestellt werden. Das Opfer hat offenbar auf das Schloss geschossen, in der Hoffnung, es dadurch zu zertrümmern und den Deckel öffnen zu können. Das hat natürlich nicht funktioniert. Das Geschoss ist seitlich durch die Holzwand ausgetreten und im Erdreich stecken geblieben. Das Magazin war übrigens leer. Der arme Kerl hatte also nur einen Versuch. Vermutlich hat er den Schuss abgegeben, nachdem er die Hoffnung verloren hatte, die richtige Zahlenkombination zu finden. Hätte er genug Zeit gehabt, hätte er sie sicher durch Probieren herausgefunden. Die Zahlen 0 0 0 hätten es getan.«

»Ausgerechnet. Das ist verdammt fies. Das ganze Arrangement erinnert mich an Lindberghs und an Webers Storys«, sagte Flottmann nachdenklich.

»Die beiden haben es durch Klugheit und Ausdauer geschafft zu überleben. Aber bei Harmsen scheint es mir ein reines Glücksspiel gewesen zu sein.«

»Nein. Das war es nicht.« Flottmann stützte sein Kinn mit der Hand ab und kniff die Augen zusammen. »Anstatt auf das Schloss zu ballern, hätte er ein Loch in den Deckel schießen müssen. Vermutlich wäre damit genug Luft zum Atmen hineingekommen, und er hätte Zeit gehabt, alle Zahlenkombinationen auszuprobieren.«

»Verflucht, ja. Allerdings konnte er nicht wissen, dass er nur wenige Zentimeter unter der Erde lag.«

»Durch Abklopfen hätte er es feststellen können«, fuhr

Flottmann fort. »Erinnerst du dich an den Zweig, der am Fußende lag? Er war lang und stark genug, um damit die Öffnung freizuhalten, sodass sie nicht von nachrutschender Erde oder Laub bedeckt worden wäre.«

»Wahnsinn. Wärest du darauf gekommen?«

»Keine Ahnung. Ich weiß nicht, ob ich in solch extremen Situationen noch logisch denken könnte. Vielleicht hätte ich mir die Kugel gegeben, bevor ich erstickt wäre. Klar ist: Wenn der Täter seine Opfer nicht wahllos aussucht, gibt es ein Motiv und vermutlich eine Verbindung zwischen ihnen.«

»Eventuell auch zwischen den Opfern«, sagte Hilgersen.

»Ja. Und genau da müssen wir ansetzen.«

»Der Tote war verheiratet, keine Kinder. Die Frau wohnt nicht weit von hier in der Süderstraße. Sie hat ihren Mann am 14. als vermisst gemeldet. Wir sollten ihr einen Besuch abstatten.«

»Das ist Sache der Flensburger Mordkommission.«

»Ein wenig Hilfe von uns könnte nicht schaden.« Hilgersen grinste.

»Ich bin mir nicht sicher, ob Hofmann das genauso sieht. Jedenfalls müssen wir uns mit ihm abstimmen. Ich ruf ihn an.«

»Das kannst du dir sparen. Er liegt im Krankenhaus.«

»Im Krankenhaus? Was ist passiert?«

»Verkehrsunfall. Eine Frau mit eins Komma vier Promille hat ihm die Vorfahrt genommen. Schleudertrauma und Rippenbrüche. Muss wohl nicht besonders schlimm sein. Aber für ein bis zwei Wochen wird er wohl ausfallen, meinte Sönke. KH Lothar Böttcher leitet jetzt die Ermittlungen in dem Fall.«

»Umso besser. Ich meine, das mit Hofmann ist natürlich traurig. Böttcher kenne ich zwar nicht persönlich, hab aber schon mal mit ihm telefoniert. Der scheint mir ganz umgänglich zu sein.«

»Ja. Das ist er.«

»Hast du die Durchwahl?«

»Klar. Einen Moment.« Hilgersen tippte kurz auf der Computertastatur herum. »14 hat er.«

Flottmann griff zum Telefon.

»Böttcher.«

»Hier ist Waldemar Flottmann, Husum. Wir hatten schon ein paarmal miteinander zu tun.«

»Ja. Ich erinnere mich. Wie geht es dem Kater?«

Flottmann riss sich zusammen und sparte sich eine passende Antwort. Offenbar war sein Name auf ewig mit Bogomils Geschichte verbunden.

»Ich hab gehört, dass du die Leiche in der Kiste übernommen hast«, überging er Böttchers Bemerkung.

»Ja. Hofmann fällt für einige Zeit aus. Der Tote wohnte bei euch in Husum. Die Ehefrau, Maria Harmsen, ist benachrichtigt. Eine Befragung steht noch aus. Könntet ihr …«

»Klar. Deswegen rufe ich an.«

»Gut. Sehr gut. Bei uns ist es etwas eng geworden durch Hofmanns Zwangsurlaub. Habt ihr eine Theorie, was die Buchstaben K I M bedeuten könnten?«

»Wir hoffen natürlich, dass sie einen Hinweis auf den Mörder liefern.«

»Wirklich schade, dass das Opfer nicht Nachname und Adresse eingeritzt hat. Das hätte uns viel Arbeit erspart. Übrigens ist Kim sowohl ein männlicher als auch ein weiblicher Vorname«, sagte Böttcher.

»Die Abkürzung einer Organisation oder etwas Ähnliches käme auch in Frage.«

»Okay. Fragt mal bei der Ehefrau nach, ob sie etwas mit den Buchstaben anfangen kann. In den nächsten Tagen erhalten wir den vollständigen Bericht der Kriminaltechnik. Sobald der da ist, schicken wir ihn euch. Vielleicht gibt es weitere Erkenntnisse, was das Holz sowie die verwendeten Bauteile für die Beleuchtung und die Videoübertragung angeht. Und wenn wir Glück haben, hat der Täter auch sein DNA-Profil hinterlassen.«

»Der Presse gegenüber sollten wir uns bedeckt halten«, sagte Flottmann.

»Wir haben nur eine kurze Mitteilung rausgegeben, dass ein

Toter in einem Wald in der Nähe von Husum gefunden wurde. Dabei sollte es auch erst einmal bleiben.«

Die Kommissare verabschiedeten sich.

»Und?«, fragte Hilgersen, nachdem Flottmann aufgelegt hatte.

»Wir dürfen Amtshilfe leisten, haben aber nicht die Verantwortung.«

»Klingt optimal.«

»Wir sollten noch heute Harmsens Witwe befragen. Ich werde das Gefühl nicht los, dass wir mit weiteren Anschlägen rechnen müssen. Falls der Mörder seine Opfer wahllos aussucht, rechne ich sogar fest damit. Vielleicht hat er Spaß an seinen Arrangements und geilt sich an den Videos auf.«

»Wusstest du, dass wir hier im Norden bei Tötungsdelikten im letzten Jahr wiederum eine Aufklärungsquote von hundert Prozent erreicht haben?«

»Weil fast alle Morde Beziehungstaten waren, Schwiegermutter erwürgt, Bankberater erschossen und Kleingartennachbar mit dem Spaten erschlagen. Hoffen wir, dass es in diesem Fall auch so eine einfache Verbindung zu den Opfern gibt. Dann dürfte die Anzahl der Leichen begrenzt sein, und wir hätten einen wichtigen Ansatzpunkt für unsere Ermittlungen. Auf zu Frau Harmsen. Du fährst. Ich kann dann während der Tour nachdenken.« Flottmann stand auf.

»Wenn du fährst, könnte ich nachdenken. Oder glaubst du, dass bei dir mehr herauskommt?«

»Klar. Das ergibt sich schon alleine aus dem Dienstgrad.«

»Verstehe. In jedem Fall solltest du beim Grübeln den Turbo einlegen. Bis zur Süderstraße sind es nämlich keine fünf Minuten.«

»Für mich reicht das völlig aus.«

33

Hilgersens Zeitschätzung bestätigte sich. Die frisch gestrichene Außenfassade täuschte nicht darüber hinweg, dass das Wohnhaus in die Jahre gekommen war. Aber von innen zeigte sich das Domizil des Firmeninhabers als modern und großzügig.

Maria Harmsen wirkte wie ein Häufchen Elend. Allein schon ihre roten Augen sorgten für diesen Eindruck. Ihr ganzes Erscheinungsbild ließ darauf schließen, dass sie keine Energie auf ihr Äußeres verwandt hatte. Die haselnussbraunen schulterlangen Haare sahen aus wie nach einem Regenguss, und die Wimperntusche hatte dunkle Streifen auf ihren blassen Wangen hinterlassen. Ihre schlanke Figur steckte in einem weit geschnittenen grauen Hosenanzug.

Sie bat die Kommissare, in den Sesseln Platz zu nehmen, und setzte sich auf die Couch.

»Unser Beileid, Frau Harmsen«, sagte Flottmann. Wie hätte er das Gespräch auch anders beginnen können?

»Danke.«

»Wir müssen Ihnen ein paar Fragen stellen.«

Sie nickte.

»Wann haben Sie Ihren Mann das letzte Mal gesehen?«

»Am 13. November. Wir haben zusammen gefrühstückt, und dann ist er wie immer in die Firma ins Industriegebiet gefahren. Dort ist er aber nicht angekommen. Irgendetwas muss unterwegs passiert sein. Ich hab am nächsten Tag eine Vermisstenanzeige aufgegeben.«

»Um welche Uhrzeit ist er hier weggefahren?«

»So ziemlich genau um sieben. Der Ablauf morgens bei uns hatte sich mit der Zeit so eingespielt, dass er stets zur gleichen Zeit losfuhr. Er ging vor der Arbeit meistens eine Runde joggen. Auch an diesem Tag hatte er es sich vorgenommen. Danach fuhr er immer direkt zur Firma und duschte dort.

Normalerweise wäre er kurz vor acht in seinem Büro gewesen. Aber um neun rief Achim an, Joachim Berger, der Außendienstleiter. Er wollte etwas mit meinem Mann besprechen und wunderte sich, dass er noch nicht im Betrieb war.«

»Haben Sie versucht, Ihren Mann auf dem Mobiltelefon zu erreichen?«, fragte Hilgersen.

»Nein. Er hat es privat nie benutzt. Da war er konsequent. Er wollte nicht ständig erreichbar sein.«

»Für einen Geschäftsführer ist das sehr ungewöhnlich.«

Sie nickte. »Ja. Ein Stück Luxus, das er sich gönne, meinte er immer.«

»Frau Harmsen, hatte Ihr Mann Feinde?«, fragte Flottmann.

»Ich wurde informiert, was ihm widerfahren ist. Es gibt niemanden in seinem Bekanntenkreis, dem ich so etwas zutrauen würde.«

»Ein Mitarbeiter vielleicht, der sich ungerecht behandelt fühlte oder der entlassen wurde?«

»Nein. Jedenfalls hat er niemals etwas von solchen Konflikten erzählt. Am besten sprechen Sie mit Herrn Berger. Der weiß über alle Vorgänge im Betrieb Bescheid.«

»Wie wird es in der Firma weitergehen?«

»Ich weiß es nicht. Ich mach zwar zusammen mit unserer Frau Schwarz die Buchführung, aber mit den operativen Geschäften kenne ich mich nicht aus. Wir haben keine Kinder, die die Firma übernehmen könnten. Vorerst wird Achim alles managen.«

»Frau Harmsen, kennen Sie jemanden, der David Lindbergh heißt, oder jemanden mit Namen Fred Weber?«, fragte Flottmann.

»Nein, nie gehört.«

»Und der Name Kim? Sagt der Ihnen etwas?«

»Nein, auch nicht.«

»Die Abkürzung K I M vielleicht?«

Sie schüttelte den Kopf. Ihr war anzumerken, dass sie das Gespräch anstrengte.

Flottmann erhob sich. »Es ergeben sich sicher noch weitere Fragen. Aber wir werden Sie jetzt in Ruhe lassen.«

»Wann kann ich meinen Mann beerdigen?«

»Er wird bald freigegeben. Wir werden Sie benachrichtigen.«

Die Kommissare verabschiedeten sich.

Zehn Minuten später standen sie vor dem Empfangstresen der Gebäudereinigungsfirma, die im Husumer Gewerbegebiet Ost lag. Dort waren viele Fachgeschäfte, Handwerksbetriebe und international tätige Unternehmen angesiedelt.

Eine mollige Blondine mit einem Kolibri-Tattoo auf dem Schulterblatt und dem Namensschild »Claudia von Wagner« meldete die Herren beim Außendienstleiter an.

Berger, ein breitschultriger Typ mit Brille und dunkelblonden Stoppelhaaren, telefonierte geschäftig, als Hilgersen und Flottmann sein Büro betraten. Mit einem Handzeichen forderte er sie auf, in den Schalensesseln im Design der fünfziger Jahre Platz zu nehmen, die um einen Nierentisch gruppiert waren.

Nach einigen Minuten fing Flottmann an, nervös mit den Fingern auf die Tischplatte zu trommeln.

Vielleicht hatte Berger das Signal verstanden. »Ich hab Besuch. Ich ruf dich in einer halben Stunde wieder an«, beendete er das Gespräch und tippte eine zweistellige Nummer auf der Telefontastatur. »Nicole, bitte Getränke für zwei Gäste in mein Büro.«

Dann setzte er sich zu den Besuchern. »Was kann ich für Sie tun?«

»Kripo Husum, Hauptkommissar Flottmann, mein Kollege Kommissar Hilgersen. Wir haben ein paar Fragen im Zusammenhang mit dem Tod Ihres Geschäftsführers Wilhelm Harmsen.«

»Schreckliche Sache. Die Art und Weise … da fehlen einem die Worte.«

»Ich nehme an, dass Sie eng mit Harmsen zusammengearbeitet haben und ihn gut kannten.«

»Wir hatten täglich miteinander zu tun. Ob ich ihn gut kannte, weiß ich nicht. Unsere Gespräche drehten sich fast ausschließlich um geschäftliche Dinge.«

»Waren Sie an dem Tag, an dem er verschwand, in der Firma?«

»Ja. Ich hab am Morgen auf ihn gewartet. Es gab etwas Wichtiges zu besprechen.«

»Worum ging es?«

»Um einen größeren Auftrag. Eine öffentliche Ausschreibung. Meistens hat er solche Angebote selbst gemacht. Aber er hatte den Termin wohl verpasst und hat mir die Sache kurzfristig übertragen. Einen Tag vor dem Abgabetermin. Ich hab noch bis spät in der Nacht daran gearbeitet. Er musste ja am Abend unbedingt zur Versammlung seiner Bürgerinitiative.«

»Was für eine Bürgerinitiative?«, fragte Hilgersen.

»Gegen die CO_2-Speicherung. Er war da seit Jahren engagiert.«

In diesem Moment trat Nicole mit einem Tablett ein und servierte Kaffee und Tee. Die Barbie-Schönheit bedachte jeden der Anwesenden mit einem Lächeln, bevor sie den Raum verließ.

»Äh.« Hilgersen benötigte einige Sekunden, um wieder Anschluss an das Gespräch zu finden. »Was wissen Sie über die Bürgerinitiative?«

»Bitte bedienen Sie sich. In der schwarzen Kanne ist Kaffee, in der grauen Tee«, sagte Berger. »Das Treffen fand jeden ersten Donnerstag im Monat statt. Soweit ich weiß, haben die Teilnehmer auch einiges bewirkt. Hier in Schleswig-Holstein ist die CO_2-Speicherung erst einmal durch ein Gesetz gestoppt worden. Allerdings nur die Verpressung an Land. Es gibt wohl Planungen, so etwas in der Nord- oder Ostsee durchzuführen. Genaues weiß ich nicht. Aber ich kann Ihnen Infomaterial geben. Das hat Wilhelm stapelweise in seinem Büro herumliegen.«

»Danke, das wäre hilfreich.«

»Glauben Sie, dass sein Tod etwas damit zu tun hat?«

»Glauben Sie das?«, fragte Flottmann zurück.

»Nein. Vermutlich hat er sich bei einigen Leuten nicht gerade beliebt gemacht. Aber ihn deshalb umzubringen und dann noch auf diese brutale Art, halte ich für abwegig.«

»Gab es Konflikte in der Firma? Hatte er Feinde? Beschäftigte, die entlassen wurden?«

»Nur das Übliche. Es gab in den letzten zwei Jahren nur eine Entlassung. Einige Mitarbeiter sind von selbst gegangen. Wir sind bemüht, unsere Leute durch gute Bezahlung und Arbeitsbedingungen zu halten, und suchen ständig neue Kräfte. Die Geschäfte laufen gut.«

»Was war der Grund für die Entlassung?«

»Hinrichsen hat nebenbei schwarzgearbeitet. Wilhelm verstand da keinen Spaß, zumal sich der Mann krankgemeldet hatte.«

Hilgersen trank seine Tasse aus. »Ich muss dann mal für kleine Mädchen.«

»Rechtsherum, bis zum Ende des Flurs.« Berger sah auf die Uhr.

»Wir sind gleich fertig«, sagte Flottmann. »Können Sie etwas mit dem Namen Kim anfangen oder mit der Abkürzung K I M?«

»Nein. Bei uns gibt es niemanden, der so heißt. Jedenfalls nicht mit Rufnamen. Und auch sonst kenne ich keinen, der sich so nennt. Ich kann Ihnen eine Liste unserer Beschäftigten geben.«

»Danke, das wäre hilfreich. Die Adresse des entlassenen Mitarbeiters hätte ich auch gerne.«

»Ich sorge dafür, dass Sie alles erhalten.«

»Sie führen die Geschäfte zukünftig?«

»Zumindest übergangsweise. Das ist ein Familienbetrieb. Frau Harmsen wird die Entscheidung treffen, wie es weitergeht.«

Flottmann nickte und stand auf.

Auf dem Firmenparkplatz musste er auf Hilgersen warten.

»Mensch, wo bleibst du? Es ist arschkalt hier draußen. Sollest mal zum Urologen gehen, wenn du Probleme hast.«

Hilgersen drückte auf die Fernbedienung. »Ich war undercover unterwegs und hab mich ein bisschen mit den Angestellten unterhalten.«

»Und?«, fragte Flottmann, nachdem sie ins Auto eingestiegen waren.

»Die beiden, Harmsen und Berger, müssen sich oft gestritten haben. So harmonisch, wie Berger behauptet, ist es wohl doch nicht zugegangen. Außerdem gibt es Gerüchte, dass er und Harmsens Frau was miteinander hatten oder noch haben.«

»Woher weißt du das?«

»Ich hab meinen Charme spielen lassen und mit der Dame gesprochen, die uns den Tee gebracht hat. Nicole Lehmann heißt sie. Sie ist nicht nur hübsch, sondern scheint auch gut darüber informiert zu sein, was in der Firma vorgeht. Sie hat Berger und Maria Harmsen mal zusammen im Schlosspark gesehen. Aber ich soll das nicht weitererzählen, hat sie gesagt. Gab es bei dir noch was?«

»Nein. Berger hat mir ein paar Flyer der Bürgerinitiative gegeben.« Flottmann griff in seine Jackentasche und zog ein Exemplar hervor. »CCS nennt sich das Verfahren, Carbon Dioxide Capture and Storage. Damit will man das Kohlenstoffdioxid der Kraftwerke verflüssigen, über Pipelines transportieren und an geeigneten Standorten unterirdisch einlagern.«

»Ein Beitrag zum Klimaschutz. Das ist doch eine feine Sache.«

»Das sieht wohl nicht jeder so. Angeblich ist bisher nicht nachgewiesen, dass das Zeug lange da unten bleibt. Und so ganz ungefährlich soll das Ganze auch nicht sein.«

»Das Fracking vermutlich auch nicht.«

»Kennst du eine Schreinerei in Husum?«, fragte Flottmann, als sie vom Firmenparkplatz fuhren.

»Eine Tischlerei meinst du?«

»Von mir aus.«

»Klar, mehrere. Hier im Industriegebiet ist eine, die ich empfehlen kann.«

»Fahr mich bitte hin.«
»Was willst du dort?«
»Mir einen Sarg bauen lassen. Man sollte rechtzeitig für alle Fälle vorsorgen. Und die Standardausführungen sind nichts für mich.«
Hilgersen blickte zu Flottmann hinüber und grinste. »Es gibt auch welche für Überbreiten.«
»Ich habe meine eigenen Vorstellungen.«
»Okay. Ich weiß aber nicht, ob die Tischlerei so etwas anbietet. Die stellen Möbel her, Schränke, Betten und Bücherregale. Särge wohl eher nicht.«
»Für mich werden sie eine Ausnahme machen. Ich hab eine Zeichnung mit allen erforderlichen Maßen dabei.« Flottmann zog ein gefaltetes Blatt Papier aus der Jackentasche.
»Wenn du meinst. Wir sind gleich da. Ganz in der Nähe ist das Messegelände, auf dem die berühmte ›Husum Wind‹ stattfindet.«
»Aha.«
»Sechshundertfünfzig Aussteller rund um das Thema Windenergie. Früher waren es sogar über tausend. Dann hat Hamburg eine konkurrierende Veranstaltung aufgezogen. Das hat einiges an Querelen gegeben. Aber schließlich fand man einen typisch norddeutschen Kompromiss: Husum in ungeraden Jahren mit Konzentration auf den heimischen Markt, Hamburg in geraden Kalenderjahren und international ausgerichtet. Wenn die Messe im September stattfindet, kriegt man kein Hotelzimmer in der Stadt.«
»Sehr beeindruckend.«
Hilgersen fuhr auf den Parkplatz der Tischlerei und löste seinen Sicherheitsgurt. »Voilà. Wir sind da.«
»Du bleibst hier. Ich geh alleine rein. Das ist eine höchst persönliche Sache, so ein Sarg. Das kannst du doch verstehen, oder?«
»Ich könnte dich beraten und beurteilen, ob du gut darin aussiehst.«
»Ich traue deinem Geschmack nicht. Jedenfalls, was Särge

angeht«, sagte Flottmann, stieg aus und ging auf den Kundeneingang zu.

Eine halbe Stunde später kam er zurück.

»Und? Erfüllen sie deine Wünsche für die letzte Ruhestätte?«

»Klar. Der Chef war kompetent und sehr pietätvoll.«

»Ich werde das Gefühl nicht los, dass du mir etwas verschweigst. So eine Art Bauchgefühl, wenn du verstehst, was ich meine. Hat der Arzt dir eine beunruhigende Diagnose gestellt?«

»Er hat gesagt, dass ich sterben werde. Aber er weiß nicht, wann. Die Diagnose stellt er jedem Patienten, und vermutlich hat er sich noch nie geirrt. In meinem Horoskop, das du jetzt leider hast, steht übrigens, dass ich uralt werde. Ich werde den Sarg deshalb imprägnieren lassen und ihn trocken lagern.«

Hilgersen brummte irgendetwas Unverständliches und startete den Motor.

Flottmann glaubte, er hätte die unsichtbare Duftwolke wahrgenommen, bevor Malte das Büro betrat.

»Moin«, grüßte der Kollege. Noch bevor jemand den Gruß erwidern konnte, platzte er mit seinen Erkenntnissen heraus. »Ich hab bei vierzehn Herstellern von Multicoptern nachgefragt. An alle hab ich ein Foto des Rotors geschickt. Die Ergebnisse hab ich in einer Excel-Tabelle zusammengefasst. Acht der Firmen schlossen definitiv aus, dass das Teil zu einem ihrer Modelle gehört. Fünf konnten keine genaue Aussage anhand des Bildes machen. Und eine Firma ist sich ziemlich sicher, dass sie den Rotor verwendet. Ich hab die Einträge entsprechend farbig markiert.«

Er überreichte Flottmann die Liste. Der Hauch einer Knoblauchfahne begleitete seine Bewegung.

»Sehr gute Arbeit, Malte«, lobte Flottmann.

»Ich bin noch an weiteren Herstellern dran. Sobald ich alle durchhab, kriegt ihr eine aktualisierte Tabelle. Aber vielleicht haben wir ja bereits den Richtigen.«

»Deine Erkenntnisse bringen uns auf jeden Fall weiter.«

»Ich ruf jetzt mal den Lindbergh an«, sagte Flottmann, nachdem Malte den Raum verlassen hatte. Er fand die Mobilfunknummer in der Akte.

»Hier ist Hauptkommissar Flottmann, Kripo Husum. Ich hoffe, Sie haben sich inzwischen etwas erholt.«

»Mir geht es gut.«

»Ich hab noch ein paar Fragen an Sie.«

»Kein Problem.«

»Wir glauben, dass Ihre Entführung mit einem anderen aktuellen Fall in Verbindung stehen könnte. Sagt Ihnen der Name Wilhelm Harmsen etwas?«

»Nein. Wer ist das?«

»Möglicherweise ein weiteres Opfer desselben Täters. Harmsen war Inhaber und Geschäftsführer einer Gebäudereinigungsfirma.«

»War?«

»Er hat den Anschlag nicht überlebt.«

»Ist er in einem Boot ertrunken?«

»Nein. Es handelte sich um einen Anschlag anderer Art, und wir hätten gerne gewusst, ob es eine Verbindung zwischen Ihnen und Harmsen gibt.«

»Da ich ihn nicht kenne, ist das eher unwahrscheinlich.«

»Hm. Und der Name Kim beziehungsweise die Abkürzung K I M? Haben Sie davon schon einmal gehört?«

»Auch das muss ich verneinen. Warum stellen Sie diese Fragen? Haben Sie eine Spur vom Täter? Es wäre sehr beruhigend für mich, wenn Sie ihn bald fassen würden.«

»Wir tun unser Bestes. Und dafür benötigen wir Ihre Hilfe. Ist Ihnen inzwischen eingefallen, wer Ihnen nach dem Leben trachten könnte?«

»Absolut nicht. Ansonsten hätte ich Sie sofort benachrichtigt.«

»Gut. Das war es erst einmal. Wir melden uns wieder.«

»Auf Wiederhören, Herr Kommissar.«

»Lindbergh weiß nichts von Kim und kennt angeblich auch

Harmsen nicht«, wandte Flottmann sich an Hilgersen. »Und trotzdem muss es eine Verbindung zwischen den Fällen geben. An zwei Täter, die unabhängig voneinander ihren Opfern dermaßen ausgeklügelte Fallen stellen, glaube ich nicht.«

»Ich auch nicht. Ich hab noch ein paar Erkundigungen zu Harmsen angestellt. Das Reinigungsunternehmen hatte vor einigen Jahren finanzielle Schwierigkeiten. Jetzt scheint der Laden aber zu brummen. Ich hab auch einige Informationen über den entlassenen Mitarbeiter gesammelt. Er heißt Stefan Hinrichsen, sechsunddreißig, verheiratet, zwei Kinder. Ein Mädchen und ein Junge, sieben und zwölf Jahre alt. Er ist nach Heide gezogen und hat dort eine eigene Firma gegründet, bei der lediglich zwei Mitarbeiter angestellt sind. Ebenfalls Reinigungsbranche. Für den Tag, an dem Harmsen verschwand, hat er ein Alibi. Jedenfalls haben sowohl seine Ehefrau als auch einer der Mitarbeiter bestätigt, dass er zum fraglichen Zeitpunkt zu Hause beziehungsweise im Betrieb war.«

»Dass der etwas mit den beiden anderen Fällen zu tun haben könnte, Lindbergh und Weber, kann ich mir sowieso nicht vorstellen«, sagte Flottmann.

34

»Shorts mit Querstreifen stehen dir nicht«, sagte Hilgersen.

Flottmann war in den Bericht der KTU vertieft. »Kann schon sein.«

»Außerdem solltest du beim Fernsehen nicht so viele Kartoffelchips essen. Die machen dick.«

»Was geht dich das an?«, brummte Flottmann, ohne von der Lektüre aufzublicken.

»Nichts.«

»Na also.«

»Ich meine ja nur. Aber immerhin ziehst du die Schuhe aus, wenn du die Füße auf den Couchtisch legst.«

Flottmann hob den Kopf und sah zu Hilgersen hinüber. »Was redest du für einen Stuss? Hat dir die Amsel zu viel Rum in den Kaffee getan?«

»Ich bin ja schon ruhig.«

Flottmann schüttelte den Kopf und las weiter. Dann blickte er erneut auf. Seine Stirn legte sich in Falten, die dem Grand Canyon alle Ehre gemacht hätten.

Noch bevor er etwas sagen konnte, legte Hilgersen nach: »Hast du gesehen, dass dein fetter Kater schon wieder faul auf dem Sofa rumliegt?«

»Woher zum Teufel willst du das wissen?«

»Ich hab mir diese Pet-Watch-App runtergeladen.« Hilgersen hielt sein Smartphone demonstrativ in die Höhe. »Wie kann man nur so blöd sein?«

»Ich verstehe nur Bahnhof.«

»Das ist ja das Problem.«

»Was?«

»Wie kann man nur so blöd sein und als Passwort ›Bogomil‹ wählen?«

Flottmann wurde blass. »Du hast doch nicht etwa …?«

»Du solltest mir dankbar sein. Du hast bereits über sechzigtausend Klicks auf YouTube. Die Bewertungen sind allerdings durchwachsen. Hättest dir vielleicht doch was anderes anziehen sollen. Etwas mit mehr Sex-Appeal.«

Auf Flottmanns Stirn bildeten sich erste Schweißtropfen.

»Ich dachte, nach der Sache mit dem Horoskop sollte ich mich revanchieren«, fuhr Hilgersen fort. »Ich geb dir mal den Link zum Video. Am besten schicke ich gleich eine Rundmail an alle Kollegen. Die Flensburger haben sicher auch Interesse.«

Es gab nur wenige Fälle, in denen Flottmann keine passende Antwort auf Hilgersens verbale Sticheleien parat hatte. Dieses war so einer. Ihm versagte für einen Augenblick komplett die Sprache.

»Bogomil hat sich bewegt!«, rief Hilgersen aus.

Flottmann stand auf. Langsam ging er auf Hilgersen zu, der immer noch am Schreibtisch saß und mit dem Smartphone hantierte. Seine Walther hatte Flottmann nicht griffbereit. Die lag im Waffenschrank. Aber er fühlte genug Kraft in seinen feuchten Händen, um den Kollegen auf der Stelle zu erwürgen.

Er baute sich hinter ihm auf. Sein Blick fiel auf Hilgersens Handy, auf dem tatsächlich die Wohnung und Bogomil zu sehen waren.

»Stopp! Bevor du etwas Unüberlegtes tust …« Hilgersen versetzte seinen Drehstuhl in Rotation und blickte seinem Vorgesetzten in die Augen. »Das mit YouTube war ein Scherz. Nur ein Scherz. Klar? Und ich hab auch dein Liebesleben nicht beobachtet. Das wäre mir sowieso zu langweilig gewesen. Ich wollte dir nur demonstrieren, wie fahrlässig du mit deinen Daten umgehst. Das scheint mir gelungen zu sein.«

Flottmann atmete mehrmals tief durch. Dann kehrte er an seinen Schreibtisch zurück. Was Hilgersen getan hatte, war sowohl die Revanche für die Horoskopsache als auch eine Warnung, das Passwort zu ändern. Mit dem vermeintlichen Video hatte er Flottmann einen heilsamen Schock verpasst und sich nebenbei köstlich amüsiert. Okay. Abgehakt. Ein Punkt für Hilgersen und eine Lektion für ihn selbst.

Flottmann brauchte einige Minuten, um die Zugangsdaten

zu ändern. Am Abend wollte er sich mit Lena treffen. Ob sie nach dem Lokalbesuch in seine Wohnung gehen würden, wusste er nicht. Auf keinen Fall brauchte er Zuschauer.

Während seiner Zeit in Bonn hatte er die privaten Dinge während der heißen Phase der Ermittlungen stets zurückgestellt. Natürlich hatte Monika ihm das bei jeder Gelegenheit vorgeworfen und ihm ein schlechtes Gewissen eingeredet. Inzwischen war er allerdings überzeugt davon, dass das Zusammenleben mit ihr noch problematischer gewesen wäre, wenn sie mehr Zeit miteinander verbracht hätten.

Doch jetzt war die Situation anders. Die Hauptverantwortung für die Fälle lag weitgehend in Flensburg, und die Treffen mit Lena waren gleichzeitig aufregend und entspannt. Keine gegenseitigen Vorwürfe und Schuldzuweisungen, kein Streit, kein Alltagsstress. So konnte es bleiben.

»Ich hab das Passwort geändert«, sagte Flottmann zu Hilgersen.

»Jetzt sind wir quitt.«

»Die Sache mit dem Horoskop war wesentlich harmloser.«

»Das behauptest du. Ich hab sehr darunter gelitten.«

»Du glaubst gar nicht, wie leid mir das tut.«

»Nett, dass du dich entschuldigst.« Hilgersen grinste.

»So war das nun auch wieder nicht gemeint.«

Hilgersen schaute auf die Uhr. »Ich hab um halb zehn einen Termin mit der Bürgerinitiative gegen Fracking und CCS. Ich glaub zwar nicht, dass etwas dabei herauskommt. Aber wir werden sehen.«

»Hast du dich ein wenig mit der Thematik befasst?«

»Ich hab alle Prospekte gelesen und mich auf deren Homepage informiert. Das wird reichen. Ich will dem Verein ja nicht beitreten.«

Hilgersen packte ein paar Unterlagen zusammen und ging.

***

Als Hilgersen am Nachmittag ins Büro zurückkehrte, traute er seinen Augen nicht. In der Raummitte stand ein riesiger Kasten. Aus dem Inneren drangen verdächtige Geräusche. Er ging zum Schreibtisch, nahm seine Dienstpistole, die dort eigentlich nicht hingehörte, und stellte sich vor der Kiste auf.

»Polizei! Rauskommen!«

Einige Sekunden herrschte Stille, dann war ein Poltern zu hören, und der Deckel bewegte sich. Zuerst kam eine Hand zum Vorschein. Dann vergrößerte sich der Spalt. Wie ein Springteufel, wenn auch nicht mit der entsprechenden Geschwindigkeit, erschien Hauptkommissar Flottmann und blickte in das verdutzte Gesicht seines Kollegen. Er ließ den Deckel mit einem lauten Knall umklappen.

»Nicht schießen, Gustl!«

»Verdammt. Was soll das? Ich hätte dich beinahe abgeknallt. Dann hätte ich eine Menge Schreibkram am Hals gehabt. Immerhin hätte man dich nicht umbetten müssen. Ist das etwa der Sarg, den du dir ausgesucht hast?« Hilgersen sicherte die Waffe und legte sie auf den Schreibtisch. »Du hättest für deine letzte Reise ruhig etwas mehr Geld ausgeben können. Der sieht ja abartig aus.«

Flottmann hatte Mühe, aus der Kiste zu steigen. »Das ist eine ungefähre Nachbildung des Hattstedter Exemplars. Wir machen jetzt einen Versuch.«

»Aha. Soll ich dich dafür im Wald eingraben? Für eine realistische Rekonstruktion wäre das unbedingt erforderlich.«

»Du legst dich jetzt da rein. Für mich ist der Kasten zu eng. Deine Statur ist ähnlich wie die von Harmsen, wenn auch ein ganzes Stück kürzer. Aber darauf kommt es nicht an.«

»Ist das wieder eines deiner Experimente, die auf meine Kosten gehen?«

»Sei nicht so zimperlich. Steig schon rein. Und nimm deine Walther mit. Der Deckel kann offen bleiben.«

Hilgersen verschränkte die Arme und rührte sich nicht. Die Kommissare standen sich auf beiden Seiten des zwei Meter langen Schreins gegenüber und blickten hinein.

»Ist gar nicht so ungemütlich da drin«, sagte Flottmann.

»Ach.«

»Na ja, zumindest, wenn der Deckel offen ist.«

»Ich hab Platzangst.«

»Das ist gelogen.«

»Ich bekomme Rückenschmerzen auf dem harten Boden.«

»Das gehört zum Experiment.«

Noch immer sahen sich die beiden nicht an, sondern blickten in den leeren Kasten.

»Ich bring dir anschließend einen Kaffee mit Rum«, versprach Flottmann.

»Das ist Bestechung – okay, ich mach's.«

Hilgersen nahm seine Dienstwaffe vom Schreibtisch und stieg in die Holzkiste.

»Liegst du gut?«

»Nein.«

»Sehr gut. Jetzt leg die Pistole neben dich.«

Hilgersen gehorchte. »Ich brauch ein Kissen für meinen Nacken.«

»Hatte Harmsen auch nicht.«

»Scheißexperiment«, schimpfte Hilgersen.

»Jetzt dreh dich ein wenig zur Seite und streck deinen Arm aus. Tu so, als würdest du die Zahlenkombination am Schloss ausprobieren.«

»Da ist kein Schloss.«

»Mann, Gustl. Streng mal dein Abstraktionsvermögen ein wenig an.«

»In Ordnung. Welche Zahlen soll ich einstellen?«

»Die Hauptsache ist, dass du den Arm oben hältst. Los geht's.« Flottmann sah auf seine Armbanduhr.

Bereits nach kurzer Zeit stöhnte Hilgersen. »Das ist verdammt anstrengend.«

»Noch fünf Minuten. Es wäre besonders realistisch, wenn du dabei die Luft anhalten könntest.«

»Du hast sie wohl nicht alle beisammen.«

»Dann eben nicht.«

Flottmann zählte die Minuten laut vor.

»Die fünfte Minute läuft.«

»Mein Arm wiegt zwanzig Kilo, und mein Nacken tut tierisch weh.«

»Hab ich mir gedacht. Die Zeit ist rum. Und jetzt nimm die Walther und ritz mit der Kimme den Namen Max in Großbuchstaben in das Brett zu deiner Rechten.«

Hilgersen legte sich wieder auf den Rücken und rutschte etwas nach hinten, um seinen Kopf an der Wandung abstützen zu können. Dann nahm er die Waffe in die Hand und fasste sie am Lauf. »Wieso Max?«

»Mach schon. Erkläre ich dir später.«

Hilgersen hob sein rechtes Knie an, um seine Lage etwas komfortabler zu gestalten. Den Arm stützte er auf seinem Oberkörper ab und begann, das »M« einzuritzen.

»Das ›A‹ und das ›X‹«, befahl Flottmann.

Nachdem Hilgersen fertig war, erlöste Flottmann ihn. »Kannst rauskommen. Das Experiment ist beendet.«

Hilgersen stieg aus der Kiste und stellte sich neben seinen Kollegen, der von der gegenüberliegenden Seitenwand auf den Schriftzug blickte.

»Du hast die Buchstaben übereinander eingeritzt«, sagte Flottmann.

»So wie Harmsen. Um von links nach rechts zu schreiben, hätte ich den Arm ausstrecken müssen. Das wäre noch anstrengender gewesen.«

»Du hast unten begonnen. Warum?«

»Weiß nicht. Ich hab mich einfach auf die einzelnen Buchstaben konzentriert. Und es wäre mir schwergefallen, den Arm nach der Strapaze höher zu halten. Ich hab den Ellbogen dabei aufgestützt. Beim zweiten und dritten Buchstaben ging das nicht mehr. Außerdem ist die Perspektive eine andere, wenn man dort drinliegt.«

»Verstehe.« Flottmann kraulte sich das Kinn.

»Ich weiß, worauf du hinauswillst. Kim könnte auch Mik heißen.«

»Genau.«

»Eine gewagte Hypothese.« Hilgersen wiegte den Kopf. »Aber durchaus interessant.«

»In jedem Fall sollten wir noch einmal alle Archive entsprechend durchforsten. Vielleicht gab es einen Vorfall, in dem der Name Mik eine Rolle spielte. Ich werde auch Rauschenfeld anstiften, sich darum zu kümmern.«

»Der wird eine Gegenleistung erwarten.«

»Ja. Soll er. Der ist so geil auf eine Story, dass ihm der Sabber aus den Lefzen fließt. Ich werde ihm eine Erfolgsprämie versprechen, wenn seine Recherchen zum Täter führen.«

»Geld?«

»Informationen.«

»Zu den aktuellen Fällen? Dazu bist du nicht berechtigt.«

»Nein. Bin ich nicht.«

Hilgersen grinste. »Sag mal, wer ist denn jetzt Max?«

»Nur ein Name. Ich wollte, dass du unvoreingenommen an die Sache rangehst. Bei Kim hättest du vielleicht Harmsens Schriftzug nachgeahmt. Das ist Psychologie. Davon verstehst du nichts.«

»Und jetzt kochst du mir den versprochenen Kaffee. Mit viel Rum, bitte.«

»Ehrensache. Ich halte meine Versprechen.«

Flottmann zog sein Handy aus der Tasche, machte ein paar Fotos von Hilgersens kalligrafischem Kunstwerk und klappte den Deckel zu.

Dann begab er sich in die Küche und kam nach einer Viertelstunde mit zwei Tassen Kaffee zurück. Eine übergab er Hilgersen. Der hielt seine Nase über den Dampf.

»Okay, scheinst dein Versprechen tatsächlich gehalten zu haben.«

»Hat mich einiges an Überredung gekostet. Die Amsel wollte die Flasche nicht rausrücken. Ich hab ihr gesagt, der Polizeipräsident käme zu Besuch. Das hat sie mir nicht geglaubt. Dann hab ich ihr erzählt, du hättest eine schlimme Erkältung. Und ein Schuss Rum sei sicher gut dagegen. Das hat sie überzeugt. Du scheinst bei ihr einen Stein im Brett zu haben. Verstehe einer die Frauen.«

Flottmann rief Rauschenfeld an. Wie erwartet, war der begeistert von dem Deal, den der Hauptkommissar ihm vorschlug. Als Belohnung für Hinweise, die zur Ergreifung des Täters führten, würde er eine Art Exklusivstory erhalten. Natürlich wusste Flottmann, dass er seine Kompetenz damit weit überschritt. Aber eine möglichst schnelle Ergreifung des Mörders konnte Leben retten. Und für den Fall, dass er seinen Teil der Vereinbarung einlösen musste, würde ihm schon etwas einfallen. Immerhin hatte er keinen Zeitpunkt genannt, an dem der Journalist die Informationen erhalten würde. So konnte er den Abschluss der Ermittlungsarbeiten oder gar des Gerichtsverfahrens abwarten.

Flottmann hatte gerade aufgelegt, als Malte ins Büro kam. Der Kollege blieb vor dem Kasten stehen.

»Was ist das?«

»Eine Kiste«, antwortete Flottmann, während er die Computertastatur bearbeitete.

»Das sehe ich.«

»Warum fragst du dann?«

»Was ist da drin?«

»Das ist streng geheim.« Flottmann löste seinen Blick vom Bildschirm. Er ahnte, was als Nächstes kommen würde.

Malte trat auf die Kiste zu und machte Anstalten, den Deckel anzuheben.

»Finger weg!«, rief Flottmann. »Den muss die Spurensicherung noch unter die Lupe nehmen. DNA und so weiter.«

Malte zuckte zusammen. Er konnte sich offenbar nur schwer zurückhalten. Zögernd ging er Richtung Ausgang.

»Was wolltest du hier?«, fragte Flottmann, als der Kollege schon in der Tür stand.

»Äh – hab ich vergessen.« Malte warf noch einen Blick auf die Kiste und verschwand.

»Was gab es bei der Bürgerinitiative?«, fragte Flottmann Hilgersen, der genussvoll den letzten Rest des mit Rum veredelten Kaffees schlürfte.

»Keine neuen Erkenntnisse. Der maßgebliche Mann dort heißt Marc Bäcker, ein Chemiker. Er hat mir allerlei über die Physik und Chemie des Frackings und der CO_2-Speicherung erzählt. Ich hab kein Wort verstanden, aber das schien ihm egal zu sein. Natürlich kannte er Harmsen, der zwar recht engagiert gewesen sei, aber genauso wie die anderen Mitglieder keinesfalls militant. Überhaupt erschien es mir, als wenn die Problematik hier in Schleswig-Holstein an Brisanz verloren hätte. Das Motiv für die grausamen Taten liegt sicher woanders. Dass sich sowohl Weber als auch Harmsen mit dem Thema beschäftigt haben, ist wohl reiner Zufall. Außerdem passt ja Lindbergh nicht in das Schema.«

Flottmann nickte. »Alles spricht für ein persönliches Motiv. Wobei immer noch nicht ausgeschlossen ist, dass die Opfer zufällig ausgesucht wurden. Ich mach jetzt Feierabend.«

»So früh? Ein Date?«

»Vielleicht.«

»Verrätst du mir das neue Passwort?«

»Könnte dir so passen.«

»Das krieg ich auch so raus. Hast du diesmal ›Monika‹ gewählt?«

»Witzbold! Bis morgen.«

Als Flottmann bereits an der Tür war, wandte sich Hilgersen noch einmal an seinen Kollegen. »Der Pfützenspritzer hat übrigens wieder zugeschlagen. Diesmal hat es eine alte Frau erwischt.«

»Hat sie sich das Kennzeichen gemerkt?«

»Nee. Aber das Auto soll groß und dunkel gewesen sein.«

35

Hilgersen hörte nicht, wie die Tür zum Büro geöffnet wurde. Auch Maltes Räuspern nahm er nicht bewusst wahr. Erst als Knoblauchgeruch in seine Nase stieg, sagte er, ohne aufzusehen: »Moin, Malte. Was immer du auch willst, ich hab gerade überhaupt keine Zeit.«

»Moin, Moin. Wo ist Waldemar?«

»Unterwegs. Wie du weißt, ist bei uns zurzeit der Teufel los.«

Hilgersen beugte sich erneut über die Fotos, die er auf seinem Schreibtisch ausgebreitet hatte. Schließlich griff er in die unterste Schublade und holte eine Lupe hervor. Abwechselnd kniff er das linke oder das rechte Auge zu, um mit dem anderen angestrengt durch das Vergrößerungsglas zu schauen.

»Das gibt es nicht«, murmelte er mehrmals.

»Was gibt es nicht, Sherlock Holmes?«

»Nichts.« Jetzt blickte Hilgersen kurz auf. »Was willst du?«

»Ich wollte nur mal auf einen Klönschnack vorbeikommen.«

»Du hast dir einen verdammt schlechten Moment ausgesucht, Malte. Was hältst du davon, wenn du morgen noch mal anklopfst?«

»Okay. Wenn du mir sagst, was dort in der Kiste ist, verschwinde ich.«

»Sieh selber nach. Die Spurensicherung hat sie freigegeben.«

Das ließ Malte sich nicht zweimal sagen. Er schlich mehrmals um den Kasten herum. Dann hob er den Deckel langsam an.

»Die ist ja leer«, murrte er und ließ den Deckel fallen.

Hilgersen zuckte mit den Schultern. »Dann weißt du ja jetzt Bescheid.«

Endlich verschwand Malte.

Hilgersen legte die Lupe beiseite, rief eines der Fotos auf

den Bildschirm und vergrößerte einen Ausschnitt. Kurz überlegte er, ob er Flottmann anrufen sollte, entschloss sich aber dagegen. Der Hauptkommissar war an diesem Nachmittag zusammen mit dem Flensburger Kollegen Böttcher bei der Familie des Toten vom Strand. Später war auch noch Zeit, ihn zu informieren. Dann würde Hilgersen mehr über die Ungereimtheiten wissen, die er soeben entdeckt zu haben glaubte. Vermutlich gab es eine einfache Erklärung. Auf keinen Fall wollte er sich blamieren. Auch wenn Flottmann die Horoskope angeblich vertauscht hatte. Die Aussage »Ihre analytischen Fähigkeiten werden nicht von allen Kollegen geschätzt, sondern erzeugen Neid und Missgunst. Seien Sie vorsichtig und halten Sie sich zurück« klang noch immer in seinen Ohren.

Er kramte alle Fotos zusammen, legte sie in eine Mappe und packte diese in seinen Aktenkoffer. Nachdem er einige Telefonate geführt hatte, nahm er Halfter und Pistole aus der Schublade, verließ das Gebäude und stieg in seinen Pkw. Die Dämmerung hatte bereits eingesetzt, und feiner Sprühregen behinderte die Sicht. Trotzdem benötigte er keine zwanzig Minuten, um sein Ziel zu erreichen.

Das Haus machte einen desolaten Eindruck. Zumindest außen schienen seit Jahrzehnten keine Renovierungsarbeiten mehr durchgeführt worden zu sein. Nur das Dach war offenbar neu gedeckt worden. Hilgersen fuhr in die Einfahrt und parkte direkt vor der Garage. Er ging zur Haustür und betätigte den Klingelknopf. Auch nach mehrmaligen Versuchen öffnete niemand. Vielleicht hätte er vorher anrufen sollen, aber telefonisch hätte er die Sache nicht klären können. Ein gepflasterter Weg führte in den Garten, der im Wesentlichen aus einer Wiese und ein paar Obstbäumen bestand. Er öffnete die Pforte und warf einen Blick von der Terrasse aus ins Innere des Hauses. Nirgendwo schien Licht zu brennen.

Hilgersen glaubte, ein Geräusch gehört zu haben, und drehte sich um. Niemand war zu sehen. Am Ende des Grundstücks stand eine Blockhütte. Vielleicht war dort jemand anzutreffen.

Er ging den Weg entlang. Die Tür war nicht abgeschlossen. Er klopfte und rief »Hallo«, bevor er die Klinke hinunterdrückte und öffnete.

Zögerlich trat er ein. Sofort fielen ihm im Durcheinander von Gartengeräten, Werkzeugen und Autoreifen zwei blaue Müllsäcke auf, die auf dem Boden zwischen einem Regal und einem Metalltisch standen. Sie waren mit Draht zugebunden. Gartenabfälle? Die unregelmäßige Form passte nicht dazu. Vielleicht war es keine gute Idee, aber Hilgersen tat es trotzdem. Er nahm einen Schraubenzieher vom Tisch und schlitzte einen der Säcke auf. Er sah noch, wie ein Arm hervorkam, sich eine Hand nach ihm ausstreckte und ihn berührte.

Sein Gehirn hatte keine Sekunde, um zu verarbeiten, was passierte. Keine Zeit blieb, dass Angst und Panik eine Reaktion hätten auslösen können. Der Schlag auf den Hinterkopf erfolgte unvermittelt und mit einer Wucht, die alle Sinne augenblicklich von der Außenwelt abschnitt.

36

Am Steindeich waren keine weiteren Leichenteile gefunden worden. Die Gerichtsmediziner entdeckten eindeutige Hinweise, dass der Fuß durch eine Schiffsschraube abgetrennt worden war. Die Identifizierung des vermutlich toten Mannes gelang bereits nach wenigen Tagen. Lediglich zwei vermisst gemeldete männliche Personen waren in Frage gekommen. Ein Vergleich der DNA-Profile vom Fuß und von Haarproben aus den Haushalten der Vermissten brachte schnell Gewissheit. Auch hatte die Freundin des Opfers, Rita Richter, den Schuh angeblich wiedererkannt.

Hofmann war immer noch nicht einsatzbereit. Nach seinem Unfall hatte er noch eine Reha zu absolvieren. Lothar Böttcher leitete weiterhin die Mordermittlungen und bat Flottmann um Unterstützung bei der Befragung der Lebensgefährtin.

Der Tote vom Strand hieß Karl Vogt. Rita Richter und er bewohnten zusammen eine Vier-Zimmer-Wohnung im Stadtteil Rödemis, der im Süden der Stadt lag und im Norden und Osten durch die Bahnlinie begrenzt wurde. Dort gab es ein Gebiet, in dem die Straßen nach Inseln und Halligen benannt waren. Rita Richter wohnte in der Hooger Straße.

Böttcher hatte ihr den Besuch angekündigt. Erst am Vortag hatte er sie über das Ergebnis der DNA-Analyse unterrichtet. Bei dem vermutlich Toten handele es sich mit höchster Wahrscheinlichkeit um ihren Lebenspartner.

Böttcher war mit dem Zug angereist, was sich anbot, da das Husumer Polizeigebäude in unmittelbarer Nähe des Bahnhofs lag. Flottmann und er fuhren anschließend gemeinsam zur Befragung. Die Fahrt dauerte keine zehn Minuten.

Die zierliche blonde Frau mit einem Piercing in der Unterlippe öffnete nach dem ersten Klingeln. Sie schien einigermaßen gefasst zu sein, entschuldigte sich wegen der Unordnung und bot den Kommissaren Platz um einen Couchtisch an.

»Wir haben ein paar Fragen an Sie, Frau Richter, die sich telefonisch nicht so gut klären lassen«, begann Böttcher.

Sie nickte. »Ist es wirklich sicher, dass Karl …?«

»Die DNA-Analyse ist eindeutig. Aber wir wissen nicht, was passiert ist. Wir schließen weder einen Unfall noch ein Verbrechen aus.«

»Ein Verbrechen? Wer sollte ihm etwas antun wollen? Das kann nicht sein.«

»Was machte … was macht Ihr Freund beruflich?«

»Er ist Grafiker. Inzwischen arbeitet er als Webdesigner. Selbstständig. Sein Arbeitszimmer ist nebenan.«

»Wir haben seinen Wagen auf einem Parkplatz am Außenhafen gefunden. Wissen Sie, was er dort zu tun hatte?«

»Nein. Manchmal hat er Kunden besucht, um mit ihnen die geplanten Internetseiten zu besprechen. Er bekam hauptsächlich Aufträge von Firmen, die hier in Husum oder Umgebung ansässig sind. Ob er an dem Tag, an dem er abends nicht nach Hause kam, einen Termin hatte, kann ich nicht sagen.«

»Hatte er sich in letzter Zeit verändert? War er vielleicht nervös oder ängstlich?«

Sie schüttelte den Kopf. »Es war alles normal. Wir haben uns auch nicht gestritten. Er war wie immer.« Eine Träne löste sich aus ihren Augen. »Ich kann mir überhaupt nicht vorstellen, warum ihm jemand was antun sollte. Er war zu allen Menschen nett.«

»Wie lange kennen Sie ihn?«, fragte Flottmann.

»Seit über zwei Jahren. Ich habe Karl bei einer Musikveranstaltung im Schloss kennengelernt. Wir sind beide in Husum geboren und aufgewachsen, sind uns aber nie begegnet, jedenfalls hatten wir nie voneinander Notiz genommen.«

»Wissen Sie, was er vorher gemacht hat? Ich meine, bevor Sie sich kennenlernten?«

»Er hat nicht viel aus seiner Vergangenheit erzählt. Eine Zeit lang hat er mit einer Frau zusammengelebt. Dörte heißt sie. Den Nachnamen weiß ich nicht. Verheiratet war er nicht, und er hat auch keine Kinder. Ich habe eine Tochter, die bereits erwachsen ist und in Kiel studiert.«

»Könnte es sein, dass Herr Vogt am Tag seines Verschwindens mit einem Schiff gefahren ist?«

»Alleine? Ohne mich?« Rita Richter sah Flottmann erstaunt an. »Das kann ich mir absolut nicht vorstellen. Und wenn, dann hätte er es mir erzählt.«

Flottmann nickte bedächtig. Er wendete seinen alten Trick an, einfach zu schweigen, um seinem Gegenüber Zeit zu geben, die Antwort zu überdenken. Auch Böttcher sagte nichts.

»Sie glauben doch nicht …« Sie schluckte. »Karl hatte keine Geheimnisse vor mir, und er hatte auch kein Verhältnis mit einer anderen Frau.« Ihre Entrüstung war deutlich herauszuhören.

»Wir müssen diese Fragen stellen«, sagte Flottmann. »War Herr Vogt Mitglied in einer Bürgerinitiative, beziehungsweise hat er sich für Fracking oder CO_2-Speicherung interessiert?«

Böttcher blickte seinen Husumer Kollegen fragend an. Flottmann hatte ihm bisher nichts von der vagen Spur erzählt, die eine Verbindung zwischen Harmsen und Weber darstellen konnte.

»Wir haben nie über solche Dinge gesprochen.«

»Und die Namen Kim oder Mik? Sagen die Ihnen etwas?«

»Nein, absolut nichts.«

Flottmann schaute zu Böttcher hinüber, um ihm wieder das Wort zu übergeben.

»Könnten wir bitte das Arbeitszimmer Ihres Lebensgefährten sehen?«, fragte dieser.

»Ja. Natürlich. Ich hab seitdem nicht aufgeräumt und auch nicht sauber gemacht. Es ist ziemlich unordentlich dort.«

»Es ist gut, dass Sie alles so belassen haben, wie es war.«

Frau Richter führte die beiden Kommissare in das Arbeitszimmer des Webdesigners. Dort herrschte das normale Chaos eines intensiv genutzten Büros, auf dem Schreibtisch zwei Bildschirme, Tastatur und Maus sowie übereinandergestapelte Bücher, Zettel mit Notizen.

Auf dem Boden lagen weitere Bücher, die zum Teil aufgeschlagen waren. Eine Wand war mit einem Regal zugestellt, das fast bis zur Decke reichte. Darin befanden sich Ordner, Zeitschriften und Fachliteratur vorwiegend aus den Bereichen Multimedia und Webentwicklung, aber auch Computer- und Fotozubehör.

»Ihr Partner fotografiert?«, fragte Flottmann.

»Ja. In der Regel nutzt er Bilddatenbanken für seine Arbeit, aber manchmal kann er Hobby und Beruf verbinden und eigene Aufnahmen verwenden. Seine Kameratasche ist nicht hier. Das fällt mir erst jetzt auf. Sie stand immer neben dem Regal. Er wird sie mitgenommen haben.«

»Er hat Ihnen wirklich nicht gesagt, wohin er fahren wollte?«

»Nein. Ich war auf der Arbeit, als er das Haus verlassen hat. Manchmal fährt er spontan fort, um zu fotografieren und sich von bestimmten Orten inspirieren zu lassen. Eigentlich ist er mehr Künstler als Entwickler. Viele seiner Kunden wissen das zu schätzen.«

»Kann es sein, dass er zum Außenhafen gefahren ist, um dort Aufnahmen zu machen?«

»Ja, das ist möglich. Haben Sie seine Kamera im Auto gefunden?«

Flottmann verneinte. »Herr Vogt führt doch sicher einen Terminkalender.«

»Im Computer. Dort trägt er Berufliches und Privates ein.«

»Können wir einen Blick darauf werfen?«

»Ja, natürlich.« Rita Richter schaltete den Computer ein und trat beiseite.

Flottmann überließ Böttcher den Schreibtischstuhl. Obwohl er inzwischen einen eigenen Computer besaß, ging er davon aus, dass der Flensburger Kollege geübter im Umgang mit der Technik war.

Eine Minute später konnten sie einen Blick auf den elektronischen Terminkalender werfen. Für den Tag, an dem Karl Vogt verschwand, gab es keinen Eintrag. Rita Richter erlaubte Böttcher, die Festplatte nach aktuellen Dateien zu durchsuchen, um herauszufinden, an welchen Projekten Vogt gearbeitet hatte. Soweit feststellbar, war Vogt in den letzten zwei Wochen lediglich für eine Firma in Schleswig sowie für einen Auftraggeber in Flensburg tätig gewesen. Eine Verbindung zum Husumer Außenhafen ließ sich daraus nicht ableiten. Vielleicht war Vogt tatsächlich nur dorthin gefahren, um zu fotografieren. Dass er ohne Fremdeinwirkung in den Hafen gefallen war, konnte vermutlich ausgeschlossen werden.

Flottmann lieferte seinen Kollegen nach der Befragung am Bahnhof ab und fuhr anschließend direkt nach Hause. Als er am nächsten Morgen das Büro betrat, war Hilgersen nicht da. Als er auch um zehn Uhr noch nicht erschienen war, rief Flottmann ihn auf dem Handy an. Nur der Anrufbeantworter meldete sich. Das passte nicht zu ihm. Er war mit seinem Smartphone verwachsen und eigentlich stets erreichbar. Als Nächstes versuchte es Flottmann auf dem Festnetzanschluss. Ohne Erfolg. Er ging durch die Räume und fragte, ob jemand seinen Kollegen gesehen habe.

»Er schien eine wichtige Entdeckung gemacht zu haben«, sagte Malte. »Jedenfalls hat er so getan. Vielleicht wollte er mich auch nur loswerden. Euer Serientäter hält euch wohl ganz schön auf Trab, was?«

»Allerdings. Was für eine Entdeckung meinst du?«

»Keine Ahnung. Er studierte irgendwelche Fotos mit einer Lupe. Sag mal, was war eigentlich in dem Kasten, der bei euch im Zimmer steht?«

»Nichts. Hast du eine Vermutung, wo Gustl sein könnte?«

»Nein. Er schien aber sehr aufgeregt gewesen zu sein. Vielleicht hat er eine wichtige Spur in eurem Fall entdeckt. Hat er dich nicht informiert?«

Flottmann schüttelte den Kopf.

Als Hilgersen sich am Nachmittag immer noch nicht meldete, ahnte er, dass irgendetwas passiert war. Was hatte ihn in Aufregung versetzt?

Flottmann betrachtete noch einmal die Bilder, die der

Journalist geschickt hatte. Hilgersen musste darauf irgendetwas entdeckt haben, das er selbst übersehen hatte. Sosehr Flottmann sich auch bemühte, er fand keinen Hinweis. Als Nächstes nahm er sich erneut alle Tatortfotos vor. Aber auch das brachte ihn nicht weiter. Wohin war Hilgersen gefahren? Wenn er vorgehabt hätte, aus privaten Gründen länger fortzubleiben, hätte er seine Dienststelle in jedem Fall informiert. Außerdem war kaum vorstellbar, dass er in der jetzigen Phase der Ermittlungen einfach so Überstunden abfeierte. Diesmal war es tatsächlich das Bauchgefühl, das Flottmann sagte, dass etwas nicht stimmte.

Nach Maltes Schilderung mussten die Fotos Anlass für Hilgersens Verhalten gewesen sein. Flottmann rief Patrik Rauschenfeld an und fragte ihn, ob er Hilgersen weitere Aufnahmen geschickt habe.

»Nein«, antwortete der. »Ich kenne Ihren Kollegen gar nicht. Der Deal läuft nur zwischen uns beiden.« Er lachte. »Außerdem hab ich Ihnen bereits alle Fotos gegeben. Ich hab übrigens inzwischen recherchiert und in den Archiven nach irgendwelchen Vorfällen in der Region gesucht, bei denen der Name Kim oder Mik eine Rolle spielte. Aber da war leider nichts von Bedeutung. Außer einer Schießerei im Hamburger Rotlichtmilieu, bei der ein Unbeteiligter ums Leben kam. Der Schütze wurde gefasst. Er hieß Michael Piepenfeld, wurde aber in der Szene Mik der Goldjunge genannt, weil sein Gebiss fast nur aus Goldzähnen bestand.«

»Danke, Herr Rauschenfeld.«

»Denken Sie bei Gelegenheit mal an eine Gegenleistung, auch wenn das jetzt nicht der große Treffer war.«

»Ich denke an nichts anderes.« Flottmann legte auf.

37

Hilgersens Kopf brummte, als hätte er am Vortag eine ganze Flasche Korn geleert. Dazu kam ein pochender Schmerz am Hinterkopf. Er fasste sich an die betreffende Stelle und spürte den Schorf unter den blutverklebten Haaren. Er lag auf dem Fußboden, mit dem Rücken an der Wand. Die Umgebung verschwamm vor seinen Augen. Er musste sich konzentrieren, um Einzelheiten erkennen zu können. Ein Bett, ein Stuhl und ... Er rieb sich die Augen. Ein Mensch. Auf einem Stuhl saß ein Mann.

»Sind Sie in Ordnung?«, fragte der.

Hilgersen versuchte aufzustehen, sackte aber sofort wieder zusammen. »Verdammt, wer sind Sie?«

Der Mann antwortete nicht. Obwohl Hilgersen alles doppelt sah, kam ihm das Gesicht bekannt vor. Er erinnerte sich an ein Foto, das sich in den Akten befand. Er kniff ein paarmal die Augen zusammen. Die Doppelbilder verschwanden langsam. Sein Blick fiel auf die Hand seines Gegenübers beziehungsweise auf die nicht vorhandene linke Hand.

»Sie sind Weber. Was soll das? Wieso haben Sie mich ... Was machen Sie überhaupt hier? Ich verstehe nicht.« Hilgersen fasste sich an die Stirn. »Mein Kopf. Mir brummt der Schädel. Ich hab eine Gehirnerschütterung.«

»Sie sehen erbärmlich aus«, bestätigte Weber.

»Lassen Sie mich gehen! Ich brauche einen Arzt.«

Weber lachte laut auf. »Von mir aus können Sie gehen, wohin Sie wollen.«

Hilgersen konnte immer noch nicht klar denken. Wieso überhaupt Weber? Was hatte der Physiker hier zu suchen? Hilgersen erinnerte sich an die Situation in der Hütte, an den Arm, der ihm aus dem Müllsack entgegengekommen war, an den Schlag und an die Fotos, die der eigentliche Grund waren, weshalb er zu diesem Haus gefahren war. Das Gedächtnis schien noch zu funktionieren. Er hoffte, dass auch seine Intelligenz und seine analytischen Fähigkeiten nicht gelitten hatten. Er würde sie vielleicht noch brauchen.

»Und wer sind Sie?«, fragte Weber.

»Kommissar Hilgersen, Kripo Husum.«

»Ein Kollege von Hauptkommissar Flottmann?«

»Ja.«

»Polizei. Sehr schön. Dann sind wir ja gerettet.«

»Was?«

»Das war ein Scherz.«

»Ach nee. Ich wusste gar nicht, dass Wissenschaftler witzig sein können. Helfen Sie mir lieber auf die Beine!« Hilgersen streckte seine Hand aus.

Weber stand auf, reichte ihm seine Rechte und zog ihn hoch. Hilgersen schwankte und ließ sich sofort auf das Bett fallen. Der Physiker setzte sich wieder.

»Gehe ich recht in der Annahme, dass wir beide hier gefangen sind?«, stöhnte Hilgersen.

»Exakte Schlussfolgerung. Ich bin schon drei Tage hier. Das Schwein hat mich zum zweiten Mal überfallen. Ich hab keine Ahnung, was er mit mir beziehungsweise mit uns vorhat. Aber jetzt, da Polizei da ist, wird alles gut.«

Hilgersen wunderte sich über den Galgenhumor des Physikers. Immerhin hatte er eine Hand verloren, war nur knapp dem Tod entronnen und saß jetzt erneut in der Falle. Aber vielleicht war gerade das der Grund für Webers Sarkasmus, dem Hilgersen in der Situation, in der sie jetzt steckten, absolut nichts abgewinnen konnte.

»Im Gartenhaus hab ich eine Leiche entdeckt. Eine tote Frau, wenn ich mich nicht irre.«

»Was?«

Hilgersen bemerkte mit Genugtuung, dass der Wissenschaftler blass wurde. »Es waren zwei Säcke, die ich gesehen habe. Entweder befanden sich zwei Leichen da drin oder in jedem eine halbe.«

Das reichte. Weber schluckte. Vermutlich war ihm nun das Scherzen vergangen.

»Lassen Sie uns lieber überlegen, wie wir hier heil rauskommen«, sagte Hilgersen.

Weber schüttelte den Kopf. Langsam kehrte wieder Farbe in sein Gesicht zurück.

»Keine Chance. Die Stahltür bekommt man nicht auf. Ich hab schon alles versucht. Und das Gitter vor dem Fenster kann man ohne Werkzeug auch nicht durchsägen oder abschrauben. Nebenan ist eine Küche ohne Fenster. Sie werden es nicht glauben, aber im Kühlschrank befinden sich Getränke und Lebensmittel. Die müssten sogar für uns beide eine Weile reichen. Und ein Bad gibt es hier auch.«

»Sieht so aus, als müssten wir uns auf einen längeren Aufenthalt einrichten. Immerhin lässt man uns hier nicht verhungern oder verdursten.«

»Ich befürchte, dass wir bis zum nächsten Experiment des Wahnsinnigen bei Kräften bleiben sollen.«

»Sie meinen ... Verdammt! Was war ich für ein Idiot!«

Hilgersen stampfte mit dem Fuß auf den Boden. Dabei schoss ihm ein Schmerz wie ein Nadelstich durchs Gehirn.

Beide schwiegen und hingen ihren Gedanken nach. Obwohl Hilgersen den Entführer und Mörder nicht gesehen hatte, wusste er, mit wem er es zu tun hatte. Über das Motiv tappte er jedoch völlig im Dunkeln. Weber wollte er nicht über den Täter aufklären. Vielleicht war es für ihn besser, wenn er nicht Bescheid wusste. Vermutlich war es aber ohne Bedeutung. So oder so würden sie nicht mehr lebend aus dem Gefängnis herauskommen. Aber vielleicht hatten sie doch noch eine Chance, ähnlich wie der Täter den vorherigen Opfern zumindest eine prinzipielle Chance gegeben hatte.

»Haben Sie ihn gesehen?«, fragte Hilgersen.

»Nein, weder während der Entführung noch hinterher. Er lässt sich nicht blicken. Als er Sie ablieferte, hat er Sie einfach durch die Tür geschoben. Ich war drauf und dran, einen Fluchtversuch zu wagen. Aber ich bin kein Held. Wahrscheinlich hatte er eine Knarre dabei. Außerdem, mit nur einer Hand ... Aber es ist ein gutes Zeichen, dass er sich nicht zu erkennen gibt, finden Sie nicht? Warum sollte er es tun, wenn er uns umbringen wollte? Haben Sie ihn gesehen?«

»Nein. Aber …«

»Was aber?«

»Nichts. Wo hat er Sie überfallen?«

»Er muss mich beobachtet haben. Ich war ein paar Tage bei meinen Eltern, um mich von ihnen verwöhnen zu lassen. Dann wollte ich aber doch früher als geplant nach Kiel zurück. Meine Mutter ging mir mit ihrer gut gemeinten Umsorgung langsam auf die Nerven. Die Alten sind rührend, aber sie können ganz schön anstrengend sein. Na ja, und dann hab ich noch versucht … Ach, was soll's.«

»Erzählen Sie.«

»Ich wollte mich mit einer Frau treffen. Ich hatte mir fest vorgenommen, die Beziehung zu beenden. Das hätte ich auch getan, wenn nicht dieser neuerliche Überfall passiert wäre.«

»Sie reden von Esther Fischer?«

»Sie wissen Bescheid?«

»Klar.«

»Jedenfalls fuhr ich auf den nächsten Parkplatz, um sie anzurufen. Ich stieg aus, und im nächsten Moment hat mir jemand eine verpasst. Keine Ahnung, womit er zugeschlagen hat, aber ich war sofort weg.«

»Er scheint seine Methode verändert zu haben. Statt Spritze Baseballschläger oder Ähnliches. Das wirkt schneller, ist allerdings auch nicht so gut dosierbar.« Hilgersen fasste sich an den Hinterkopf, auf dem sich eine stattliche Beule gebildet hatte.

»Was meinen Sie, wie es mit uns weitergehen wird?«, fragte Weber.

Obwohl er auch jetzt versuchte, seine Furcht zu verbergen, war sie doch an einem leichten Zittern in der Stimme herauszuhören. Hilgersen ging es nicht anders. Auch er konnte seine Angst nicht beiseiteschieben. Schlechte Voraussetzung, um rationale Entscheidungen zu treffen. Allerdings schien es nicht so, als wären sie in der Lage, irgendwelche Entschlüsse zu fassen. Sie waren gefangen, hatten keine Verbindung zur

Außenwelt, und Hilgersen hatte nicht die geringste Idee, wie sie sich aus der Situation befreien konnten. Letztendlich brachte es nichts, sich etwas vorzumachen.

Seine einzige Hoffnung war Flottmann. Wenn der die gleichen Schlüsse zog wie er, würde er wissen, wohin Hilgersen gefahren war. Aber die Wahrscheinlichkeit war gering. Flottmann wusste nichts von den Fotos der DLRG. Hilgersen war eingefallen, dass der schweigsame Misfeld während der Schlicktour zum Boot eine Kamera bei sich trug. Er hatte Mommsen angerufen und erfahren, dass dessen Kollege auch während des Einsatzes zu Lindberghs Rettung Fotos geschossen hatte. Obwohl Hilgersen nicht davon ausgegangen war, dass diese von Bedeutung sein könnten, hatte er sie doch angefordert.

Aber dummerweise hatte Mommsen sie nicht per E-Mail geschickt. Die Dateien waren zu groß gewesen. Deshalb hatte er ihm lediglich die Adresse für den Zugriff auf eine Cloud genannt, in der auch Fotos anderer DLRG-Einsätze abgelegt waren. Flottmann konnte die Bilder also weder in Hilgersens E-Mail-Ordner noch auf der Festplatte finden. Der Zettel mit den Zugangsdaten lag sicher noch irgendwo auf dem Schreibtisch. Aber es war unwahrscheinlich, dass Flottmann oder jemand anderes deren Bedeutung erkennen würde.

Eine vage Hoffnung stellte Hilgersens Handy dar. Wenn Flottmann herausfand, in welche Basisstation es eingeloggt war, würden bei ihm vermutlich alle Alarmglocken läuten. Aber letztendlich wusste Hilgersen nicht einmal, ob er überhaupt schon vermisst wurde. Ihm ging die letzte Minute im Büro durch den Kopf. Er hatte die Bilder hektisch zusammengerafft und konnte sich an den Griff in die Schublade erinnern. Aber statt des Handys hatte er Halfter und Pistole entnommen!

»Also, wie geht es weiter?«, fragte der Physiker erneut.

»Mein Horoskop hat mir prophezeit, dass ich noch einiges im Leben zu erwarten habe. Von unserem Zusammentreffen stand da allerdings nichts drin.«

»Verschonen Sie mich mit dem Mist.« Weber stand auf und trat mit dem Fuß gegen den Stuhl, auf dem er gesessen hatte.

»Ich wollte uns nur trösten.«

»Lassen Sie sich etwas Besseres einfallen! Ein Polizist, der an Übersinnliches glaubt, hat mir gerade noch gefehlt.«

»Ich glaub ja nicht wirklich daran.«

Hilgersen rieb sich den Nacken. Die Schmerzen der Attacke hatten sich nicht nur im Schädel manifestiert, sondern schienen sich langsam, aber sicher in andere Körperregionen auszubreiten.

Weber setzte sich wieder. »Ihr Hauptkommissar hatte mich nach Fracking und CCS gefragt«, sagte er nach einer Weile. »Da mich das Thema interessierte, war ich vor Jahren bei einer Veranstaltung im Schloss vor Husum. Da ging es um Chancen und Risiken der Technologie. An dem Tag gab es einen Vorfall, den ich schon lange vergessen hatte.«

»Erzählen Sie.«

»Es war ein kalter Wintertag. Da ich sehr früh dran war, bin ich noch kurz im Park spazieren gegangen. Als ich dann schließlich Richtung Schloss schlenderte, sah ich einen Jungen auf dem Eis des Wassergrabens spielen. Mir war sofort klar, dass er in Gefahr war. Die Eisdecke war viel zu dünn. Wir hatten Temperaturen knapp unter null Grad, und das erst seit einigen Tagen. Der Junge brach vor meinen Augen ein. Zum Glück hatte ich ein Mobiltelefon dabei. Ich rief die 112 an und hab geschildert, was passiert war. Dann bin ich zum Ufer gelaufen. Ein paar Leute standen dort ziemlich hilflos herum. Keiner wusste so recht, was er tun sollte. Die dünne Eisdecke hätte keinen Erwachsenen getragen. Wir mussten mit ansehen, wie das Kind schrie und schließlich unterging. Aber die Feuerwehr war schnell zur Stelle. Die haben die Schaulustigen ziemlich brutal verscheucht. Ich bin dann auch lieber gegangen. Aus der Zeitung hab ich erfahren, dass der Junge überlebt hat. Insofern hatte der Unfall ein gutes Ende gefunden.«

»Stand der Name des Kindes in dem Bericht?«

»Das weiß ich nicht mehr. Sie meinen Kim?«

»Ja. Oder Mik.«

»Das ist zu lange her. Daran kann ich mich beim besten Willen nicht erinnern. Sie glauben, der Vorfall könnte etwas mit unserer Gefangenschaft zu tun haben?«

Hilgersen zuckte mit den Schultern und stand auf. Seine starken Kopfschmerzen machten ihm zu schaffen. Mit einem Brummschädel konnte er keinen klaren Gedanken fassen. Er ging in die Küche. Sogar für eine Kaffeemaschine war gesorgt, ebenso für Filtertüten und gemahlenen Kaffee. Da gab es nichts zu meckern. Nur die Umstände und der Ausblick auf die kommenden Stunden, vielleicht auch Tage und Nächte, beunruhigten ihn. Der Entführer würde sie nicht einfach so freilassen. Aber Hilgersen hatte keine Ahnung, was sie erwartete.

Obwohl es bereits nach zwei Uhr in der Nacht war, kam keiner der beiden auf die Idee, sich schlafen zu legen. Die Männer hätten sich das schmale Bett teilen müssen. Das wäre zwar nicht bequem, aber doch machbar gewesen.

Die meiste Zeit hatten sie damit verbracht, über ihre Lage nachzugrübeln. Da es sowohl im Bad als auch in der Küche fließend Wasser gab, bestand keine Gefahr, dass sie verdursteten, sobald ihr Vorrat verbraucht war. Sicherheitshalber hatten sie alle brauchbaren Gefäße aufgefüllt, Eimer, Kochtöpfe und sogar Tassen und Teller, für den Fall, dass der Entführer ihnen den Hahn abdrehte. Mit den Lebensmitteln wollten sie sparsam umgehen. Viel mehr konnten sie nicht tun.

Sie befanden sich in einem gar nicht einmal so unkomfortablen Gefängnis und warteten, was passieren würde. Die grellen Neonlampen waren ausgeschaltet. Das Licht aus der Küche sorgte für genügend Helligkeit.

Hilgersen und Weber saßen sich am Tisch gegenüber.

»Glauben Sie, dass der Kerl uns beobachtet?«, fragte Weber.

»Das kann durchaus sein. Allerdings hab ich bisher keine Kamera entdeckt. Aber das bedeutet nicht viel. Die können sehr klein sein.«

»Vielleicht hört er mit, wenn wir uns unterhalten.«

»Auch möglich. Wenn Sie mir einen Plan mitteilen wollen, wie wir hier herauskommen, sollten Sie ihn mir ins Ohr flüstern.«

»Sie sind doch der Polizist. Das fällt in Ihre Zuständigkeit.«

»Ich hab Feierabend.«

»Typisch Beamter. Wenn man die Polizei schon mal braucht. Da wäre es ja sogar besser gewesen, wenn ich hier mit einem Priester eingeschlossen wäre. Der hätte jedenfalls für mich beten können.«

»Ich könnte es versuchen. Glauben Sie, dass das hilft?«

»Nein. Aber schaden würde es auch nicht.«

»Ich kann keins auswendig.«

»Toll.«

»Mein Kollege Flottmann wird sich sicher Sorgen machen und sich die Nacht um die Ohren schlagen, um mich zu befreien – hoffe ich.«

»Aber er weiß nicht, wo Sie sind, oder?«

»Nein. Dummerweise nicht.«

In diesem Moment hörten sie ein Geräusch, das von der Tür kam. Ein Schlüssel wurde umgedreht, und die Stahltür öffnete sich. Eine Gestalt trat ein. Die Pistole in ihrer Hand war auf die Gefangenen gerichtet.

Weber erstarrte mit weit aufgerissenen Augen und offenem Mund. »Aber … aber … wieso …«, stammelte er und sprang auf.

»Bleiben Sie sitzen. Ich will mich nur ein wenig mit Ihnen unterhalten.«

Weber ließ sich auf den Stuhl fallen. Die Verwirrung hatte sich in seinem Gesicht eingebrannt. Er sah Hilgersen an, der keine Miene verzog.

38

Flottmann hatte die gesamte Dienststelle in Aufregung versetzt und die Suche nach Hilgersen als höchste Dringlichkeit eingestuft. Gegenüber Dienststellenleiter Drechsler hatte er dies mit Lebensgefahr für den Kollegen begründet, ohne dass er ihm den genauen Anlass erklären konnte. Schließlich wusste er selbst nicht, was geschehen war.

Der Versuch, Hilgersens Handy zu orten, war fehlgeschlagen. Es war ausgeschaltet und befand sich in der Schreibtischschublade, wie Flottmann beim Durchsuchen von dessen Sachen feststellte. Die Fahndung nach Hilgersens Pkw lief, und Flottmann hatte alle Zeugen in den aktuellen Fällen angerufen. Lediglich der Physiker Fred Weber und Rita Richter, die Lebensgefährtin des Opfers, dessen Fuß man gefunden hatte, waren nicht erreichbar gewesen.

Flottmann merkte, dass ihn seine Hektik und Nervosität am Nachdenken hinderten. Ohne Frage hatte er etwas übersehen. Aber was? Er hatte seine Überlegungen auf die Fotos konzentriert. Jetzt brauchte er dringend einen neuen Denkansatz.

Kim oder Mik. Harmsen hätte in der Todesgefahr, in der er sich befand, niemals etwas Belangloses in die Wand geritzt. Es musste ein Hinweis auf den Mörder sein. Kim war die englische Kurzform von Kimberly oder Kimball. Auch Mik stammte aus dem englischen Sprachraum, abgeleitet von Mike oder Mikel.

»Verdammt!«

Flottmann schlug sich mit der flachen Hand auf die Stirn, sodass er den Schmerz spürte. Was war, wenn Harmsen ohnmächtig geworden war, bevor er den vollständigen Namen schreiben konnte? Vielleicht wollte er Mike schreiben. Dann hätte ein Buchstabe gefehlt. Oder Kim und irgendetwas? Flottmann griff zum Telefon. Er informierte Malte und Lohmeyer, den IT-Semiprofi der Husumer Dienststelle. Sie sollten in den

Polizeiberichten recherchieren, ob die neuen Namen im Zusammenhang mit irgendwelchen Vorfällen auftauchten. Dann rief er den Journalisten an.

»Hab mir doch gedacht, dass Sie endlich ein paar Informationen für mich haben«, waren Rauschenfelds erste Worte.

»Sie kriegen ein paar Häppchen, wenn Sie mir helfen.«

»Okay. Das hört sich jetzt etwas konkreter an. Was kann ich für Sie tun?«

»Ihre Recherche zu den Namen Kim und Mik haben keine Ergebnisse gebracht?«

»Ich hätte Sie angerufen, wenn ich etwas Neues herausgefunden hätte. Außer der Sache in Hamburg war da nichts.«

»Aber vielleicht gibt es irgendetwas mit Mike, Mika beziehungsweise Kimball oder …?«

»Es wäre einfacher für mich, wenn Sie mich aufklären würden, worum es geht.«

Flottmann überlegte nicht lange. »Gut. Sie wissen von der Leiche in der Kiste, die wir im Hattstedter Wald gefunden haben.«

»Ja. Das heißt, meine Informationen darüber sind dürftig. Die Quellen waren nicht sehr ergiebig.«

»Das Opfer hat vor seinem Tod die Buchstaben K I M in die Wand geritzt, was wir als Kim oder Mik interpretiert haben.«

»Wow!«, rief Rauschenfeld aus.

»Aber vielleicht fehlen Buchstaben. Eventuell auch nur einer. Zumindest mit Mik würde es funktionieren. Mike oder Mika.«

»Das klingt einigermaßen logisch.«

»Für am wahrscheinlichsten halte ich Mika, weil es ein deutscher Name ist.«

»Und jetzt soll ich noch einmal die gleichen Nachforschungen in den Archiven anstellen?«

»Es wäre von größter Wichtigkeit.«

»Dazu müsste ich meine alten Kollegen in der Redaktion bestechen.«

»Tun Sie das bitte.«

»Und dann bekomme ich …«

»Was Sie wollen. Mag sein, dass man mich dafür in die Wüste schickt. Das Risiko gehe ich ein.«

»Okay. Der Deal gilt. Ich melde mich wieder, sobald ich was habe.«

»Beeilen Sie sich – bitte!« Flottmann legte auf.

Nach mehreren Versuchen erreichte er endlich Rita Richter. Wie erwartet, war Hilgersen nicht bei ihr gewesen. Zu Flottmanns Überraschung und Verärgerung hatte Rauschenfeld sie aufgesucht und ihr Fragen zu ihrem Lebenspartner Karl Vogt gestellt. Sie habe den Eindruck gehabt, dass der Journalist bereits vieles über ihn wusste, sogar Details, die ihr unbekannt waren, Begebenheiten aus Vogts Leben, bevor sie sich kennengelernt hatten.

»Dieser Schnüffler!«, schimpfte Flottmann nach dem Gespräch. Hatte Rauschenfeld auch Weber aufgesucht? Das war nicht auszuschließen. Flottmann versuchte erneut, den Physiker zu erreichen. Ohne Erfolg. Er rief bei dessen Eltern an und nahm in Kauf, dass er die alten Leute beunruhigte. Auch die hatten schon nach ihrem Sohn gefahndet, hatten sowohl auf seinem Handy als auch im Institut angerufen.

Flottmann telefonierte ein zweites Mal mit Maria Harmsen und fragte, ob Rauschenfeld auch bei ihr aufgetaucht sei. Tatsächlich hatte er die Witwe aufgesucht und ihr Fragen gestellt. War er wirklich nur an der Story interessiert, oder hatte er andere Beweggründe? Flottmann war drauf und dran, ihn zur Rede zu stellen. Aber er brauchte den Journalisten gerade jetzt. Für eine Auseinandersetzung war nicht der richtige Zeitpunkt. Später würde er ihm die Leviten lesen.

Er ging in Maltes Büro. Nicht einmal den strengen Geruch dort registrierte er. So groß war seine Anspannung.

»Hast du schon was?«, fragte er.

»Nein. Ich bin noch dran. Und es hilft wenig, wenn du mir dabei auf den Pantoffeln stehst. Ich könnte Svenja fragen …«

»Was?«

»Meine Verlobte. Sie hat beeindruckende Fähigkeiten und vielleicht …«

»Erst recherchierst du. Dann kannst du meinetwegen aus dem Kaffeesatz lesen.« Flottmann schüttelte verständnislos den Kopf.

Lohmeyers Raum lag am Ende des Flurs. Dort roch es eindeutig besser. Aber auch der hatte keine guten Nachrichten.

»Bei Vorgängen, die weit zurückliegen, haben wir keine Chance. Die sind bisher noch nicht elektronisch aufbereitet worden. Außerdem sind viele Dokumente gescannt worden. Darin kann man nicht suchen. Bist du dir überhaupt sicher, dass die Husumer Polizei bei dem Vorfall, um den es geht, beteiligt war?«

»Nein, bin ich nicht. Mach trotzdem weiter.«

»Klar.«

Flottmanns Nerven lagen blank. Er konnte nichts Sinnvolles tun. Zurück in seinem Büro, sah er sich zum hundertsten Mal alle Fotos an. Das Telefon klingelte. Rauschenfeld war am Apparat.

»Es gab einen Vorfall, in dem der Name Mika eine Rolle spielte. Das ist allerdings lange her. 28. Februar 2007. Ein Kind brach im Schlossgraben ein.«

»Am Husumer Schloss?«

»Ja. Das Schloss vor Husum, wie es heißt. Der Junge war sieben Jahre alt. Zum Glück wurde der Unfall von Leuten beobachtet. Die haben dann die Rettung alarmiert, und die Feuerwehr hat ihn rausgefischt. Er konnte wiederbelebt werden.«

»Wie hieß der Junge mit Nachnamen?«

»Das steht hier leider nicht. Es ist nicht einmal sicher, dass er wirklich Mika hieß.«

»Was?«

»Oft wird der richtige Name in solchen Fällen nicht genannt.«

»Verdammt! Verdammt!«

»Aber ich hab herausbekommen, wer den Artikel geschrieben hat. Ein Dieter Steinhorst. Und Sie sollten stolz auf mich sein: Ich hab seine Mobilfunknummer.«

»Ich bin stolz auf Sie, und Sie kriegen einen Orden von mir. Allerdings …«

»Allerdings?«

»Ach, nichts.«

Rauschenfeld gab die Rufnummer durch. Flottmann notierte sie, und ohne ein weiteres Wort zu verlieren, legte er auf.

Dieter Steinhorst war schwer zu erreichen. Mehrmals sprach Flottmann ihm auf die Mailbox und bat um Rückruf. Es war bereits spät am Abend, als der Anruf kam.

»Steinhorst. Sie hatten mir auf den Anrufbeantworter gesprochen.«

»Ich hab Ihre Nummer von einem Ihrer Kollegen, Patrik Rauschenfeld.«

»Kenne ich nicht.«

»Jedenfalls geht es um eine sehr wichtige Angelegenheit. Sie haben vor langer Zeit einen Artikel über einen Unfall geschrieben, der sich am Schloss vor Husum abgespielt hat. Ein Kind ist damals ins Eis eingebrochen.«

»Das ist lange her. Aber ich erinnere mich. Zumindest dunkel. Damals war ich noch ziemlich grün hinter den Ohren. Einer meiner ersten Artikel. Das Kind hat überlebt, soviel ich weiß. Worum geht es?«

»Wissen Sie noch, wie der Junge hieß?«

»Nein, daran kann ich mich nun wirklich nicht erinnern.«

»Mika?«

»Tut mir leid. Das weiß ich nicht mehr. Aber ich habe später erfahren, dass der Junge lange im Koma gelegen hat und erst nach zwei oder drei Wochen aufgewacht ist. Mehr weiß ich nicht.«

»Gibt es noch Unterlagen von damals?«

»Das kann ich mir nicht vorstellen. Jedenfalls hab ich keine Aufzeichnungen mehr. Ich arbeite heute für ein Onlinemagazin. Vielleicht haben Sie Glück, und Sie finden etwas in den Zeitungsarchiven.«

»Ihren Artikel haben wir gefunden. Dort wird der Junge Mika genannt. Aber das wird nicht der richtige Name gewesen sein?«

»Nein, vermutlich nicht. Aber ich kann Ihnen in der Angelegenheit nicht weiterhelfen.«

»Danke.« Flottmann war enttäuscht. »Falls Ihnen noch etwas über den Jungen oder dessen Eltern einfällt, rufen Sie mich bitte an.«

»Sie können sich darauf verlassen.«

»Auf Wiederhören, Herr Steinhorst.«

»Wiederhören.«

»Verdammter Mist!«, rief Flottmann aus und schlug mit der Faust auf den Schreibtisch.

Er ahnte, dass er etwas übersehen hatte. Selten hatte sich sein Bauchgefühl so deutlich gemeldet wie in diesem Augenblick. Leider teilte es ihm nicht mit, *was* er übersehen hatte. Außer einem Knurren gab das Organ keinen Laut von sich.

39

Weber machte nicht den Eindruck, als habe er die Situation verstanden. Er sah abwechselnd Hilgersen und den Mann mit der Pistole an, der sich einen Stuhl nahm und sich in der Nähe der Tür niederließ.

»Es ist leider nicht alles nach Plan verlaufen«, sagte dieser. »Deshalb musste ich etwas improvisieren. Wie sind Sie auf mich gekommen, Herr Hilgersen?«

»Gar nicht. Ich wollte Sie lediglich befragen. Es wäre also nicht nötig gewesen, mir den Schädel einzuschlagen.«

»Warum mussten Sie auch unbedingt im Gartenhaus rumschnüffeln?«

»Eine Berufskrankheit. Ich konnte nicht wissen, dass Sie dort Leichen verstecken.«

»Nur eine Leiche, Herr Kommissar. Auch die gehörte nicht zum Plan. Leider ist mir alles etwas aus dem Ruder gelaufen. Ich bin kein Mörder. Jedenfalls bringe ich keine Menschen aus niedrigen Beweggründen um. Das ist doch die Voraussetzung für das Delikt Mord, nicht wahr?«

»Sie haben also edle Motive für Ihre Taten?« Hilgersen rückte seinen Stuhl so zurecht, dass er den Kopf nicht verrenken musste, um seinen Gesprächspartner anzusehen. Die Kopfschmerzen hatten wieder zugenommen.

»Ja. Mir geht es nicht um Rache, Geld oder ähnliche Dinge. Das versteht man doch unter niedrigen Beweggründen, oder?«

»Verdeckung einer Straftat. Auch die Kriterien Heimtücke und Grausamkeit dürfte der Richter bei seinem Urteil anführen.«

»Lassen wir doch die juristischen Feinheiten. Es geht nicht um das Gesetz. Das wurde von Menschen geschaffen. Es geht um Ethik und Moral.«

Hilgersen lachte hämisch. »Das aus Ihrem Mund zu hören ist ein Witz.«

»Ich habe nicht erwartet, dass man mich versteht. Paragrafenreiter wie Sie sowieso nicht. Aber ich gebe zu, dass ich von meinen ursprünglichen Ansprüchen an mich und mein Handeln abgewichen bin. Die Umstände haben dazu geführt. Das ist traurig, war aber leider nicht vermeidbar, um meine Projekte nicht zu gefährden. Sie, Herr Dr. Weber, sind das beste Beispiel. Als ich Sie im Krankenhaus besucht habe, wurde mir klar, dass Sie über kurz oder lang auf mich kommen würden. Deshalb musste ich Sie ein weiteres Mal behelligen. Das tut mir leid. Immerhin hab ich dadurch nicht nur erfahren, dass Sie gefährlich für mich wurden, sondern auch, dass Sie über das Ereignis von damals nachgedacht haben. Das spricht für Sie.«

Weber hatte die Sprache wiedergefunden und polterte: »Sie sind doch krank im Kopf, Lindbergh, oder wie immer Sie heißen mögen.«

»Sie haben recht. Ich bin krank. Und das habe ich unter anderem Ihnen zu verdanken. Doch bevor wir über Ihre Schuld sprechen, würde ich gerne von Ihnen wissen, Herr Kommissar, weshalb Sie hier aufgetaucht sind. Sie haben die Sache extrem verkompliziert.«

»Wie gesagt. Eigentlich wollte ich Ihnen nur ein paar Fragen stellen. Von Ihrem Ausflug ins Watt wurden Fotos gemacht. Auf einem Bild hatten Sie gelbe Stiefel an, auf einem anderen, das die DLRG geschossen hat und das später entstand, liefen Sie barfuß. Anstatt gründlich nachzudenken, bin ich hierhergefahren. Ich war so fest davon überzeugt, dass Sie Opfer und nicht Täter sind, dass ich alle Vorsicht außer Acht gelassen habe.«

»Es existieren neben den Fotos der DLRG weitere Aufnahmen? Woher stammen sie?«

»Das kann ich Ihnen nicht sagen.«

»Was soll die Geheimniskrämerei? Sie haben nichts zu verlieren. Und im Gegensatz zu vielen meiner Mitmenschen interessieren mich meine Fehler. Seien Sie kooperativ. Vielleicht kann ich noch etwas für Sie tun. Zumindest könnte ich Ihre Leiden verkürzen.«

Hilgersen schwieg.

»Überlegen Sie sich's. Gleich bei meinem ersten Projekt lief leider etwas schief. Die Technik war einfach zu komplex. Das hätte ich beachten müssen. Wie Sie wissen, habe ich meine Delinquenten per Videoübertragung beobachtet. Dass der Multicopter abstürzte, war eine böse Panne. Hätte man ihn gefunden, hätte man Rückschlüsse auf den Ort ziehen können, von dem aus er gestartet war, da die GPS-Koordinaten im Gerät gespeichert sind. Also lief ich bei ablaufendem Wasser hinaus, um das Ding zu bergen. Zwar vermutete ich, dass es fortgespült und auf Nimmerwiedersehen im Meer verschwunden war, aber sicher konnte ich mir nicht sein. Als ich die Leute von der DLRG sah, die mich retten wollten, musste ich handeln. Um meinen Ausflug zum Boot plausibel zu erklären, gab es nur eine Möglichkeit. Ich musste das Opfer spielen. Das war relativ einfach, da ich ja sämtliche Details der Operation kannte. Zum Glück war ich rechtzeitig aufgebrochen, um den Copter zu bergen. Die Sache lag mir nämlich auf dem Magen, wie Sie sich vorstellen können. Das Watt war an den meisten Stellen noch mit Wasser bedeckt. So hat niemand bemerkt, dass meine Spuren zum Boot hinführten und nicht von dort weg. Wahrscheinlich wäre das aber sowieso niemandem aufgefallen.«

»Sie haben Ihre Stiefel ausgezogen und weggeworfen?«

»Ja. Da ich später erzählen wollte, dass ich aus meinem Auto entführt wurde, schien es mir logischer zu sein, dass ich nicht mit Gummistiefeln durch die Gegend gefahren war. Ich musste also Schuhe getragen haben, als ich entführt wurde, und natürlich hätte ich damit nicht durch das Watt laufen können. Sie wären unweigerlich im Schlick stecken geblieben. Als die Leute von der DLRG auf mich zukamen, musste ich ihnen eine möglichst plausible Geschichte auftischen. Ich wollte ihnen und später der Polizei alles genauso erzählen, wie es abgelaufen war. Das gab mir die Sicherheit, mich nicht in Widersprüche zu verwickeln. Ich denke, dass ich bei meinem Besuch in Ihrem Büro sehr überzeugend war, oder?« Lindbergh grinste. »Ich hab mir sogar eine Wunde zugefügt, für den Fall, dass man mich aufgefordert hätte, den Verband abzunehmen.«

Zur Demonstration hob er die rechte Hand.

»Ich hätte das Theater gerne vermieden«, fuhr er fort, »aber nachdem meine sogenannte Rettung aktenkundig geworden war, ging das leider nicht. Der Absturz des Multicopters und die Rettungsaktion der DLRG waren bedauerliche Zwischenfälle. Aber mir war von vornherein klar, dass etwas Unvorhersehbares passieren könnte. Dazu gehörte auch Ihr Auftauchen hier.«

»Und die Leiche im Gartenhaus? Ist auch sie das Ergebnis einer kleinen Panne?«

Lindbergh wich Hilgersens Blick aus und schwieg. Er schien seine Taten einerseits in gerechte und von ihm geplante und andererseits in bedauerliche Pannen einzuteilen. Vermutlich hatte er sogar so etwas wie ein schlechtes Gewissen wegen der »Kollateralschäden«.

Hilgersen blickte zu Weber hinüber. Der saß zusammengekauert auf seinem Stuhl. Ihm schien der letzte Rest an Mut und Willenskraft abhandengekommen zu sein. Lindberghs Bemerkung über die zu erwartenden Leiden hatte ihn offenbar in eine Art Schockstarre versetzt. In Anbetracht seiner erlittenen Qualen im Hattstedter Wald war das nicht verwunderlich.

»Karl Vogt ist derjenige, der im Meer ertrunken ist, nicht wahr? Wir haben seinen Fuß gefunden.«

»Er hätte nur noch zwei Stunden durchhalten müssen.«

»Vielleicht waren Ihre Berechnungen falsch.«

»Das waren Sie nicht.« Lindbergh klang verärgert. »Er hätte seine Kräfte besser einteilen müssen. Ich hab es selbst ausprobiert. Er hatte eine faire Chance.«

»Und ich? Weshalb bin ich hier?«, fragte Weber mit zittriger Stimme.

»Sie hatten überlebt, und bei meinem Besuch in der Klinik wurde mir klar, dass Sie den Zusammenhang mit dem damaligen Ereignis über kurz oder lang herstellen und Ihren Verdacht der Polizei mitteilen würden. Da meine Projekte noch nicht abgeschlossen waren, musste ich handeln. Ursprünglich wollte ich Sie nicht ein weiteres Mal behelligen. Niemand sollte zweimal für dieselbe Tat belangt werden. Ich hätte Sie eine Weile hier festgehalten und nach Beendigung meiner Arbeit wieder freigelassen. Ich wollte Ihnen sogar den Aufenthalt hier so angenehm wie möglich machen. Mag sein, dass ich ein übersteigertes Gerechtigkeitsempfinden habe. Ich will das nicht ausschließen. Ihre neuerliche Entführung war lediglich eine notwendige Maßnahme, um sicherzustellen, dass ich meine Arbeit fortsetzen konnte. Leider hat Kommissar Hilgersen meine Pläne mit seinem Übereifer durcheinandergebracht.«

»Aber was habe ich Ihnen getan? Warum haben Sie mich an diesen verdammten Baum gefesselt?«

»Sie haben um Ihr Leben gekämpft. Das hat mich beeindruckt. Wieso haben Sie nicht den gleichen Einsatz gezeigt, als mein Sohn in Gefahr war? Ist Ihr Leben mehr wert als das eines achtjährigen Jungen, der sein ganzes Leben noch vor sich hatte?«

Weber stand auf. »Ich hab den Rettungsdienst angerufen. Ohne mich wäre Ihr Sohn gestorben.«

»Und dann haben Sie wie die anderen tatenlos zugesehen, wie er unterging. Verdammt noch mal! Sie als Physiker hätten wissen müssen, was zu tun ist!«, schrie Lindbergh.

Er stand ebenfalls auf und richtete die Pistole auf Weber. Nach einer Weile nahm er wieder Platz.

»Das Eis hätte niemals einen Erwachsenen getragen«, sagte Weber mit gedämpfter Stimme. Auch er setzte sich wieder.

»Sie haben es geschafft, sich die Hand abzuschneiden. Wieso haben Sie nicht den geringsten Versuch unternommen, meinen Sohn zu retten?«

»Weil es aussichtslos war.«

»Aussichtsloser als Ihre Situation? Nein, das war es nicht! Und darum geht es. Sie hätten einen herumliegenden Ast oder Ihre Jacke nehmen und sich flach auf das Eis legen können. Dennis war ein aufgeweckter Junge. Er hätte trotz seiner Panik sofort zugegriffen. Und warum haben Sie nicht die herumstehenden Männer aufgefordert, mit Ihnen eine Menschenkette zu bilden? Hätten sich alle flach auf das Eis gelegt …« Lindberghs Stimme versagte.

»Ihr Sohn hat überlebt. Ist das nicht das Wichtigste?«, fragte Hilgersen.

»Dreizehn Tage hat er ums Überleben gekämpft. Als er aus dem Koma erwachte, war er schwerstbehindert. Hätten Sie und die anderen gehandelt und wäre diese verdammte Ärztin schneller vor Ort gewesen, hätte mein Sohn keine Behinderung davongetragen. Sie können sich nicht vorstellen, was das für ihn und für uns, meine Frau Jennifer und mich, bedeutet hat. Unsere Ehe ist daran zerbrochen. Später haben wir uns zusammengerauft, und sie ist wieder zu mir gezogen.«

»Glauben Sie, dass Ihr Sohn gewollt hätte, dass Sie sich rächen?«

»Wie ich bereits erwähnte, geht es keineswegs um Rache. Es geht um Verantwortung und Schuld, jenseits juristischer Maßstäbe, genauer gesagt um Einsicht und Reue. Ich wollte alle Beteiligten zwingen, über sich und ihr Verhalten nachzudenken. Ich weiß nicht, ob mir das gelungen ist. Ich habe versucht, das aus ihren Gesichtern abzulesen. Manchmal glaubte ich, entsprechende Regungen zu entdecken. Nein, Bestrafung oder gar Rache war nie mein Ziel. Dennis ist vor zwei Jahren an den Langfristfolgen des Unfalls gestorben. Jennifer hat sich mit all ihrer Liebe um ihn gekümmert. Seinen Tod hat sie nicht verkraftet. Ich fand sie wenig später in unserem Schlafzimmer. Sie hatte ihrem Leiden ein Ende gesetzt und mich mit all meiner Trauer zurückgelassen.«

Hilgersen sah, wie Lindbergh die Augen zusammenkniff. Dieser eiskalte Mörder zeigte Gefühlsregungen wie ein ganz normaler Mensch. Vielleicht wäre jetzt der richtige Moment gewesen, ihn zu überwältigen. Aber es war zu spät. Als hätte Lindbergh Hilgersens Gedanken erraten, zielte er mit der Pistole in dessen Richtung.

»Was hatten Harmsen und Vogt in Ihren Augen verbrochen?«

»Juristisch? Unterlassene Hilfeleistung, wenn Sie so wollen. Sie wurden nicht einmal von der Polizei befragt. Aber es existiert ein Foto, das ein Redakteur unmittelbar nach Eintreffen des Rettungswagens gemacht hat. Am nächsten Tag fand ich es in der Zeitung. Der Artikel dazu nahm nicht einmal eine Viertelseite im Regionalteil ein. Ich hab ihn ausgeschnitten, aber später nicht mehr beachtet. Nach Jennifers Tod fiel ich endgültig in ein tiefes Loch. Irgendwann hab ich kapiert, dass ich etwas tun musste. Ein fähiger Privatdetektiv hat für mich die Adressen der abgebildeten Personen herausgefunden. Das war sehr schwierig und langwierig. Aber er hat es geschafft. Er hat auch recherchiert, ob die Gaffer während des Unfalls bereits anwesend waren. Schließlich wollte ich keinen Unschuldigen treffen.«

Ein paar Semester Psychologiestudium wären jetzt von Vorteil gewesen, dachte Hilgersen. Lindbergh hatte sich für sein Handeln ein Motiv-und-Rechtfertigung-Gebäude gezimmert. Für einen Außenstehenden war es nur schwer nachvollziehbar, aber für ihn selbst konnte es durchaus schlüssig sein. Vielleicht bestand die Möglichkeit, die Konstruktion zum Einsturz zu bringen.

»Und Sie? Wo waren Sie? Hätten Sie nicht auf Ihren Sohn achtgeben müssen?«

Lindbergh schwieg einen Moment, als suchte er nach einer Antwort auf die einfache Frage.

»Ja schon. Nicht nur Jennifer hat es mir vorgeworfen. Die schlimmsten Vorwürfe habe ich mir selbst gemacht. Das können Sie mir glauben. Mein Sohn und ich hatten an einer Führung im Schloss teilgenommen. Als wir anschließend in den Hof hinausgingen, traf ich auf einen Bekannten, der eine Veranstaltung über diese Kohlendioxidspeicherung besuchen wollte. Wir haben uns einen Moment angeregt unterhalten. Dabei hab ich Dennis aus den Augen verloren. Das hätte nicht passieren dürfen. Er war kein kleines Kind mehr, aber wie alle in seinem Alter hatte er oft genug Unsinn im Kopf. Ja. Ich hab einen Fehler begangen. Und ich habe tausendfach dafür gebüßt. Nach all den Jahren habe ich meine Schuld beglichen. Die Projekte waren das Letzte, was ich tun konnte. Und jetzt sind sie fast abgeschlossen.«

Hilgersen wusste, was Lindbergh unter den »Projekten«

verstand. Was er aber damit meinte, dass sie *fast* abgeschlossen seien, war ihm nicht klar.

»Dann können Sie uns gehen lassen.«

»Das geht leider nicht. Es gibt noch einiges für mich zu erledigen. Außerdem besteht die Möglichkeit, dass ich im Ausland ein neues Leben anfangen kann. Ich werde das alles hier vergessen. Auch Sie werde ich vergessen und Sie Ihrem Schicksal überlassen. Allerdings muss ich verhindern, dass Sie fliehen können oder entdeckt werden, bevor ich das Land verlassen habe. Ich brauche also noch ein paar Tage. Sie haben meinen Zeitplan leider durcheinandergebracht. Es wäre ungünstig, wenn Hauptkommissar Flottmann Sie hier finden würde. Deshalb habe ich mir etwas ausgedacht, um das zu verhindern. Allerdings bin ich mir auch diesmal nicht vollkommen sicher, dass es klappen wird. Aber ich denke, dass Sie eine faire Überlebenschance erhalten.«

»Flottmann kennt die Fotos nicht. Er wird uns nicht finden.« Ein besseres Argument fiel Hilgersen spontan nicht ein, um Lindbergh von seinem Plan abzubringen.

»Sie sollten Ihren Chef nicht unterschätzen.« Lindbergh lachte. »In jedem Fall werden Sie die nächsten Tage nicht verhungern oder verdursten. Ich werde auch das Wasser nicht abstellen. Es wäre also nicht notwendig gewesen, sich einen Vorrat anzulegen. Es wird jedoch etwas kalt werden in Ihrer Behausung. Das Haus ist sehr alt, die Heizung ist defekt, und dummerweise funktioniert die Zündsicherung nicht. Falls Sie also Gasgeruch wahrnehmen, kennen Sie die Ursache dafür. Sie sollten unbedingt offenes Feuer vermeiden.«

»Was immer Sie vorhaben, man wird Sie zur Rechenschaft ziehen!« Hilgersen war aufgestanden und ging einen Schritt auf Lindbergh zu.

»Bleiben Sie stehen! Wenn ich Sie jetzt erschieße, haben Sie Ihre letzte Chance vertan.«

Die Pistole auf Hilgersen gerichtet, verließ Lindbergh den Raum und schloss die Stahltür ab.

40

Eine halbe Stunde später drang Gasgeruch in den Kellerraum.

»Verdammt! Der Kerl hat nicht geblufft. Der will uns in die Luft sprengen!«, rief Weber panisch und lief in die Küche.

Hilgersen folgte ihm. »Was haben Sie vor?«

»Wir müssen alle Stecker ziehen. Jeder Funke kann eine Explosion auslösen. Das Wichtigste ist der Kühlschrank.« Weber kroch auf dem Boden herum und riss die untere Verkleidung der Küchenzeile ab. Dahinter verbarg sich eine Steckerleiste. Er zog alle Stecker heraus. Der Kühlschrank röchelte kurz und verstummte.

Hilgersen ging zurück in das Zimmer und öffnete das einzige vorhandene Fenster. Es führte zu einem Lichtschacht. Obwohl er wusste, dass es sinnlos war, versuchte er, die Gitterstäbe zu verbiegen und herauszureißen.

»Vergessen Sie es«, sagte Weber. »Ich hab das bereits mehrfach probiert. Ohne Werkzeug ist da nichts zu machen.«

Er lief zum Lichtschalter und knipste das Licht aus. »Wir müssen jeden elektrischen Funken vermeiden. Selbst die statische Aufladung Ihres Pullovers könnte gefährlich werden. Vielleicht reicht die Belüftung durch das Fenster aus, um die Gaskonzentration in diesem Raum in Schach zu halten. Aber sicher ist sicher.«

Draußen war es hell geworden, und das hereinfallende Licht genügte, um den Raum und die angrenzende Küche einigermaßen zu beleuchten. Nur im Bad war es fast vollständig dunkel.

Weber ließ sich auf einen Stuhl fallen. »Wir müssen nachdenken.«

Hilgersen setzte sich ebenfalls.

»Ersticken werden wir hier nicht«, sagte Weber. »Und giftig ist das Gas auch nicht. Aber wenn die Konzentration über etwa fünf Prozent steigt, kann hier alles in die Luft fliegen. Dieser verdammte Mistkerl! Hoffentlich sind oben keine Funkenquellen.«

»Ich schließe nicht aus, dass Lindbergh das genau so arrangiert hat. Unsere Chance ist, dass man uns hier herausholt, bevor das Gebäude explodiert.«

»Es reicht schon, wenn der Postbote die Klingel betätigt. Lindbergh muss total krank im Kopf sein.«

Hilgersen nickte. »Ja. Aber auch Irre können offenbar intelligent und raffiniert handeln.«

»Vielleicht sollten wir durch das offene Fenster um Hilfe schreien. Lindbergh wird bereits das Weite gesucht haben.«

»Das Haus liegt am Arsch der Welt. Weit und breit keine Nachbarschaft. Außerdem könnte das nach hinten losgehen.«

»Wie meinen Sie das?«

»Wenn uns jemand hört und irgendeinen Dorfpolizisten ruft. Wer weiß, was der dann täte.«

»Was würden Sie tun?«, fragte Weber.

»Ich würde – vielleicht mit gezogener Waffe, sofern ich eine dabeihätte – zunächst einmal klingeln.«

»Scheiße.«

»Stimmt.«

»Und wenn Hauptkommissar Flottmann uns fände?«

»Wenn er nur einen leisen Verdacht hat, wird er vermutlich alleine oder mit einem Kollegen hier aufkreuzen. Wenn er sich einigermaßen sicher ist, dass Lindbergh der Täter ist und uns in der Gewalt hat, wird er das SEK schicken.«

»Hoffentlich Letzteres.«

»Ich weiß nicht so recht. Die Jungs haben zwar Rauchverbot während der Arbeit, aber ich bin mir nicht sicher, dass die Aktion funkenfrei abgehen würde.«

»Jetzt wäre ein guter Zeitpunkt. Noch ist die Konzentration niedrig, nehme ich an.«

»Fünf Prozent, sagten Sie?«

»Ich glaub schon.«

»Können wir die Explosion überleben?«

»Keine Ahnung.«

»Ich denke, Physiker wissen alles. Hab ich jedenfalls gehört.«

»Das hab ich auch gehört.«

»Okay. Es sieht so aus, als könnten wir nichts machen, sondern müssen uns dem Schicksal fügen. Kommt der Postbote und klingelt oder nicht ...«

»Schicksal? Quatsch. Zufall nennt man das. Genau genommen stimmt das allerdings auch nicht. Echte Zufälle gibt es nur in der Quantenphysik. Manchmal kann man die Wahrscheinlichkeiten etwas beeinflussen. Die der unechten Zufälle, versteht sich, nicht die der echten.«

»Aha. Das ist sehr interessant. Und wie funktioniert das im vorliegenden Fall?«

»Keine Ahnung.«

»Kann es sein, dass Ihre Wissenschaft keine praktische Anwendung hat?«

»Weit gefehlt. Ohne Quantenmechanik gäbe es keine Fernseher, keine Computer und kein Smartphone.«

»Das Smartphone ist das Einzige, was ich zurzeit vermisse. Aber ich hätte eine Idee, wie wir den nicht echten Zufall beeinflussen können«, sagte Hilgersen und stand auf. »Wir könnten abwechselnd jede Minute ›Vorsicht, Gas‹ oder etwas Ähnliches aus dem Fenster rufen. Wenn der Postbote, der Dorfpolizist oder meine Kollegen hier auftauchen, werden sie gewarnt.«

»Glauben Sie, dass das eine gute Idee ist?«

»Nein. Aber wie wäre es, wenn wir Zettel mit der Warnung schrieben und versuchten, sie nach draußen zu befördern?«

»Hm. Damit könnten wir immerhin die Wahrscheinlichkeit einer Explosion einen Tick zu unseren Gunsten verschieben. Allerdings kann ich mir nicht vorstellen, dass der Postbote die Nachricht lesen würde.«

»Aber vielleicht meine Kollegen. Übrigens klingeln die meisten Briefträger nicht, sondern werfen nur die Briefe ein.«

»Okay. Haben wir etwas zum Schreiben hier?«

Hilgersen griff in seine Gesäßtasche, in der er sein Miniaturnotizbuch samt Schreibstift aufzubewahren pflegte. »Meine

Brieftasche hat Lindbergh mir abgenommen, aber – voilà – das hier nicht.« Er wedelte mit dem Heft, das ihm als Gedächtnisstütze bei seinen Recherchen und Befragungen diente.

Hilgersen riss alle neunzehn noch leeren Blätter heraus, legte sie auf den Tisch und fing an, seinen Text zu schreiben. »Vorsicht, Gas. Explosionsgefahr« auf die Vorderseite, »Hilfe! Wir sind im Keller gefangen!« auf die Rückseite.

»Ein bisschen albern komme ich mir schon dabei vor. Aber was soll's. Irgendetwas müssen wir tun.« Hilgersen rieb sich die Hände. »Es wird langsam kalt hier.«

»Der Gestank ist um Größenordnungen schlimmer, finde ich.«

»Wir brauchen irgendetwas, um die Zettel durch den Lichtschacht und den Gitterrost zu transportieren.«

»Ich seh mal in der Küche nach, vielleicht finde ich eine Suppenkelle oder so etwas«, sagte Weber.

Ein paar Minuten später kam er mit einem Schneebesen zurück und setzte sich direkt unter das offene Fenster. Mit einem Messer gelang es ihm, das Drahtgeflecht auseinanderzubiegen und daraus so etwas wie einen Spieß zu formen. Die Länge reichte aus, um einen Zettel im Stehen vom Stuhl aus durch den Lichtschacht nach draußen zu befördern.

»Alle Achtung. Ich hätte nicht gedacht, dass ein Physiker zu praktischen Arbeiten zu gebrauchen ist.«

»Alles Vorurteile.«

So ganz einfach gestaltete sich das Vorhaben nicht, aber nach einer guten halben Stunde hatten sie es geschafft. Der Wind würde die Zettel über das Grundstück verteilen. Ob sie ihren Zweck auch erfüllten, war allerdings ungewiss.

Nach getaner Arbeit setzten sich beide wieder an den Tisch.

»Ich geh uns jetzt einen Kaffee kochen«, sagte Hilgersen.

»Sind Sie bescheuert?«

»Das war ein Scherz, Mann.« Hilgersen grinste.

Weber schwieg. Die beiden Männer hatten ihre Angst in den letzten Stunden mit Reden und Aktionismus überspielt. Doch jetzt, da sie zur Ruhe kamen, kroch sie wieder hervor.

»Wissen Sie«, sagte Weber. »Ich weiß nicht, was damals geschehen ist. Das heißt, ich weiß, was passiert ist, aber ich kann mich nicht mehr so richtig in die Situation hineinversetzen. Ich glaubte, das Richtige zu tun, Hilfe zu rufen und nicht auf das Eis zu gehen, weil mir das aussichtslos erschien. Ich war mir sicher, dass ich einbrechen würde. Ich war zu dem Zeitpunkt Anfang zwanzig. Aber das Alter ist keine Entschuldigung. Ich stelle mir die Frage, ob ich heute anders handeln würde.«

»Und, würden Sie?«

»Wahrscheinlich. Jedenfalls nach allem, was ich in letzter Zeit erlebt habe. Es ist verrückt, und ich gebe es nur ungern zu, aber dieser Irre hat mir die Augen geöffnet.«

»Ich denke, Sie haben damals durchaus rational gehandelt.«

»Das ist ja das Problem. Ich habe bewusst oder unbewusst Chancen und Risiken miteinander abgewogen, als handelte es sich lediglich um eine rationale Entscheidung. Dabei bin ich mir aus heutiger Sicht nicht mehr sicher, ob ich das Risiko nicht überbewertet habe. Vielleicht, weil es um mein eigenes Leben ging.«

»Lindbergh hat offenbar erreicht, was er wollte.«

»Was meinen Sie?«

»Dass Sie sich genau diese Gedanken machen.«

»Sie haben recht. Er hat mich dazu gezwungen, wenn auch nicht mit besonders feinen Mitteln. Zu meiner Verteidigung muss ich sagen, dass ich nach dem Vorfall anhand der Zeitungsberichte davon ausgegangen war, dass sein Sohn überlebt hat. Ich war froh, dass das Ganze ein gutes Ende genommen hatte. Deshalb hat mich das Ereignis nicht mehr so sehr beschäftigt. Dass der Junge eine Behinderung davongetragen hatte, wusste ich nicht. Davon stand nichts in der Zeitung. Aber ich hätte mich nach ihm erkundigen müssen. Das Studium, der Prüfungsstress, ich weiß nicht, warum ich es nicht getan habe. Später hatte ich den Vorfall vollständig vergessen. Und gerade jetzt erwische ich mich dabei, dass ich schon wieder versuche, Rechtfertigungen für mein Handeln zu finden.«

»Lindbergh hat sich als Richter aufgeführt. Er hat Menschen getötet. Und Sie machen sich solche Gedanken.«

»Das sind zwei verschiedene Paar Schuhe.«

Hilgersen nickte. »Hoffen wir, dass das hier ein gutes Ende nimmt. Dann haben Sie genug Zeit, um mit sich ins Reine zu kommen. Wenn man dem Tod knapp von der Schippe gesprungen ist, lebt man bewusster – sagt man jedenfalls. Genau das werde ich auch versuchen. Darauf stoßen wir dann bei Gelegenheit mit einem Glas Bier an. Einverstanden?«

»Einverstanden!«

41

Flottmanns Nervosität stieg von Stunde zu Stunde. Er hatte alle Kollegen im Einsatz. Lohmeyer hatte Hilgersens Computer nach Hinweisen durchforstet. Ohne Ergebnis. Flottmann selbst kam sich überflüssig vor. Ihm blieb das Grübeln über die Ereignisse, immer noch mit dem Gefühl, er könnte ein wichtiges Detail übersehen haben. Aber es war sinnlos. Vermutlich fehlte ihm die nötige Ruhe, um seine Gedanken zu ordnen.

Zum wiederholten Male setzte er sich an Hilgersens Schreibtisch und wühlte sich durch das Chaos aus Schriftstücken und Merkzetteln. Auf einem Blatt fiel ihm eine mit Bleistift geschriebene Aneinanderreihung von Buchstaben und Zahlen auf. Sie war teilweise durch eines von Hilgersens Kunstwerken übermalt, die er während eines Telefonats zu erschaffen pflegte. Der Komplexität der Grafik nach zu urteilen, musste es während eines längeren Gesprächs entstanden sein. Den Anfang des Schriftzugs konnte Flottmann ohne Mühe entziffern: »dlrg$24«. Danach folgten weitere Zeichen, die aber nur teilweise zu lesen waren. Der gesamte Text umfasste Buchstaben und Zahlen. Stellten sie ein Passwort dar? Falls ja, sprach einiges dafür, dass die Buchstaben »dlrg« nicht zufällig gewählt worden waren.

Flottmann griff zum Telefon. Er erreichte Mommsen auf dem Handy.

»Flottmann, Kripo Husum. Herr Mommsen, ich habe eine wichtige Frage an Sie«, platzte er sofort heraus.

»Moin.«

»Moin. Sagt Ihnen eine Zeichenfolge, die mit »dlrg$24« anfängt, irgendetwas?«

»Nee. Was soll das sein?«

»Ein Passwort vielleicht.«

»Wofür?«

»Das weiß ich nicht.«

»Hm. Jochens Fotos vielleicht. Moment mal.« Es vergingen einige Sekunden, bis sich Mommsen zurückmeldete. »Misfeld macht bei jedem Einsatz Bilder. Das Passwort für den Zugang dazu fängt so an.«

»Können Sie mir den vollständigen Code durchgeben?«

»Klar. Ich sende Ihnen am besten 'ne Mail mit dem Link und den Zugangsdaten.«

»Das wäre phantastisch.«

»Kommt sofort. Ich hab nur Kommissar Hilgersens E-Mail-Adresse.«

»Schicken Sie die Nachricht dorthin. Vielen Dank.«

Das waren also die Fotos, die Hilgersen mit der Lupe betrachtet hatte: die Aufnahmen der DLRG, die während der Rettungsaktion entstanden waren. Sobald Flottmann die vorliegen hatte, kam es nur noch darauf an, dass er die gleichen Schlussfolgerungen zog wie Hilgersen zuvor. Dann würde er wissen, was ihn in Aufregung versetzt hatte, und vermutlich auch, wohin er gefahren war.

Mommsens E-Mail war gerade angekommen, als das Telefon klingelte. Flottmann ging zurück zu seinem Schreibtisch und hob den Hörer ab.

»Hier ist Dieter Steinhorst. Ich rufe noch einmal wegen meines Artikels von 2007 an. Ich hab ihn während meines Volontariats geschrieben. Seit meiner Zeit damals bin ich x-fach umgezogen. Lange Rede, kurzer Sinn: Ich hab einen Entwurf des Artikels in einer der Kisten gefunden, die ich nie ausgepackt hatte. Die Rechercheunterlagen dazu existieren leider nicht mehr. Aber den Entwurf meines Artikels habe ich, wohl aus sentimentalen Gründen, aufgehoben. Das war immerhin eines meiner Erstlingswerke. Interessant für Sie könnte sein, dass ich dem Jungen dort den Namen Dennis L. gab. Ich bin sicher, dass Dennis der richtige Name ist.«

»Und das L?«

»Der Anfangsbuchstabe des tatsächlichen Nachnamens. Vermutlich hat der Redaktionsleiter das zum Schutz der Persönlichkeitsrechte korrigiert und Dennis L. durch Mika ersetzt.«

»Steht im Original noch etwas drin, das nicht veröffentlicht wurde?«

»Der Sohn eines Finanzbeamten ...«

»Das kann nicht sein!«

»Wieso nicht?«

»Pardon. Das war ein Selbstgespräch. Danke, Sie haben mir sehr geholfen.« Flottmann knallte den Hörer auf.

Lindbergh? Das konnte nicht sein. Das war unlogisch. Oder nicht?

Flottmann raufte sich die Haare. Er rief Malte an. Der sollte feststellen, ob Lindbergh einen Sohn mit Namen Dennis hatte. Dann ging er zu Hilgersens Schreibtisch und rief Mommsens E-Mail auf. Ein paar Klicks später hatte er die Fotos auf dem Bildschirm, die Misfeld geschossen hatte. David Lindbergh war auf einigen Fotos deutlich zu erkennen. Hilgersen hatte irgendetwas darauf entdeckt, was er zu klären versucht hatte.

»Was hast du gesehen, was ich nicht sehe?«, brummelte Flottmann verärgert.

Sein Telefon klingelte. Er eilte zu seinem Apparat.

»Malte hier. Lindbergh hatte einen Sohn. Der hieß Dennis und ist vor etwa zwei Jahren gestorben.«

»Danke, Malte.« Flottmann legte auf.

Langsam dämmerte ihm, wie alles zusammenhing. Lindbergh hatte ein unglaubliches Schauspiel bei der Anhörung im Büro veranstaltet. Auch der Grund für das Theater wurde klar. Stück für Stück fiel es Flottmann wie Schuppen von den Augen.

Er erhob sich und lief mehrmals um den Kasten herum, der immer noch mitten im Raum stand. Für seine Grübelstellung war er eindeutig zu angespannt. Was sollte er jetzt tun?

Hilgersen hatte irgendetwas entdeckt, das den Finanzbeamten belastete. Vielleicht hatte er ihm auch lediglich weitere Fragen stellen wollen, was seinen Alleingang erklären würde. Wahrscheinlich hatte Lindbergh ihn überwältigt. In Anbetracht der Vorgeschichte schien das der naheliegendste Grund dafür zu sein, dass der Kollege nicht erreichbar war. Lebte Hilgersen überhaupt noch?

Flottmann überlegte, ob er das SEK einschalten sollte. Dienststellenleiter Drechsler würde sicher grünes Licht dafür geben. Aber wenn Lindbergh auf Hilgersen getroffen war, war er inzwischen auf der Flucht und würde sicher nicht im eigenen Haus auf seine Verhaftung warten.

Flottmann informierte Drechsler und veranlasste die Fahndung nach Lindbergh. Dann holte er seine Dienstpistole aus dem Waffenschrank und fuhr, begleitet von einem Streifenwagen, mit Neele Rasmussen am Steuer zu Lindberghs Haus, das in einer abgelegenen Gegend östlich von Simonsberg lag.

Nach einer guten Viertelstunde erreichten sie ihr Ziel, blieben aber außer Sichtweite stehen.

Flottmann wollte die Lage zunächst allein auskundschaften. Aber Rasmussen bestand darauf, ihn zu begleiten. Das Anwesen sah heruntergekommen aus. Das große Grundstück war von Gras und Unkraut erobert worden. Die Farbe an den Türen und Fenstern des Gebäudes war abgeblättert, die Backsteine der Wände waren abgeplatzt und stellenweise mit Moos bewachsen. Nur das Dach mit den roten Ziegeln passte nicht zum Gesamtzustand der Immobilie. Flottmann zog seine Walther aus dem Halfter, entsicherte sie und schlich von der Garagenseite auf das Hauptgebäude zu. Rasmussen folgte ihm. Sie achteten darauf, dass sie nicht von innen entdeckt werden konnten. Geduckt passierten sie ein Fenster und standen vor der massiven hölzernen Eingangstür. Von dort aus versuchte Flottmann, einen vorsichtigen Blick durch das angrenzende Sprossenfenster zu werfen. Doch die Gardine und die Spiegelungen behinderten die Sicht.

»Und jetzt?«, flüsterte Rasmussen.

»Wir müssen da rein.«

»Warte. Wenn ich mich nicht irre, riecht es hier verdammt nach Gas.«

»Gas?«

»Ja. Ich kenne den Geruch«, sagte Rasmussen leise. »Wir sollten die Feuerwehr rufen. Glaubst du, die Zielperson will sich mit dem Haus in die Luft sprengen?«

»Das kann ich mir nicht vorstellen. Ich denke, die ist über alle Berge. Die Falle wird uns gelten«, antwortete Flottmann in normaler Lautstärke.

»Also nichts wie weg hier.«

»Warte, Neele, vielleicht ist Hilgersen da drin!«

»Wie kommst du darauf?«

»Unwichtig. Logik und Bauchgefühl. Von beidem etwas.«

»Willst du die Tür aufbrechen?«

»Besser die Fenster. Das sorgt zuerst einmal für Belüftung und senkt das Explosionsrisiko.«

Flottmann lief zur Garage. Er öffnete das Tor und erblickte einen roten Golf älterer Bauart. Anhand des Kennzeichens erkannte er sofort, dass es sich um Helena Dietrichs Fahrzeug handelte. Er fand einen stabilen Schraubenzieher sowie einen Schraubenschlüssel und kehrte zu Rasmussen zurück.

»Lass mich das machen«, sagte dieser und nahm Flottmann den Schraubenzieher ab. Er setzte das Werkzeug an, und mit nur einem Ruck sprang das Fenster auf.

»Hab ich von unseren Kunden gelernt.« Mit der Waffe in der Hand stieg Rasmussen ein und inspizierte das Wohnzimmer. »Sauber.«

Wenige Minuten später hatte er alle Fenster im Erdgeschoss geöffnet. Er ging in den Hausflur und öffnete die Tür, um Flottmann hineinzulassen. Den passenden Schlüssel hatte er an einem Schlüsselbrett im Flur entdeckt.

»Ich hab draußen einen Zettel gefunden«, sagte Flottmann, und ein breites Grinsen zeigte sich in seinem Gesicht. »Hilgersen muss hier sein. Er hat uns einen Brief geschrieben. ›Vorsicht, Gas. Explosionsgefahr‹« Er drehte den Zettel um. »›Hilfe! Wir sind im Keller gefangen!‹«

Rasmussen sah Flottmann fragend an. Dieser war bereits an ihm vorbeigegangen. Die Waffe hielt er immer noch in der Hand. Er wollte die Tür zum Keller öffnen, aber der uniformierte Kollege hielt ihn zurück.

»Stopp. Warte hier!«

Flottmann gehorchte. Erst als Rasmussen alle Zimmer im Obergeschoss überprüft hatte, kam er zurück. Gemeinsam stiegen sie langsam die Treppe hinunter. Der Gasgeruch nahm mit jeder Stufe zu. Auch jetzt ging Rasmussen vorweg. Flottmann vertraute darauf, dass der Kollege für solche Einsätze besser geschult war als er. Während Rasmussen die einzelnen Kellerräume checkte, blieb Flottmann vor der Stahltür stehen.

»Gustl?«

»Waldemar! Bist du es?«, erklang Hilgersens Stimme mit einigen Sekunden Verzögerung von drinnen. »Du glaubst gar nicht, wie ich mich freue, dich zu hören. Wir sind alleine, Weber und ich.«

Wieso Weber?, fragte sich Flottmann und schloss die Tür auf.

Hilgersen fiel seinem Chef um den Hals.

»So hast du mich im Büro nie begrüßt!« Flottmann schob seinen Mitarbeiter von sich weg. »Das wollen wir auch nicht einführen. Wie ich sehe, habt ihr es euch hier gemütlich gemacht. Die frische Luft hätte ich allerdings vermisst. Trotzdem werden dir die freien Tage vom Urlaub abgezogen.«

In diesem Moment erschien Rasmussen in der Tür. »Ich hab das Gas abgedreht. Moin, Gustl. Alles klar? Ich hab von Malte erfahren, dass du laut Horoskop um Haaresbreite einem Unglück entkommen würdest. Scheint echt was dran zu sein.« Er grinste.

»Im Gartenhaus liegt eine Leiche im Plastiksack. Ich vermute, dass es Helena Dietrich ist«, sagte Hilgersen, als sie in den Hof traten.

»Das auch noch. Ich glaube, ich brauche auch Urlaub. Vielleicht fahre ich in die Berge. Dort soll es noch ruhige Orte geben, ganz ohne Mord und Totschlag.« Flottmann zog sein Mobiltelefon aus der Tasche und informierte die Zentrale.

In spätestens einer Stunde würde das gesamte Team des K1 und der Spurensicherung anrücken.

»Wo ist Lindbergh?«, fragte Hilgersen.

»Das wissen wir nicht. Die Fahndung läuft. Der entkommt uns nicht.«

»Er hat mir meine Sachen abgenommen. Auch die Pistole. Habt ihr die gefunden?«

»Nein. Wir haben allerdings auch nicht danach gesucht.« Flottmann sah zu Rasmussen hinüber.

Der ging wortlos zurück ins Haus. Nach einiger Zeit kam er zurück. »Ich hab zwar nicht jeden Winkel durchsucht, aber ich denke, er hat sie mitgenommen.«

»Lindbergh ist auch für die Entführung der kleinen Grünenbach verantwortlich«, sagte Hilgersen.

»Das wissen wir bereits. Ihr Haus wird rund um die Uhr bewacht, bis wir ihn geschnappt haben. Und du lässt dich jetzt zu einem Arzt fahren, Gustl. Das Gleiche empfehle ich Ihnen, Herr Weber. Lassen Sie sich gründlich durchchecken. Der Krankenwagen wird gleich hier sein.«

Der Physiker nickte.

42

Als Flottmann am nächsten Tag das Büro betrat, saß Hilgersen bereits am Schreibtisch.

»Was machst du hier? Bist du nicht krankgeschrieben?« Flottmann ließ sich auf seinen Drehstuhl fallen und schaltete seinen Computer ein.

»Nein. Mit mir ist alles okay.«

»Lass mich raten: Du warst gar nicht beim Arzt.«

»Stimmt. Zum Doktor geht man ja auch nur, wenn man krank ist.«

»Oder um zu checken, ob man einen Schaden hat. Der kann auch psychischer Art sein.«

»Mit meiner Psyche ist alles in Ordnung. Kümmere dich besser um deine eigene. Wenn ich an Bogomil und deine Pet-Watch-App denke … Na ja. Im Grunde bist du ganz in Ordnung. Hab ich mich schon bei dir bedankt, dass du mich aus der brenzligen Situation befreit hast?«

»Nein.«

»Danke.«

»Nicht der Rede wert. Ich war dir noch eine Lebensrettung schuldig. Dein goldener Schuss auf Nordstrand im letzten Sommer.«

»Hast du Angst um mich gehabt?«

»Nein. Aber wir haben noch einiges zu tun, und den Schreibkram wollte ich auf keinen Fall alleine machen.«

»Verstehe.«

Flottmann griff zum Telefon und wählte die Rufnummer von Bettina Grünenbach. Sie war bereits darüber informiert worden, dass der Täter auf der Flucht war und dass ihr Haus verstärkt überwacht wurde. Daraufhin hatte sie Laura Sonntag gefragt, ob sie Nathalie für ein paar Tage aufnehmen würde. Laura hatte das Mädchen noch am selben Nachmittag abgeholt. Zu groß war Bettinas Angst, der Täter könnte trotz der

Bewachung durch die Polizei in das Haus eindringen und ihre Tochter erneut entführen.

»Ist bei Ihnen alles in Ordnung?«, fragte Flottmann.

»Ja. Ihre Kollegen passen auf mich auf, und außerdem war die Sicherheitsfirma bereits hier und hat Maßnahmen zum Einbruchschutz durchgeführt. Vielleicht lass ich noch Überwachungskameras installieren. Meine Tochter hab ich für ein paar Tage bei Laura Sonntag untergebracht.«

»Wir kennen inzwischen die Hintergründe der Entführung und der weiteren Straftaten, die David Lindbergh verübt hat.«

»Nach Ihrem Anruf hab ich mich an Lindbergh und den Einsatz am Schloss erinnert. Ich hatte an jenem Abend Bereitschaft. Am Unfallort habe ich alle notwendigen Maßnahmen eingeleitet.«

»Lindbergh wirft Ihnen vor, Sie wären viel zu spät dort eingetroffen. Sie hätten sich sehr viel Zeit gelassen.«

»Das ist einfach nicht wahr. Ich wurde nicht sofort angefordert. Die Zentrale entscheidet in solchen Fällen, ob ein Notarzt erforderlich ist. Erst als die Rettungssanitäter vor Ort waren, erhielt ich den Anruf. Mich trifft wirklich keine Schuld, Herr Kommissar.«

»Ich glaube Ihnen. Aber entscheidend für Lindberghs Motiv ist nicht die Wahrheit, sondern das, was er dafür hält. Er fühlte sich selbst schuldig, brauchte aber vermutlich andere Schuldige, um nicht die gesamte Last alleine tragen zu müssen. Dabei hatte er die Vorstellung, dass die seiner Meinung nach Mitverantwortlichen anders gehandelt hätten, wären sie selbst oder das eigene Kind in Gefahr gewesen. Aber die Psychoanalyse überlasse ich besser den Fachleuten. Sein Sohn befand sich dreizehn Tage im Koma und trug eine Behinderung davon.«

»Ich habe mich am nächsten Tag nach ihm erkundigt. Dass er im Koma lag, habe ich erfahren. Aber ehrlich gesagt habe ich mich später nicht mehr um den Fall gekümmert. Von der Behinderung wusste ich nichts. Kurz nach dem Unfall hatte ich eine befristete Stelle an der Kieler Universitätsklinik angenommen. Danach bin ich nach Husum zurückgekehrt. Ich muss zu meiner Schande gestehen, dass ich den Unfall vergessen hatte. In der Zeit sind so viele Eindrücke auf mich eingestürzt, berufliche und private, dass ich mich an den Einsatz nicht mehr erinnern konnte.«

»Der Junge ist vor etwa zwei Jahren gestorben, und Lindberghs Frau hat sich das Leben genommen. Die Ereignisse müssen ihn völlig aus der Bahn geworfen haben.«

»Das ist alles sehr traurig.«

»Ich wollte Sie nur über die Hintergründe informieren.«

»Danke.«

Bettina Grünenbach klang betrübt. Es war ganz und gar nicht Flottmanns Absicht gewesen, ihr Vorwürfe zu machen. Einen Moment dachte er darüber nach, ob er die richtigen Worte gewählt hatte.

43

Sophia hatte Nathalie von der Schatzsuche erzählt und brannte darauf, Leon Gerber aufzusuchen, um ihr die Karte mit den möglichen Fundstellen zu zeigen. Laura schaffte es gerade noch, ihn vorzuwarnen, bevor die beiden in sein Haus und sein Tonstudio einfielen. Obwohl er in wenigen Tagen eine Auftragsarbeit abgeben musste, die Komposition für einen Film, freute er sich doch über den Besuch.

Sophia erklärte ihrer Freundin begeistert, dass Leon die Glocken der versunkenen Stadt Rungholt unter Wasser aufgenommen habe. An einem der markierten Orte vor Nordstrand befände sich die Kirche mit einem Schatz aus Goldmünzen. Und dann erzählte sie die Geschichte mit ihren Worten: »Die Menschen in der Stadt waren reich, weil sie ganz viel Salz und Bernstein hatten. Und weil sie so viel Geld hatten, haben sie immerzu gefeiert und sich betrunken. Einmal haben sie ein Schwein betrunken gemacht und in ein Bett gelegt. Dann haben sie den Pfarrer gerufen. Der sollte sich um das sterbende Tier kümmern. Aber er war sauer und wollte gehen. Da haben sie ihn gezwungen, auch ganz viel Bier zu trinken. Als er wieder in der Kirche war, hat er Gott gebeten, die Leute zu bestrafen. Gott hat dann einen Sturm geschickt, und alle sind ertrunken.«

»Wirklich?«, fragte Nathalie.

»Ja. Und manchmal hört man die Kirchenglocken von Rungholt. Leon hat sie auch gehört und mit seinem Mikrofon aufgenommen.«

Nathalie sah Gerber fragend an. Er antwortete mit einem Lächeln. Keinesfalls wollte er die schöne Geschichte zerstören.

»Die Sage behauptet, dass Rungholt alle sieben Jahre im Juni, in der Johannisnacht, aus der Tiefe auftaucht«, ergänzte er. »Kennt ihr das Rungholt-Gedicht?«

Beide schüttelten den Kopf.

»Kommt, setzt euch. Ich kann es auswendig.«

Gerber nahm einen Stapel Noten von einem Stuhl und stellte diesen neben den Sessel, der an der Innenwand des Tonstudios stand. Der Sessel war alt und abgenutzt, eines der wenigen Andenken an sein Elternhaus. Manchmal versank er darin und ließ seine Gedanken schweifen. Oft genug belohnte das Möbelstück ihn mit kreativen Eingebungen.

Nachdem die beiden Besucherinnen Platz genommen hatten, nahm er seine Akustikgitarre vom Ständer, setzte sich auf den Hocker und begann zu spielen, ohne das Instrument zu stimmen. Das Gedicht »Trutz, Blanke Hans« stammte von Detlev von Liliencron. Gerber hatte es in der Schule gelernt. Schon damals hatte es ihn fasziniert. Liliencron bezeichnete die Nordsee in der Ballade als »Mordsee« und den Atlantischen Ozean als wildes Tier, dessen Atem die Sturmflut auslöste. »Trutz« stand für den Willen der Bewohner an den Küsten und der Insel Strand, auch Alt-Nordstrand genannt, der Flut zu trotzen. Aber letztendlich brach die Insel in der Burchardiflut 1634 auseinander, und das heutige Nordstrand, Pellworm und Nordstrandischmoor entstanden.

Gerber kannte eine vertonte Version des Musikers Achim Reichel, aber fand nach ein paar Akkorden eine eigene Interpretation. Sie entstand spontan, seiner Stimmung entsprechend, und drückte vielleicht nicht das Bedrohliche aus, das der Dichter während des Schreibens sicher im Sinn gehabt hatte. Aber das Geheimnisvolle und den Ton der Glocken glaubte er getroffen zu haben. Nach einem Intro sang er die erste Strophe:

Heut bin ich über Rungholt gefahren,
Die Stadt ging unter vor sechshundert Jahren.
Noch schlagen die Wellen da wild und empört,
Wie damals, als sie die Marschen zerstört.
Die Maschine des Dampfers schütterte, stöhnte,
Aus den Wassern rief es unheimlich und höhnte:
Trutz, Blanke Hans.

Er beobachtete Sophia und Nathalie und war sich sicher, dass sie aufmerksam zuhörten. Vor solch einem Publikum zu spielen bereitete ihm große Freude. Er spielte und sang weiter:

Von der Nordsee, der Mordsee, vom Festland geschieden,
Liegen die friesischen Inseln im Frieden.
Und Zeugen weltenvernichtender Wut,
Taucht Hallig auf Hallig aus fliehender Flut.
Die Möwe zankt schon auf wachsenden Watten,
Der Seehund sonnt sich auf sandigen Platten.
Trutz, Blanke Hans.

Gerber war selbst erstaunt, dass er noch alle neun Strophen im Kopf hatte. Die letzte sang er mit besonders geheimnisvoller Stimme, die fast in ein Flüstern überging:

Ein einziger Schrei – die Stadt ist versunken,
Und Hunderttausende sind ertrunken.
Wo gestern noch Lärm und lustiger Tisch,
Schwamm andern Tags der stumme Fisch.
Heut bin ich über Rungholt gefahren,
Die Stadt ging unter vor sechshundert Jahren.
Trutz, Blanke Hans?

Nachdem das Lied verklungen war, herrschte einen Moment Stille. Unglaublich, wie sich die beiden Mädchen auf den Text und seine Musik eingelassen hatten!

Er stand auf und stellte seine Gitarre zurück in den Ständer.

»Das musst du der Mama auch noch vorspielen«, sagte Sophia. Sie lief auf Gerber zu und umarmte ihn. Eine derartige Anerkennung war mehr wert als ein Plattenvertrag, dachte er in diesem Moment.

»Habt ihr Lust auf Geräuscheraten?«, fragte er.

»Oh ja!«, rief Sophia.

»Ich hab noch zu tun. Aber du kennst dich ja aus, Sophia. Ich lass euch eine Weile alleine. Ruft mich, wenn ihr Hilfe braucht.«

Gerber nahm die notwendigen Einstellungen am Computer sowie am Mischpult vor und begab sich ins Wohnzimmer.

***

Laura hatte die Zeit genutzt, um einige Besorgungen zu machen. Sie stellte die eingekaufte Ware ab und schloss die Haustür auf. Dann nahm sie die Taschen und trug sie in die Küche. Sie wollte gerade zurückkehren, um die Tür zu schließen, als plötzlich ein unbekannter Mann vor ihr stand. Ihr Blick fiel sofort auf die Pistole, die er in der Hand hielt.

»Setzen!«, befahl er und winkte mit der Waffe in Richtung Wohnzimmer. Er sah mitgenommen aus, war unrasiert und hatte dunkle Ränder unter den Augen. Sein Erscheinungsbild jagte ihr Angst ein. Er wirkte auf sie wie jemand, der entschlossen war und nichts zu verlieren hatte.

»Was …« Laura stockte. »Was wollen Sie?«

»Hinsetzen, hab ich gesagt!«

Sie gehorchte und setzte sich auf die Couch.

»Wo ist deine Tochter?«

»Bei Freunden.«

»Wann kommt sie wieder?«

»In ein paar Tagen«, log sie.

»Du solltest mich nicht anschwindeln. Bei der nächsten Lüge schieße ich dir ins Knie.«

Laura schwieg.

»Nathalie ist bei ihr, nehme ich an.«

Als Laura nicht antwortete, stellte er sich vor ihr auf und zielte auf ihr Bein.

»Sie ist … ja, sie sind zusammen bei den Freunden.«

»Okay.« Er setzte sich in einen der Sessel. Die Pistole legte er vor sich auf den Couchtisch. »Dann warten wir hier, bis sie wiederkommen.«

»Was wollen Sie von meiner Tochter?«

»Ihre Tochter interessiert mich nicht. Ich will Nathalie.«

Laura ahnte, dass sie Nathalies Entführer vor sich hatte.

Aber woher wusste er, dass sie bei ihr zu Besuch war? Und wieso hatte er es erneut auf sie abgesehen?

»Was wollen Sie von ihr?«

»Das ist eine lange, persönliche Geschichte. Die geht Sie nichts an. Ich muss etwas zu Ende bringen. Ich hasse es, wenn ich etwas nicht abschließen kann.«

Der Mann war nervös. Er biss sich ständig auf die Unterlippe und strich sich mit der Hand über die Bartstoppeln.

»Ruf sie an«, sagte er, als er das Warten offenbar nicht mehr ertrug.

»Aber …«

»Na los!«, schrie er. »Sie sollen sofort nach Hause kommen! Hat sie ein Handy dabei?«

»Nein. Sie besitzt keins.«

»Dann ruf die Freunde an, bei denen sie sich aufhält.«

Laura zitterte vor Angst. Sie versuchte, einen klaren Gedanken zu fassen. Was würde geschehen, wenn sie ihm nicht gehorchte? Vielleicht würde er auf sie schießen. Würde er dann verschwinden? Er hatte sich etwas vorgenommen und nicht einmal das Risiko gescheut, dass die Polizei ihn fassen könnte.

Sie stand auf und ging zum Telefon. Einfach die 110 wählen, dachte sie. Der Notruf der Polizei konnte zurückverfolgt werden. Selbst wenn sie es nicht schaffte, Erklärungen abzugeben, würde man doch einen Streifenwagen schicken, um nach dem Rechten zu sehen.

Als hätte er geahnt, was sie vorhatte, sprang er auf und schnappte ihr das Telefon vor der Nase weg.

»Schreib die Nummer auf einen Zettel. Ich werde wählen. Dann gehst du ran. Wenn du ein falsches Wort sagst, bist du tot. Wo hast du etwas zum Schreiben?«

»Drüben in der Küche.« Während Laura langsam zur Küche ging, überlegte sie angestrengt, was sie tun sollte. Auf keinen Fall wollte sie Sophia und Nathalie dem Irren ausliefern.

Sie schrieb Leons Rufnummer auf. Der Fremde stand mit der Waffe in der einen und dem Telefon in der anderen Hand neben ihr und tippte die Zahlen ein. Dann gab er das Mobilteil an Laura weiter und drückte den Pistolenlauf an ihre Schläfe. Er stand so nahe bei ihr, dass er jedes Wort des Gesprächspartners mithören konnte.

Laura hatte sich etwas überlegt. Was sie vorhatte, war riskant, und das Herz schlug ihr bis zum Hals. Sie traute ihm zu, dass er tatsächlich abdrückte, wenn er ihren Trick durchschaute. Natürlich würde Leon sofort bemerken, dass etwas nicht stimmte. Seine Sensibilität war Chance und Gefahr zugleich. Wie würde er reagieren?

»Hallo, Laura«, meldete er sich.

»Hallo, Leonhard. Die beiden Mädchen sind noch bei dir, nicht wahr? Ich denke, es ist höchste Zeit, dass sie zurückkommen.«

Gerber zögerte mit der Antwort eine Sekunde, die sich für Laura wie eine Minute anfühlte.

»Sie haben sich in meinem Tonstudio vergraben und spielen Geräuscheraten. Ich werde sie nur schwer davon loseisen können.« Er lachte.

Ihn mit einem falschen Namen anzureden war Laura spontan eingefallen. Sie war erstaunt über Leons Reaktion. Hatte er verstanden, oder hatte er ihren Wink überhört? Die Antwort auf ihre Frage erfolgte sofort.

»Ich hab übrigens endlich einen Titel für meine neue CD gefunden: ›Best of Leonhard‹. Na ja, besonders einfallsreich ist der nicht. Vielleicht fällt dir noch etwas Besseres ein. Jedenfalls schick ich die beiden jetzt zu dir. Sie können ja morgen wiederkommen. Spätestens in einer halben Stunde sind sie da.«

»Danke.« Laura drückte auf die rote Taste.

»Gut.« Der Mann nahm die Pistole von ihrer Schläfe und dirigierte sie zurück zur Couch. Er setzte sich wieder in den Sessel. Die Waffe behielt er in der Hand.

»Werden sie von jemandem gebracht?«

»Nein. Sie kommen alleine.«

Er sah auf die Uhr. Dann nahm er sein Smartphone aus der Jackentasche. »Weißt du, wie viele Stecknadeln ein neues Hemd hat?«

Laura schüttelte den Kopf.

»Eine mehr, als man denkt. Und in Grünenbachs Wohnung befindet sich eine Wanze mehr, als die schlauen Polizisten gefunden haben. Leider hab ich kein Bild, dafür aber Ton. Die Ärztin hat sich wohl darauf verlassen, dass die sogenannten Spezialisten alle Verstecke finden würden. Vielleicht haben die Trottel auch nur nach Kameraspionen gesucht. Ich kann jedes Gespräch, das im Wohnzimmer geführt wird, mithören. Netterweise hat Grünenbach bei einem Telefonat mit dem flotten Kommissar erzählt, dass Nathalie bei dir ist. Nur schade, dass ich sie hier nicht angetroffen habe. Das hätte uns beiden Zeit und Nerven erspart.«

Er sah erneut auf seine Armbanduhr. Seine lockeren Sprüche täuschten nicht darüber hinweg, dass er angespannt und nervös war.

Seit dem Telefonat war bereits über eine halbe Stunde vergangen. Das wertete Laura als gutes Zeichen.

Ein ohrenbetäubender Lärm, nur Sekunden später ein greller Blitz. Instinktiv warf sich Laura zu Boden. Mit dem Kopf stieß sie gegen die Tischplatte. Laute Rufe und Stiefelgetrampel. Sie rührte sich nicht und wartete, bis alles vorbei war.

Ihr erster Blick fiel auf die schwarzen Stiefel, dann auf eine Hand, die ihr gereicht wurde. Sie griff zu und ließ sich emporziehen. Sie verfolgte die Szene, die sich ihr darbot, wie durch einen Schleier. Ein Dutzend SEK-Beamte in schwarzer Kleidung und Helmen bevölkerte das Wohnzimmer. Der Mann, der Laura gerade noch bedroht hatte, lag mit gefesselten Händen im Flur.

Sie ließ sich auf die Couch fallen, schloss für einen Moment die Augen und atmete tief durch.

44

Malte stürmte ins Büro. »Ich hab jetzt alle Hersteller ermittelt, die den Propeller in ihren Drohnen verwenden.« Er übergab Flottmann die Liste. »Aber ich nehme an, dass ihr die gar nicht mehr braucht. Stimmt's? Ihr habt ja den Täter dingfest gemacht. Meine Arbeit war dann wohl umsonst.«

»Unsinn. Deine Aufstellung ist ein wichtiges Beweismittel. Ich werde sie noch heute an die Flensburger weiterleiten.«

»Du hast uns sehr geholfen, Malte«, bestätigte Hilgersen. »Außerdem hat mir das Horoskop während der Gefangenschaft Mut gemacht. Da stand drin, dass ich noch Großes vor mir habe. Damit war klar, dass ich überleben würde.«

»Das freut mich. Jungfrauen sind dafür bekannt, dass sie auch in Extremsituationen die Nerven behalten, sagt Svenja.«

Malte betrachtete noch einmal die Kiste, die jetzt nicht mehr in der Raummitte, sondern an einer Wand stand. Vermutlich erwartete er als Gegenleistung für seine Dienste endlich eine Erklärung, was es damit auf sich hatte. Aber sowohl Hilgersen als auch Flottmann schwiegen und warteten darauf, dass der Kollege das Thema erneut ansprach.

Doch Malte tat ihnen nicht den Gefallen, sondern verließ das Büro.

Am Nachmittag rief Rauschenfeld an.

»Herr Hauptkommissar, Sie erinnern sich an unsere Abmachung?«

»Selbstverständlich.«

»Und Sie halten sich daran?«

»Ehrensache. Sie bekommen Ihre Story. Aber ich hab keinen Zeitpunkt genannt.«

»Was soll das heißen?«

»Erst müssen unsere Ermittlungen komplett abgeschlossen sein.«

»Sie sind ein Schlitzohr, Herr Hauptkommissar.«

»Sie nicht?«

»Doch.« Rauschenfeld lachte. »Trotzdem sollten Sie mir etwas mehr geben als die Pressestelle.«

»Ihre Informationsquellen scheinen nicht besonders ergiebig zu sein.«

»Ja, leider. Und, um ehrlich zu sein, habe ich nur ein wenig geblufft. Ich hab einen guten Kontakt zu einigen Mitarbeitern des K1 und des K11 in Flensburg. Ab und zu bekomme ich mal ein paar Brocken halboffizieller Informationen. Das ist alles. Stimmt es, dass der SEK-Einsatz auf den Hinweis eines aufmerksamen Nachbarn erfolgte?«

»Ja. Das ist richtig.«

»Und der Täter ist tatsächlich für die Sache mit dem Boot und für die anderen Attentate verantwortlich?«

»Davon können wir ausgehen. Aber, wie ich bereits sagte, sind unsere Ermittlungen noch nicht abgeschlossen. Die sind außerdem inzwischen komplett von den Flensburgern übernommen worden.«

»Aber Sie werden auf dem Laufenden gehalten?«

»Ja. Und soweit es mir möglich ist, bekommen Sie beizeiten die gewünschten Informationen für Ihre Story. Wenn ich Sie richtig verstanden habe, geht es Ihnen nicht um einen Aufreißer, sondern um eine gut recherchierte Geschichte.«

»Das stimmt schon. Allerdings muss sie einigermaßen aktuell sein. Ich werde also täglich auf die Einlösung Ihres Versprechens warten. Jetzt ist hier in Husum endlich mal was los, nicht nur geklaute Fahrräder oder ein Verrückter, der Mitmenschen mit Schlamm bespritzt …«

»Was? Was wissen Sie darüber?«

»Worüber?«

»Von diesem Pfützenspritzer?«

»Das interessiert die Kriminalpolizei?«

»Ja, verdammt noch mal!«

»Ein Kollege hat mir davon erzählt. Es hat wohl mehrere Fälle gegeben, in denen ein Rowdy offenbar gezielt durch eine Pfütze gefahren ist, um Passanten zu beschmutzen. Der Täter ist jedes Mal unerkannt entkommen. Es soll ein Geländewagen sein. Leider hat sich bisher niemand die vollständige Autonummer merken können. Nur die Ziffern sind bekannt.«

»Wie lauten die?«, fragte Flottmann aufgeregt.

»Keine Ahnung. Da müsste ich nachfragen.«

»Tun Sie das bitte.«

Rauschenfeld lachte. »Okay. Jetzt, da Sie den Serientäter gefasst haben, haben Sie wohl Zeit für solche außergewöhnlichen Fälle. Ich ruf den Kollegen noch mal an und schicke Ihnen eine E-Mail. Aber das kann etwas dauern. Ich hab vorher noch einiges zu erledigen. Und vergessen Sie nicht …«

»Ich weiß. Eine Hand wäscht die andere.«

»Genau.«

Es klopfte an der Tür. Kurz darauf wurde sie geöffnet, und Fred Weber trat ein.

»Moin. Störe ich?«

»Nee«, antwortete Flottmann.

Hilgersen ließ seinen Drehstuhl in Richtung des Besuchers rotieren. »Sie haben wieder zwei Hände? Steht Ihnen gut.«

Weber setzte sich auf den Besucherstuhl. »Das ist nicht nur Kosmetik. Die neue funktioniert auch. Ich kann die Finger durch Muskelkontraktionen des Oberarms bewegen.« Er öffnete die Hand und schloss sie wieder. »Ich kann sie sogar um fast dreihundertsechzig Grad drehen. Versuchen Sie das mal.« Begleitet von einem surrenden Geräusch demonstrierte er den Vorgang.

»Beeindruckend«, sagte Flottmann. Fast unbewusst versuchte er mit seiner Rechten ähnliche Bewegungen zu vollführen, was aber zum Scheitern verurteilt war.

»Das Zusammenspiel mit den Armmuskeln muss ich noch trainieren. Das dauert.«

»Ansonsten haben Sie alles gut überstanden?«, fragte Hilgersen.

»Ja. Ich kann nicht klagen. Die Gefangenschaft im Keller war eine interessante Erfahrung.«

»Ich hätte gerne darauf verzichtet.«

»Hm, ja. Aber ich hab daraus einiges gelernt. Ich hab meine persönlichen Probleme endlich angepackt. Meine Frau wird in zwei Monaten nach Deutschland zurückkehren. Für immer. Sie sucht sich hier einen Job. Die Sache mit Esther Fischer hab ich endgültig beendet.« Er räusperte sich. »Tja, und was Lindberghs Lehrstück über Mut und Verantwortung angeht: Daran knabbere ich noch. Was wird mit ihm geschehen?«

»Er muss wohl mit einer Anklage wegen dreifachen Mordes rechnen. Dazu Entführung und schwere Körperverletzung. Vermutlich eine lebenslange Freiheitsstrafe, gegebenenfalls mit anschließender Sicherungsverwahrung. Aber das ist Sache des Gerichts.«

»Weshalb ich eigentlich hier bin: Ich möchte mich für Ihren Einsatz bedanken.«

»Das ist nett. So etwas kommt nicht besonders häufig vor«, sagte Hilgersen, und Flottmann nickte zustimmend.

»Übrigens«, fragte Flottmann, »wie war das jetzt mit den neu entdeckten Gravitationswellen? Sie sind mir noch eine Erklärung schuldig.«

»Stimmt. Der Nobelpreis für die drei US-Forscher Weiss, Barish und Thorne. Einstein hat die Existenz der Wellen in seiner Relativitätstheorie vorausgesagt. Und jetzt ist endlich der Nachweis gelungen. Rainer Weiss stammt übrigens aus Deutschland, aus einer jüdischen Familie. Er ist 1938 in die USA geflohen. – Also, die Sache ist ganz einfach. Wie Sie sicher wissen, ist Gravitation nichts anderes als eine Krümmung der vierdimensionalen Raumzeit. Und eine Gravitationswelle ist eine Welle in der Raumzeit. Sie wird durch beschleunigte Massen ausgelöst.«

»Ah, ja. Wirklich ganz einfach«, sagte Flottmann.

Hilgersen sah ihn mit großen Augen an, schwieg aber.

»Herr Hilgersen. Wir hatten uns damals im Keller auf ein

Bier verabredet, falls wir das Ganze überleben würden. Erinnern Sie sich?«, fragte Weber.

»Klar.«

»Heute Abend bei ›Tante Jenny‹«? Neunzehn Uhr?«

»Geht in Ordnung. Kommst du mit, Waldemar?«

»Ich hab leider keine Zeit. Lena und ich sind heute Abend im ›Lütt Matten‹ in Garding. Gerber hat sich zu einem spontanen Konzert überreden lassen. Und diesmal wird das Dach nicht einstürzen.«

Weber stand auf. Mit seiner künstlichen Hand schob er den Stuhl zurecht, auf dem er gesessen hatte, verabschiedete sich und ging.

Er hatte gerade den Raum verlassen, als Flottmanns E-Mail-Programm eine Nachricht anzeigte. Sie kam von Rauschenfeld. Er hatte die Endziffern des Kennzeichens in Erfahrung gebracht, die sich eine Zeugin gemerkt hatte. Zusammen mit dem Bruchstück, das Flottmann bei dem Angriff vor dem Schifffahrtsmuseum erhascht hatte, ergab sich die vollständige Autonummer des Pfützenspritzers.

Flottmanns Anspannung stieg. »Machst du mal eine Halterfeststellung für mich, Gustl?«

»Kannst du das nicht selbst?«

»Du kannst das eindeutig besser.«

Flottmann schrieb das Kennzeichen auf einen Zettel und ging zu Hilgersen hinüber. Nachdem dieser die Daten eingegeben hatte, starrten beide gespannt auf den Bildschirm.

»Das gibt es nicht!«, rief Flottmann aus. »Peter Fischer. Na, der kann was erleben.«

»Der Fischer, mit dessen Frau Weber ein Verhältnis hat beziehungsweise hatte?«

»Genau der. Wahrscheinlich hat er mit seinen Attacken seinen Frust abreagiert.«

»Interessante Methode.«

»Den schnappe ich mir. Der wird mir die Reinigungskosten für meinen Anzug bezahlen. Allerdings …«

»Allerdings?«

»Ach nichts.« Flottmann setzte sich wieder an seinen Schreibtisch und rief Lena Abendroth an.

Endlich war Zeit fürs Privatleben, für Lena und Bogomil. Und Peter Fischer, der Pfützenspritzer, hatte Flottmanns Liebesleben in Schwung gebracht. Dafür musste er ihm im Grunde dankbar sein. Das Schicksal ging manchmal merkwürdige Wege.

Gerd Kramer
DAS FLÜSTERN IM WATT
Broschur, 272 Seiten
ISBN 978-3-7408-0190-8

Hauptkommissar Flottmann hat sich vom Rheinland nach Norddeutschland versetzen lassen, um ein wenig zur Ruhe zu kommen. Doch die währt nicht lange. Eine Entführungsserie hält die Region in Atem, die Täter gehen mit äußerster Brutalität vor. Als die Ermittlungen ins Stocken geraten, greift Flottmann zu ungewöhnlichen Mitteln: Er sucht Unterstützung bei Leon Gerber, einem Musiker mit hochsensiblem Gehör. Kann dieser den entscheidenden Hinweis liefern?